Paris
1837

Herder, Johann Gottfried

Les Feuilles de palmier

Contes orientaux à l'usage de la jeunesse

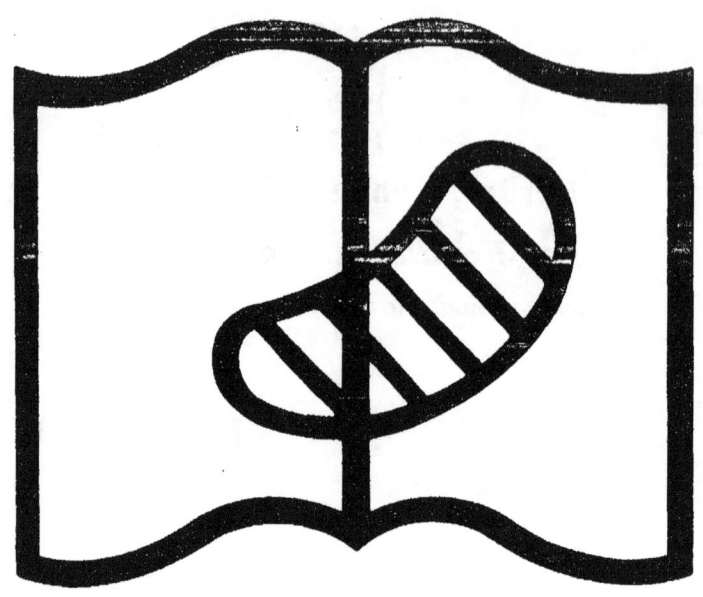

Symbole applicable
pour tout, ou partie
des documents microfilmés

Original illisible

NF Z 43-120-10

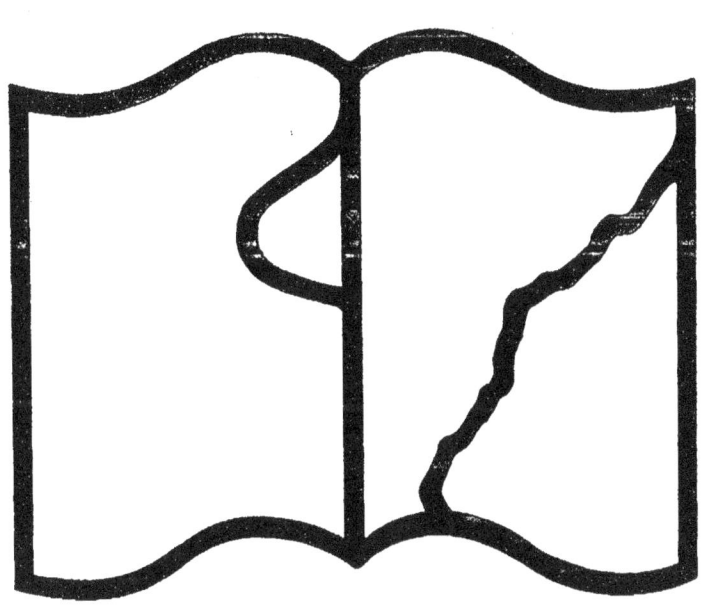

**Symbole applicable
pour tout, ou partie
des documents microfilmés**

Texte détérioré — reliure défectueuse

NF Z 43-120-11

LES

FEUILLES DE PALMIER,

Contes Orientaux.

DE L'IMPRIMERIE DE BEAU,
A Saint-Germain-en-Laye.

Celui qui fait du bien est toujours richement récompensé.

LES
FEUILLES de PALMIER.
Contes Orientaux.

Traduits

de l'Allemand de Herder

par

M. TREUENTHAL.

PARIS.

Librairie de l'Enfance et de la jeunesse

P. C. LEHUBY.

Rue de Seine N° 48 F. S. G.

LES
FEUILLES DE PALMIER,

Contes Orientaux

A L'USAGE DE LA JEUNESSE DES DEUX SEXES;

Traduits de l'allemand de Herder,

PAR M. TREUENTHAL,

Professeur à l'Ecole militaire de Saint-Cyr.

avec Gravures.

PARIS,

LIBRAIRIE DE L'ENFANCE ET DE LA JEUNESSE,

P.-G. LEHUBY,

Successeur de M. Pierre Blanchard,

Rue de Seine, n° 48, F. S.-G.

1837

AVIS

DE L'ÉDITEUR.

En publiant pour la jeunesse cette traduction d'un ouvrage de Herder, nous aimons à croire qu'on nous saura gré de donner quelques détails biographiques sur cet écrivain célèbre de l'Allemagne, dont l'âme, le génie et la moralité tout ensemble ont illustré la vie, comme le fait remarquer madame de Staël.

Jean-Godefroy de Herder naquit le 25 août 1744 à Morungen, petite ville de la Prusse orientale; il se consacra, de bonne heure, et avec zèle, à l'étude des sciences philosophiques, et fut un des disciples les plus assidus de Kant. Plus tard, pendant un séjour qu'il fit à Strasbourg, il se lia avec l'illustre Goëthe, dont il devint l'ami. Ces deux hommes, qui ont tant contribué à la gloire littéraire de leur pays, étaient faits pour s'aimer, se comprendre et s'apprécier mutuellement.

Le grand savoir et les talens de Herder
le firent briller dans la carrière de l'enseignement et dans celle de l'éloquence
sacrée. Il fut appelé successivement dans
plusieurs états de l'Allemagne, comme
professeur et comme prédicateur. Enfin,
le duc de Saxe-Weimar, voulant récompenser dignement son rare mérite, l'éleva
à la dignité de président du consistoire
ecclésiastique. Herder reçut, quelques années plus tard (1801), de l'électeur pa-
latin de Bavière, des lettres de noblesse
pour lui et ses descendans. Il mourut le
18 décembre 1804, âgé de soixante ans.

La nature avait doué Herder d'un esprit
universel. Cet homme, fils d'un pauvre
maître d'école qui ne lui permettait d'autre lecture que celle de la Bible et du
Psautier, parvint à acquérir une grande
célébrité comme philosophe, comme his-
torien, comme philologue, critique, anti-
quaire, poète et traducteur. Il opéra
même une grande réforme dans la science
théologique. Son principal ouvrage est
intitulé : *Idées pour la Philosophie de
l'Histoire de l'Humanité*. Il a publié aussi
un recueil de *Poésies populaires*, qui con-

tient un choix de romances et de chants, où sont empreints le caractère national et l'imagination des divers peuples de l'Europe qui les ont fournis; travail immense, dans lequel la versification du traducteur rend avec autant de goût que de fidélité une foule de traditions naïves, propres à faire connaître le génie primitif de chaque peuple.

Au nombre de ses autres traductions ou imitations, figurent les *Paramythes*, ou légendes mythologiques, les imitations des poésies de l'Orient, dont *les Feuilles de Palmier* font partie, la traduction de l'Anthologie grecque, des Satires d'Horace et de Perse, etc.

Un critique a comparé fort ingénieusement Herder à un cygne qui vogue sur les eaux du Tempé, s'y plongeant avec des accords harmonieux, pour rapporter à la surface quelques précieux débris arrachés à l'abime des âges.

Il serait bien difficile de mentionner tous les écrits de cet homme illustre, et de donner une idée de ses travaux en faveur des lettres germaniques. La collection complète de ses œuvres, imprimée à

Tübingen, en 1805 et années suivantes, forme quarante-cinq volumes.

Herder mêlait la religion et la morale à toutes ses pensées. Ses écrits ressemblent à une conversation animée. On croirait entendre Socrate expliquant sans prétention à ses disciples le système du monde intellectuel. Il avait, dit-on, une conversation admirable, et l'on sent, dans ses écrits, que cela devait être ainsi.

On a surnommé Herder le *Fénelon* de l'Allemagne et du culte réformé : la tournure morale et l'élégante simplicité des fables que nous publions aujourd'hui sous le titre emblématique des *Feuilles de Palmier*, rendront encore plus frappante cette honorable ressemblance de notre poète allemand avec l'immortel auteur du Télémaque.

LES

FEUILLES DE PALMIER.

Le jeune Berger.

Abbas, surnommé le Grand, roi de Perse,
s'étant un jour égaré à la chasse, vit un jeune
berger qui jouait de la flûte sous un arbre,
pendant que son troupeau paissait sur les flancs
d'une montagne. Les sons mélodieux de l'instrument, la curiosité l'attirent, il s'approche :
la physionomie ouverte du berger lui plaît; il

1

l'interroge sur divers sujets, et les réponses vives et précises de cet enfant de la nature, qui avait grandi sans instruction près de son troupeau, le ravissent d'admiration. Il rêvait sur cette rencontre, quand il fut rejoint par son visir. « Visir, lui dit-il, dis-moi ton avis sur ce jeune homme. » Aussi-tôt le roi continue ses questions : le berger répond à tout. Son aplomb, son jugement, sa franchise prévinrent le roi et le visir en sa faveur à tel point que le monarque résolut de l'emmener à sa cour et de lui faire donner de l'éducation; pour que le secours de l'art ne manquât point à un terrain si heureusement préparé par la nature.

Comme une fleur champêtre transplantée par le jardinier dans un sol favorable, épanouit bientôt son calice et se pare de couleurs plus brillantes; le jeune berger devint insensible-ment un homme de mérite. Le roi, qui l'aimait de plus en plus, lui donna le nom d'Ali-Bey, et le fit son grand-trésorier.

Ali-Bey possédait toutes les vertus qu'il est possible de réunir : des mœurs irréprochables; une fidélité et une prudence à toute épreuve dans son emploi; de la générosité envers les étrangers; de la complaisance pour tous les solliciteurs, et, bien qu'il fût le favori du roi, l'humilité la plus discrète. Mais ce qui le dis-tinguait surtout des autres courtisans, c'était son désintéressement : jamais il n'exigeait le prix d'un service ; ses bonnes actions partaient de la source la plus pure, du désir de se rendre utile. Cependant tout son mérite ne le mettait pas à l'abri des calomnies des courtisans, qui voyaient son élévation avec un envie secrète. Ils lui tendaient mille sortes de piéges, ils s'efforçaient de le rendre suspect au roi. Mais Schah-Abbas n'était pas un prince ordinaire ; de vils soupçons n'étaient pas faits pour sa grande âme, et Ali-Bey demeura paisible et considéré, tant que vécut son généreux bienfaiteur.

Par malheur ce grand roi mourut, et Schah-Sefi, son successeur, parut justifier les plaintes qu'arrache aux peuples cette loi de la nature qui veut que les bons princes meurent comme les autres hommes. C'était tout l'opposé de son prédécesseur : défiant, cruel, avare, il semblait se plaire à la vue du sang, comme un homme altéré à la vue d'une eau limpide. Les ennemis d'Ali n'attendaient qu'un pareil souverain pour laisser éclater leur jalousie. Ils se mirent à accumuler calomnies sur calomnies contre le grand-trésorier ; le roi n'y fit d'abord aucune attention, mais enfin une occasion long-temps désirée vint donner à leurs accusations un air de vraisemblance.

Le roi eut envie de voir un sabre précieux,

que Schah-Abbas avait reçu en présent de
l'empereur turc, et dont quelques courtisans
avaient fait mention. Bien qu'il fût compris sur
l'inventaire des objets laissés par le grand Abbas, on ne put le trouver, et Schah-Sefi sou-
pçonna le trésorier de l'avoir détourné. C'était
là ce que voulaient ses ennemis; ils redoublè-
rent leurs malignes insinuations, et dépeigni-
rent Ali-Bey comme le plus infâme des concus-
sionnaires. « Il a fait bâtir un grand nombre
de maisons pour y loger les étrangers, dirent-
ils; il a fait exécuter à grands frais d'autres
édifices publics. Il est arrivé nu à la cour, et
cependant il possède aujourd'hui des richesses
immenses. D'où lui seraient venus tous les objets précieux dont sa maison est remplie, s'il
ne volait pas le trésor royal? » Ali-Bey entrait
chez le roi au moment même où ses ennemis
l'accusaient en ces termes. « Ali-Bey, lui dit le
monarque irrité, ton infidélité est connue; tu es
destitué de tes fonctions, et je t'ordonne de
rendre tes comptes d'ici à quinze jours. » Ali-
Bey, sans s'émouvoir, car sa conscience était
pure, songea qu'il serait périlleux de laisser
quinze jours à ses ennemis avant de prouver
son innocence. « Seigneur, dit-il, ma vie est
dans tes mains. Je suis prêt à déposer aujour-
d'hui ou demain au pied de ton trône la clé
du trésor royal et les marques d'honneur que tu

m'as conférées, si tu daignes recevoir ton esclave en ta présence. »

Cette prière plut fort au roi; il l'agréa et visita le trésor dès le lendemain. Tout était dans l'ordre le plus parfait, et Ali-Bey le convainquit que Schah-Abbas avait lui-même retiré le sabre qui manquait, et s'était servi des diamans pour en orner un autre objet, sans cependant en faire mention sur son catalogue. Le roi n'y pouvait rien objecter; mais la défiance est injuste, et se trouve offensée, quand elle se voit déçue dans ses conjectures même fausses. Il imagina donc un prétexte pour accompagner le grand-trésorier dans sa demeure, afin d'y voir tous les objets précieux dont ses courtisans lui avaient parlé; mais, à son grand étonnement, là aussi il trouva tout autre chose que ce qu'il s'attendait à y voir. Les murailles étaient couvertes de tapisseries communes; les appartemens ne contenaient que les meubles indispensables; et Sefi lui-même se vit forcé de convenir qu'un bourgeois de condition médiocre était logé plus splendidement que le grand-trésorier de son royaume. Honteux de cette seconde déconvenue, il voulait s'éloigner, quand un courtisan lui montra au bout de la galerie une porte fermée de deux forts barreaux de fer. Le roi demanda ce que cachaient ces serrures, ces barreaux. Ali-Bey parut interdit; il rougit comme un homme confondu, mais se remettant bientôt : « Seigneur, dit-il, je conserve dans cette chambre ce que j'ai de plus cher au monde, ma véritable propriété. Tout ce que tu as vu dans cette maison appartient au roi mon maître ; ce qui est là, est à moi ; mais c'est un secret ; je t'en conjure, n'insiste pas pour le connaître. »

Le soupçonneux monarque crut voir dans cette conduite embarrassée l'expression de la honte ; il ordonna avec violence que la porte fût ouverte. On obéit : quatre murailles nues, une houlette, une flûte, un mauvais habit et une panetière : tels étaient les trésors conservés sous ces serrures, sous ces barreaux de fer.

Tous les asssistans restèrent surpris, et le et le schah rougit de lui-même pour la troisième fois. « Grand roi, dit alors Ali-Bey avec la plus grande modestie, quand l'illustre Abbas me rencontra sur la montagne où je gardais mon troupeau, ces objets étaient toute ma richesse. Je les ai conservés depuis comme ma seule propriété, comme un souvenir de mon heureuse enfance, et ton magnanime prédécesseur avait trop de bonté pour avoir l'idée de m'en priver. J'espère, seigneur, que tu ne m'en priveras pas davantage, et que tu me permettras de les reporter dans nos paisibles vallées, où j'étais plus heureux avec ma pauvreté, que je ne le suis au sein de l'abondance de ta cour. »

Ali cessa de parler, et tous les assistans furent attendris jusqu'aux larmes. Le roi se dépouilla de son vêtement pour l'en couvrir. Cette marque de la plus insigne faveur couvrit de confusion l'envie et la calomnie : elles n'osèrent plus s'élever contre un homme qu'honoraient des sentimens aussi nobles. Ali vécut long-temps et obtint la récompense due à ses vertus : l'amour et le respect pendant sa vie, et après sa mort le muet panégyrique des larmes. Tous les habitans de la ville suivirent ses funérailles, et la postérité lui conserva les noms du noble Ali, d'Ali le Désintéressé !

Hamet et Raschid.

Deux bergers, Hamet et Raschid, se rencontrèrent sur la limite de leurs champs dans un moment où les campagnes de l'Inde étaient en proie à une sécheresse excessive. Ils étaient presque mourans de soif ; leurs troupeaux étaient languissans. Ils levèrent les yeux au ciel et implorèrent son secours. Tout-à-coup le plus profond repos régna dans les airs ; les oiseaux cessèrent de chanter, les troupeaux de bêler et de mugir ; les deux bergers virent dans la vallée une figure humaine d'une grandeur surnaturelle s'avancer vers eux. C'était le Génie de la terre, qui distribue aux mortels le bonheur et le malheur : d'une main il tenait la gerbe de l'abondance, de l'autre la faux de la destruction. Effrayés et tremblans, ils cherchaient à se cacher ; mais le Génie les appela d'une voix aussi douce que le murmure du zéphir, quand le soir il se balance sur les buissons odorans de l'Arabie. « Approchez, leur dit-il, enfans de la poussière ; ne fuyez pas votre bienfaiteur. Je suis venu pour vous offrir un présent que votre sottise seule peut changer en poison. J'exaucerai votre prière, si vous me dites quelle quantité d'eau est nécessaire pour vous contenter. Mais ne vous pressez pas trop de répondre. Songez que, par rapport à tous les besoins de l'homme, l'excès est aussi nuisible que la privation. Expliquez-vous ; Hamet, parle le premier.

— O bon Génie ! répondit Hamet, si tu veux bien me pardonner ma hardiesse, je te demande un petit ruisseau, qui ne tarisse point en été, et qui ne déborde point en hiver. — Tu l'auras, » répondit le Génie ; et de sa faux, devenue un instrument de bienfaisance, il frappa la terre. Les deux bergers virent une source jaillir à leurs pieds et se répandre sur les champs d'Hamet. Les fleurs exhalèrent un parfum plus suave, les arbres se parèrent d'une verdure plus fraîche, et les bergers étanchèrent leur soif dans l'onde pure du ruisseau...

Le Génie se tourna vers Raschid, et lui ordonna de parler. « Je t'en conjure, dit le berger, dirige le Gange sur mes terres avec toutes ses ondes, et tous ses poissons. » Le bon Hamet admira l'intrépide assurance de Raschid, et s'en voulut à lui-même de n'avoir pas le premier hasardé cette prière, pendant que Raschid s'applaudissait déjà secrètement de l'avantage que sa qualité de propriétaire du Gange lui donnerait sur le débonnaire Hamet. Mais tout-à-coup le Génie, prenant un air terrible, marcha vers le fleuve. Les bergers attendaient avec inquiétude ce qu'il allait faire, quand il s'éleva dans le lointain un sourd mugissement, et le Gange, qui avait rompu ses digues, se déborda en flots impétueux qui envahirent et dévastèrent en un instant tout le domaine de Raschid. Les eaux déracinèrent ses arbres, engloutirent ses troupeaux, et l'entraînèrent enfin lui-même. L'orgueilleux possesseur du Gange devint la proie d'un crocodile, tandis que le modeste Hamet vivait en paix près de son ruisseau.

La Vision de l'Aigle et du Renard.

Le grand roi Abbas-Ka-askan nomma son serviteur Mirza pacha de Tauris. Mirza tint d'une main ferme la balance de la justice; il protégea le faible, honora le sage, et enrichit l'homme laborieux. Ses subordonnés étaient pleins d'amour et de respect pour lui; chacun bénissait son administration. Pour lui, il ne ressentait aucun plaisir de ses actions bienfaisantes. Une morne tristesse couvrait son visage; il cherchait la solitude, restait souvent plongé dans une profonde méditation, puis revenait à pas lents, les yeux fixés sur la terre. Enfin, ne trouvant plus aucun attrait dans les affaires de son gouvernement, il résolut de se démettre d'un emploi qui depuis long-temps n'était pour lui qu'un fardeau.

Il s'approcha donc du trône de son maître, et dit : « Souverain du monde, daigne excuser la hardiesse de ton esclave, qui vient déposer à tes pieds les marques d'honneurs dont tu as bien voulu le revêtir. Tu m'as donné le gouvernement d'une ville puissante et d'un pays fertile, dont les campagnes ressemblent aux jardins de Damas; mais la vie humaine a peu de durée; elle suffit à peine pour nous préparer à la mort. Tous nos efforts sont vains; ils ressemblent au travail de la fourmi, que le pied du voyageur écrase; et nos plaisirs disparaissent comme les couleurs de l'arc-en-ciel, que forme un nuage passager après un orage. Permets-moi donc, seigneur, de me préparer à l'éternité qui s'approche; je veux consacrer mon esprit à la méditation, et me livrer aux saintes pensées de la religion dans une solitude paisible. Je consens que le monde m'oublie, comme je vais bannir de mon âme toutes les pensées du monde, jusqu'à ce que ma dernière heure lève le voile de l'éternité et me fasse comparaître devant le tribunal du Tout-Puissant. »

A ces mots, Mirza s'inclina et se tut. Ses paroles avaient ému si vivement le roi, qu'il tremblait sur son trône : il porta ses yeux sur les courtisans qui l'entouraient; mais leurs visages étaient pâles, et leurs regards tournés vers la terre. Personne n'ouvrit la bouche, jusqu'à ce que le roi, après avoir long-temps réfléchi, rompit enfin le silence.

« Mirza, je suis en proie au doute et à la terreur : j'ai éprouvé le trouble et l'effroi d'un homme entraîné par un pouvoir irrésistible au bord d'un précipice escarpé; mais je ne sais encore si mon danger est réel ou n'est que l'effet d'un songe. Je suis, comme toi, un insecte rampant sur la terre ; ma vie n'est qu'un moment, et l'éternité, devant laquelle les jours, les années et les siècles ne sont rien, m'exhorte aussi, par son approche terrible, à faire mes préparatifs. Mais faut-il abandonner le gouvernement des croyans à des scélérats, qui vivent comme les brutes, et ne craignent ni la mort ni le jugement de Dieu? La cellule du solitaire est-elle la seule porte du paradis, et les occupations de ce peuple sont-elles condamnables? Tous ne peuvent vivre en solitaires ; ainsi la vie du désert peut bien ne pas être la seule action méritoire. Va dans la maison que j'ai fait préparer dans cette ville pour te servir de demeure : je réfléchirai sur ta demande, et puisse celui qui illumine l'âme de l'humble qui le prie, me donner la force de prendre une sage résolution. »

Mirza partit; mais trois jours après, il sollicita une nouvelle audience du roi. Elle lui fut accordée. Il parut, le visage riant, tira de son sein une lettre qu'il porta sur ses lèvres, puis la présenta au roi de sa main droite : « Seigneur, dit-il, cette lettre, que m'a envoyée l'iman Kosrou, que tu vois devant toi, m'a appris quelle est la vie la plus sainte. Elle m'a donné des forces pour regarder le passé avec plaisir, et l'avenir

avec espérance; je m'estimerai heureux maintenant d'être le représentant de ta puissance à
Tauris, et de porter les marques d'honneur
dont je voulais me débarrasser. » Le roi écouta
Mirza avec un curieux étonnement, et remit,
dès qu'il eut cessé de parler, la lettre à l'iman,
en lui ordonnant de la lire à haute voix. Tous
les assistans tournèrent les yeux sur le sage
vieillard; ses joues se couvrirent d'une rou-
geur; puis, après quelque hésitation, il lut ce
qui suit :

« Salut et prospérité éternelle à Mirza, que
la sagesse de notre souverain a honoré d'un
gouvernement. Quand j'entendis ta résolution
de retirer tes soins bienfaisans aux habitans de
Tauris, mon cœur fut atteint du trait de la
douleur, et la tristesse jeta un voile sur mes
yeux; mais qui peut avoir la hardiesse de parler au roi, quand il est irrité? ou de se vanter
de sa sagesse, quand l'esprit du roi est inquiété
par des doutes? C'est à toi que je vais raconter
l'histoire de ma jeunesse, dont tu m'as rappelé
le souvenir : puisse le Prophète glorifier en toi
la vérité qu'il m'a apprise !

» Je fus instruit par le sage Alnazer des secrets de la médecine, et j'y acquis des connaissances très-précoces. Je savais les vertus des
plantes où le soleil a versé le don de la santé,
et j'entrepris de guérir les malades avec leur

baume; mais les images de misère, de langueur,
enfin de mort même, que j'avais tous les jours
devant les yeux, remplirent mon cœur de terreur et d'effroi. Je voyais le tombeau qui devait m'engloutir tôt ou tard, toujours ouvert
devant moi; et je fus par là engagé à consacrer
les courts instans de ma vie à de saintes mé-
ditations. Tous les biens terrestres, dont la
possession ne m'était assurée que pour si peu
de temps, me parurent des objets de mépris et
des obstacles à la piété. J'enfouis donc mon
argent dans la terre, renonçai à la société des
hommes, et me rendis dans un désert. Je fixai
ma demeure dans une caverne, que je trouvai
sur le flanc d'une montagne; là, je me désaltérai
dans le ruisseau qui en baignait le pied, et me
nourris des fruits et des herbes que produisait
ce lieu sauvage. Souvent je m'asseyais à l'entrée
de la grotte, je tournais mes regards vers l'o-
rient, et veillais ainsi des nuits entières, afin
d'ouvrir, par ces efforts soutenus, mon esprit à
l'inspiration du Prophète, et de participer aux
célestes révélations. Un matin, ayant ainsi
passé la nuit à veiller, au moment où les premiers rayons du soleil levant commençaient à
dorer le ciel, je cédai à la puissance du sommeil. Je m'endormis et j'eus une vision; il me
semblait que j'étais devant ma grotte, l'aube
du jour commençait à prendre de l'éclat, et

portant mes yeux sur l'orient enflammé, j'y vis
une tache sombre se mouvoir, s'agrandir de
plus en plus à mesure que j'en approchais, et
me présenter enfin distinctement la forme d'un
aigle. J'élevai ma tête pour suivre son vol, et
le vis s'abattre à une petite distance près d'un
renard, dont les pattes de devant paraissaient
cassées. L'aigle portait dans ses serres un mor-
ceau de chevreuil, qu'il posa devant le renard
estropié ; puis il reprit son vol. Je m'éveillai, et
réfléchissais encore au sens que ce songe pouvait avoir, quand j'entendis dans l'air une
voix qui me dit : « Kosrou, je suis l'ange qui,
par l'ordre du Tout-Puissant, a tenu note de tes
pensées, et t'a envoyé cette vision pour remettre dans le droit chemin ton esprit égaré.
Lève-toi, et imite l'aigle ; tu as sa vigueur, et
une foule de malheureux attend ton secours.
Va porter aux faibles, aux malades dans la
gêne, la santé et le bonheur. La vertu, ce n'est
pas un repos oisif, c'est l'activité et le travail ;
en faisant du bien à ton prochain souffrant, tu
accomplis le plus beau de tous les commande-
mens, celui qu'impose la piété. La bienfaisance
ennoblit la nature de l'homme, elle le rend
semblable au Tout-Puissant, et le fait jouir dès
ce monde-ci, du bonheur qui lui est réservé
dans le paradis, comme récompense de ses
bonnes œuvres. »

» A ces mots, il me sembla qu'une montagne s'était aplanie devant moi. Je m'agenouillai dans la poussière, et déplorai mon erreur; je retournai à la ville, et déterrai mon trésor. Je fus libéral, et pourtant je m'enrichis : même par ma science dans l'art de guérir les maux du corps, je trouvai souvent l'occasion de remédier aux maladies de l'âme. Je revêtis la robe sainte; je fus honoré au-delà de mon mérite, et un ordre gracieux du roi m'accorda l'accès de son trône. Mais ne t'offense pas de ces leçons; je ne me vante pas d'une sagesse qui m'appartienne. Comme le sable du désert boit la pluie et la rosée du matin, je m'imbibe, moi, qui ne suis aussi que poussière, des saintes doctrines du Prophète. C'est une sagesse vaine que celle que nous renfermons en nous-mêmes; et une vie passée dans une solitude inactive, est une vie sans profit. Réduits à nous seuls, nous ne pouvons trouver que l'erreur; mais quand les portes du ciel s'ouvriront à tes yeux, et que sa lumière t'apportera les rayons de la sagesse divine, alors tu verras la vérité sans voile. Espère toujours en cette apparition céleste, et, en attendant que l'aigle bienfaisant te serve de modèle. On exige beaucoup de qui a beaucoup reçu; mais un prince, comme toi, a dans ses mains une part de la puissance divine : il peut former ses subordonnés sur son exemple, et

porter à la bienfaisance les cœurs les plus inté-
ressés. Fais donc de ta vertu une source de
biens pour ton pays, et conserve le ferme
espoir d'en être récompensé dans un autre
monde. Adieu! que celui dont le ciel est le
séjour, te voie d'un œil favorable, et assigne à
ton nom, dans le livre de sa volonté, la félicité
du temps et celle de l'éternité. »

Le roi fut, comme Mirza, délivré de ses
doutes par la lecture de cette lettre, et on le
vit promener autour de lui ses regards sereins,
qui communiquèrent sa joie aux assistans. Il
renvoya le pacha dans sa province, et fit consi-
gner par écrit cette aventure, pour faire connaître à la postérité que Dieu voit avec déplaisir
tout genre de vie qui n'est point utile à l'humanité.

L'Arabe affamé.

Un Arabe s'était égaré dans le désert. Depuis
deux jours il n'avait rien à manger, et se trouvait en danger de mourir d'inanition, quand
enfin il atteignit une des citernes où les voyageurs abreuvent leurs chameaux, et vit sur le
bord un petit sac de cuir. « Dieu soit loué, dit-

il, en le levant et en le tâtant, ce sont, je crois, des dattes ou des noix; comme je vais me restaurer! » Dans cette douce espérance, il ouvrit le sac, vit ce qu'il contenait, et s'écria tristement : « Ah! ce ne sont que des perles! »

Les Animaux reconnaissans.

« De tous ceux qui sollicitent ma faveur, quel est l'homme qui soit digne de ma confiance! » demandait un jeune roi à son visir, vieillard d'expérience. « Seigneur, dit le visir, celui que tu as éprouvé; car, hélas! l'homme, qui devrait être la créature la plus généreuse et la plus reconnaissante, est souvent la plus artificieuse et la plus ingrate de toutes. C'est ce que pourrait t'apprendre , si tu as envie de l'écouter, l'histoire du roi d'Alep. — Avec plaisir, dit le roi, je t'écoute. »

«Le sultan d'Alep, reprit le visir, était endormi dans le sein de la mollesse , et laissait à d'autres le soin du gouvernement. Comme il aimait par-dessus tout la parure et le luxe, il avait donné ses principales affections à un joaillier, qui savait le distraire par une succession de prestiges toujours nouveaux, et qui par ce moyen s'éleva insensiblement aux premières charges de la cour. On alla enfin jusqu'à lui confier l'éducation du prince Béhadir, l'héritier présomptif de la couronne; à lui qui n'avait aucune des qualités requises pour un tel emploi. Le roi cependant, infatué de son favori, ne s'aperçut point de la vicieuse éducation de son fils, jusqu'à ce qu'enfin un acte de cruauté lui ouvrit les les yeux sur lui et sur son indigne gouverneur.

» L'ancien joaillier insinuait au prince son élève toutes les basses inclinations de son premier métier. L'amour des richesses et des pierres précieuses, l'avarice et l'avidité qui se permet toute espèce de fraude et d'oppression; tels furent les penchans dans lesquels ne s'accordèrent que trop tôt le maître et l'élève. Un Juif leur ayant un jour présenté des pierres à vendre, ils les lui extorquèrent pour un prix dont il ne pouvait se contenter. Il les réclama, on les lui refusa: il cria à la violence, et on le fit mourir sous le bâton. Cette iniquité parvint aux oreilles du Sultan, et il se mit à examiner avec soin qui était l'homme à qui il avait donné sa confiance. Il fut informé de tous les traits de bassesse commis par son fils et par son instituteur, et il ne lui resta plus dans sa douleur et son repentir, d'autre parti à prendre qu'à reléguer le prince dans un château éloigné, et à chasser de ses états, avec mépris et ignominie, l'ancien joaillier, si peu digne de sa faveur.

« Rustam (ainsi s'appelait cet homme dégradé)
se mit en route avec le dépit concentré d'un
scélérat; la nuit le surprit dans une sombre
et épaisse forêt, et tout-à-coup il tomba dans
une fosse que l'on avait recouverte d'une
mousse légère pour dérober le piége tendu
aux bêtes féroces. Rien ne saurait peindre
sa stupeur et son effroi, quand il s'y vit, non
pas seul, mais dans la compagnie d'un singe,
d'un lion, et d'un serpent. A chaque instant
il croyait devenir la proie de ces animaux;
mais ils l'épargnèrent, parce qu'ils étaient
eux-mêmes dans une vive anxiété sur leur
sort. Ainsi se passa une nuit pleine d'angoisse
pour lui; le lendemain matin, entendant les
pas d'un homme, il se mit à appeler du secours d'une voix lamentable, et à émouvoir
la pitié du passant. C'était un marchand,
nommé Ahmed; doué d'un cœur compatis-
sant, il courut aussitôt vers le malheureux
qui l'implorait, disposa une corde et la jeta
dans le fossé; mais quel fut son étonnement
quand, à la place de l'homme qu'il croyait
retirer, il vit paraître au bord du fossé un
singe. Cet animal avait été plus prompt que
l'homme à saisir la corde, et s'était sauvé
le premier. Le marchand, irrité contre cette
impudente bête, voulait la rejeter en bas,

quand le singe lui dit d'un ton amical : « Ne
te repens pas de m'avoir sauvé la vie; les
bêtes aiment leurs bienfaiteurs, et sont re-
connaissantes envers eux; mais l'homme qui
est là au fond est un ingrat, et je crains
qu'il ne te paie mal un jour de ton bienfait.
Je demeure au pied de cette montagne, et
je souhaite de te revoir plus tard pour te prouver ma gratitude. »

» Ahmed fit peu d'attention aux promesses du
singe, et rejeta promptement la corde pour
retirer l'homme. La sentant bien plus lourde
que la première fois, il se réjouissait déjà
de voir paraître le malheureux qu'il voulait
secourir, quand il aperçut la crinière, les
dents et les griffes d'un lion. Dans son effroi, il était près de lâcher la corde, mais le
lion lui dit avec douceur : « Ne crains rien,
et achève de me tirer d'ici; tu acquiers en
moi un ami, qui n'est pas à dédaigner. J'ai
assez de force pour te sauver la vie dans
l'occasion, et ma reconnaissance te sera cer-
tainement plus utile que celle de ce traître
qui est dans la fosse. » Le marchand reprit
courage à ces mots, et acheva de délivrer le
lion. « Ami, lui dit le roi des animaux, mon
antre est dans ce bois, j'espère te revoir et
te payer ma délivrance. »

« Le lion s'éloigna, et Ahmed, sur les instances réitérées de Rustam, rejeta sa corde
pour la troisième fois ; mais il n'avait pas
commencé à la tirer, quand il vit un serpent
s'en détacher en se déroulant. « Tous les monstres de la terre sont-ils donc cachés dans
cet enfer? s'écria-t-il en courroux. Mais le
serpent l'interrompit : « Ne t'irrite pas de m'a-
voir sauvé ; je te récompenserai de ton bienfait par un avis amical, qui peut t'être d'une
grande utilité, si tu t'y conformes. L'homme
qui est encore seul dans la fosse, est un ingrat, un méchant. Crois-moi : les serpens ont
en partage la prudence, qui manque souvent aux
hommes. Cet homme est un scélérat, que la Providence veut punir de ses crimes : abandonne-le
à sa destinée, ou tu te repentiras de lui avoir
fait du bien. Mais je vois que tu es compatis-
sant, tu n'es pas disposé à m'écouter, eh bien !
fais comme il te plaît. Tu m'as sauvé la vie, et
je ne serai point ingrat. Adieu ; ma demeure
est au mur de la ville voisine, où j'espère te
revoir. »

« Ainsi parla le serpent ; puis déroulant ses
nombreux anneaux, il s'éloigna. Mais le marchand avait trop de bonté d'âme pour suivre
son conseil ; il jeta la corde pour la quatrième
fois, et l'homme fut enfin retiré de la fosse. Son

aspect suffit pour émouvoir le cœur d'Ahmed :
l'infortuné tomba à ses pieds, et le remercia en
pleurant : « O mon généreux libérateur, si la
Providence m'en fournit l'occasion, je te sacri-
fierai tout mon bien, toutes mes facultés, jusqu'à la dernière goutte de mon sang. » Il dit,
et pour preuve de sa reconnaissance, il commença par en imposer à son bienfaiteur. « Je
suis un grand de la ville voisine, poursuivit-il,
et m'appelle Rustam. Le roi m'avait nommé
son visir, et m'avait confié la surveillance de
son fils. Je remplissais ma charge avec zèle et
fidélité; mais le prince était un jeune homme
vicieux, que mes leçons ne pouvaient corriger,
et qui se laissait aller aux plus coupables excès.
J'en instruisis le roi; la reine alors prit le parti
de son fils, et je ne fus point écouté. Enfin ses
méfaits s'accrurent au point que le roi ouvrit
les yeux et fit enfermer son fils dans un château
voisin de cette forêt. Mes ennemis ont profité
de cette occasion pour m'imputer les vices du
prince. L'ingrat monarque les a crus, m'a dépouillé de la charge que j'avais remplie avec
tant de zèle, et m'a chassé ignominieusement
de sa cour. Hier soir j'entrai dans cette forêt :
je marchais en me livrant à de tristes réflexions
sur l'ingratitude des hommes, quand je tombai
dans cette fosse près de ces hideuses bêtes,
dont ta générosité vient de me délivrer : car

sans doute j'aurais été bientôt la proie de leur rage affamée. » Il continua d'accuser l'ingratitude des hommes, l'injustice des rois, mêlant à ses discours tant de belles sentences, qu'Ahmed crut avoir sauvé un sage. « Je demeure à l'extrémité occidentale de la ville voisine, dit l'imposteur en terminant, viens avec moi, je t'en prie, et que je puisse du moins te prouver ma reconnaissance par une hospitalité de quelques jours. »

Ahmed remercia le visir de son invitation, et continua son voyage, satisfait du plaisir que lui procurait sa bonne action. Il arriva en Perse, et réussit dans toutes ses entreprises. Il vendit ses pierres précieuses plus cher qu'il n'avait espéré : ses richesses, s'augmentant de jour en jour, réveillèrent dans son cœur le désir de revoir sa patrie. Il en reprit le chemin, et vint à traverser la forêt où, quelques années auparavant, il avait délivré les quatre prisonniers. Il repassait avec ravissement dans sa mémoire les belles paroles de Rustam, et rendait grâces aux trois animaux de n'avoir pas donné la mort à ce brave homme, sans d'ailleurs se rappeler leurs promesses à son égard, quand il fut assailli par une bande de voleurs, qui lui prirent son cheval, son argent et ses perles, le lièrent tout nu par les pieds et les mains à un arbre, et s'éloignèrent aussitôt.

» Le malheureux Ahmed n'osa pas crier, dans la crainte d'attirer quelque bête sauvage. Il fit de longs, mais inutiles efforts pour rompre ses liens. A force de mouvemens il s'écorcha les pieds et les mains, et la douleur lui fit pousser un cri plaintif, dont tous les échos retentirent. Ce cri parvint aux oreilles du singe, dont le séjour n'était pas éloigné de cet arbre. Il accourut, et dès qu'il eut reconnu son libérateur, d'un saut il fut près de lui, et rongea les cordes avec ses dents. Ahmed, affaibli par ses efforts et par la faim, tomba par terre à demi mort : le singe le prit dans ses bras, le porta dans sa caverne, lui donna des fruits sauvages, lui fit un lit de feuilles sèches, s'assit à ses côtés, lui frotta les mains, et chercha à le consoler. Grâce à tous ces soins, Ahmed se remit, et raconta au singe le malheur dont il était victime. Le singe connaissait le séjour des voleurs; il s'y rendit sans bruit. Ils étaient tous ensevelis dans un profond sommeil, ayant près d'eux de grands sacs pleins d'or. Il prit le plus lourd, avec quelques hardes pour couvrir la nudité de son hôte, et tout joyeux regagna sa caverne à grands pas. « Tiens, dit-il, en jetant son butin aux pieds de son bienfaiteur, voilà ce que tu avais perdu; je me réjouis d'avoir pu te servir. »

» Ahmed remercia le singe, s'habilla, prit le

3

sac et partit. Il pensait à descendre chez son ami Rustam, et à se procurer un autre cheval pour continuer son voyage. Il se représentait la joie de l'honnête visir à son arrivée imprévue, quand l'aspect et le rugissement d'un lion le tirèrent de sa douce rêverie. La frayeur enchaîne ses pas, et une mort cruelle lui paraissait inévitable. Mais le lion reconnut son ancien libérateur, marcha lentement à son approche, le flatta doucement de sa queue, et lui dit : « Viens, mon ami, mon bienfaiteur, viens dans mon antre; accepte l'hospitalité du lion, qui veut te témoigner sa reconnaissance. »

» Ahmed, qui, par suite de la conduite du singe, s'était pris d'amitié pour les animaux, accepta. Chemin faisant, il raconta son aventure, et le dédommagement qu'il devait à la bonté du singe. Le lion fit l'éloge de sa conduite, mais pour ne pas paraître céder en gratitude et en générosité à un des faibles sujets de son empire, il pria son hôte de l'attendre quelques instans, et sortit. Il rôda dans la forêt, et rencontra enfin le prince Béhadir, qui était allé à la chasse, et s'était égaré loin de sa suite. Ce prince était un homme cruel, injuste, et le roi son père le tenait toujours prisonnier dans le château. Ses domestiques avaient ordre de le suivre partout, et de veiller exactement sur toutes ses démarches; mais en ce moment il

avait poursuivi trop vivement un chevreuil et
s'était trop éloigné de ses gardiens : car celui
que la Providence veut punir de ses crimes,
court, sans le savoir, au-devant de sa perte. A
peine le lion vit son précieux turban, garni
d'un grand nombre de pierres étincelantes,
qu'il sauta sur lui, le renversa, et le mit en
pièces. Il prit entre ses dents le riche turban,
qu'il porta à son hôte comme une faible marque
de sa gratitude.

» Possesseur d'un trésor inestimable, et enchanté de ses heureuses rencontres, Ahmed
prit le chemin de la ville, pour informer de sa
bonne aventure son ami Rustam. Car, se disait-
il, pourrait-il m'accueillir avec moins de bonté
que ces bêtes sauvages ? Sa joie rendait sa
marche légère, et le soleil n'était pas encore
élevé, quand il atteignit les portes de la ville,
où la nouvelle de la mort du prince était déjà
répandue. Les domestiques avaient découvert
dans la forêt son cadavre à demi déchiré, mais
comme on n'avait pu retrouver le précieux turban, on doutait encore s'il avait été assailli par
une bête farouche ou par des brigands qui, pour
mieux cacher leur crime, eussent ainsi mutilé
son cadavre.

» Ahmed ignorait tout cela. Il s'informa de la
demeure de son ami, et, après l'avoir embrassé,
lui raconta ses étonnantes aventures. Il lui mon-

tra les présens du singe et du lion, et le consulta sur la manière la plus avantageuse de se défaire des pierres précieuses du turban. Rustam reconnut à l'instant le turban du prince, et se réjouit au fond du cœur d'un évènement qui lui faisait concevoir l'espérance de recouvrer la faveur du roi. Mais il sut cacher sa maligne joie, et dit à son hôte : « Mange, bois, mon cher ami, sois tout au plaisir. Je vais, pendant que tu te délasses de tes fatigues, porter le turban à quelques joailliers, et voir le prix qu'ils donnent de ces pierres. »

» Ahmed fit ce que désirait son hôte : il mangea, il but, et se coucha. Cependant Rustam courut se présenter au roi avec le turban : « Seigneur, lui dit-il, j'ai découvert un des meurtriers de ton fils ; ce turban est le sien. J'ai reconnu ces pierres, achetées par moi-même, quand j'avais l'honneur d'approcher de ton trône. » Alors il se mit à déplorer l'infortune du prince du ton le plus lamentable, versant des larmes si abondantes, qu'il semblait ne plus pouvoir proférer une parole. Le roi le remercia de sa découverte, et crut presque l'avoir injustement disgracié, quand il entendit l'hypocrite parler de son malheureux fils avec tant d'affection.

» Il envoya aussitôt chez Rustam des gardes, qui enchaînèrent Ahmed encore endormi, et le lui amenèrent : « Scélérat, lui dit-il, comment as-tu osé commettre un pareil crime? Assassin de mon fils, quels sont tes complices? » Le pauvre Ahmed, dont la conscience était tranquille, resta interdit; mais quand il vit son turban au pied du trône, et reconnut son perfide ami, qui le regardait avec un sourire sardonique, il fut si fort effrayé qu'il en trembla; sa langue fut glacée dans sa bouche, et ses yeux restèrent fixés à terre. Le roi vit dans ces symptômes un muet aveu de son crime, et dit : « Promenez ce scélérat sur une âne dans les rues de la ville; qu'un héraut le précède et proclame son forfait ; puis jetez-le dans un cachot profond; et quand le cadavre de mon fils aura reçu la sépulture, il terminera son infâme vie, dans les plus épouvantables tortures... »

»Les ordres du roi furent immédiatement exécutés. Ahmed fut livré à toutes les insultes de la populace, puis jeté dans un cachot. Là il eut tout le temps de soupirer, de déplorer sa sotisse, de se repentir de n'avoir pas suivi le conseil des trois animaux, et de s'être confié au traître Rustam. Il ne pouvait que s'attendre à une mort ignominieuse, et déjà il s'y préparait, quand le serpent, qui avait l'œil ouvert sur le destin de son ami, apparut à ses côtés: « Ne t'ai-je pas prédit, lui dit-il, que cet homme est un ingrat, qu'il te rendrait le mal pour le bien ? Mais je t'ai promis de t'aider dans l'occasion, comme tu as fait à mon égard, et je tiens ma parole. Prends cette herbe : j'ai fait à l'épouse la plus chérie du roi une blessure mortelle ; c'est le seul remède qui puisse la guérir. Le roi est livré au plus violent chagrin, et t'accueillera avec plaisir ; car chez vous on est toujours bien venu, quand on sait se rendre indispensable. » Ahmed avait appris à ses dépens à apprécier les sages avis de ce prudent animal; il s'y conforma donc. Dès qu'on apprit à la cour que le prisonnier connaissait des herbes salutaires contre le venin des serpens, il fut, sans délai, amené à la reine. Il appliqua son herbe sur la blessure, et la reine guérit complètement en peu d'instans.

» La prompte guérison d'une épouse chérie, dont la mort avait paru inévitable, mit le roi au comble de la joie. Ahmed saisit ce moment favorable pour lui dire : « Seigneur, la reine, ton auguste épouse, est délivrée de ses douleurs cruelles, et ma main lui a sauvé la vie; mais moi, je suis en danger de perdre la mienne dans les tortures les plus terribles, sans l'avoir mérité. Tu es trop juste, seigneur, pour faire périr un innocent. Je ne suis pas le meurtrier de ton fils. Rustam, mon accusateur, m'a rendu victime d'une noire trahison; il espère recouvrer, en me perdant, ta faveur qu'il a perdue par son infidélité. » Alors il lui raconta toutes ses aventures, depuis celle du fossé jusqu'au moment actuel où le roi le voyait devant lui.

» Le roi était véritablement juste; il envoya chercher sur-le-champ l'infâme Rustam. Celui-ci accourut : car il croyait que le roi voulait le récompenser de sa découverte ; mais en voyant Ahmed au près du trône, il pâlit. « Cet homme t'a-t-il retiré d'un fossé avec trois animaux ? » lui demanda le roi. Rustam n'osa pas mentir, et répondit : Oui. « As-tu payé son bienfait de quelque marque de reconnaissance ? » continua le roi. « Non, seigneur, » murmura l'ingrat. « L'as-tu accueilli en qualité d'hôte dans ta maison, et as-tu mangé avec lui ? » A cette dernière question, Rustam garda le silence; le roi poursuivit : « Quoi ! monstre, tu accuses ton libérateur, ton hôte, d'un forfait énorme, pour jeter un voile épais sur tes propres vices ! Tu avais empoisonné mon fils de ton souffle impur; je t'ai épargné la peine de ton infidélité, parce que je n'ai pas voulu punir un scélérat de la violation d'un dépôt que je n'aurais pas dû confier à ses mains, sans en avoir éprouvé la pureté. Mais maintenant je suis juge dans une affaire qui m'est étrangère. Visir, écoute mes ordres ;

Que ce monstre soit promené en spectacle, et son infamie publiée par un héraut, et quand le peuple l'aura suffisamment outragé, qu'il subisse une mort lente dans une prison. Donne à cet étranger de riches présens, conduis-le sur mon éléphant blanc par les rues de la ville, et fais proclamer, devant lui, que le roi honore de cette manière son innocence reconnue. »

» Ainsi parla l'équitable monarque. Le visir exécuta ses ordres ponctuellement. Rustam mourut en prison, et Ahmed retourna dans sa patrie, riche, satisfait, et instruit, ainsi que le roi, qu'il ne faut se fier à personne sans le connaître, et ne pas se lier d'amitié avec un homme mal recommandé par sa conduite antérieure.

» Seigneur, dit le visir, telle est mon histoire. Qu'elle te serve d'avis, et si mon expérience ne te suffit pas, crois-en le témoignage de ces animaux reconnaissans. »

Le Marchand avare de Bagdad.

Karasan, marchand de Bagdad, était connu dans tout l'Orient pour son avarice sordide et

par ses immenses richesses. Son origine était
obscure comme celle de l'étincelle que l'acier
fait jaillir d'un caillou; mais un travail patient,
un zèle opiniâtre l'avaient mené à la fortune.
Tant qu'il avait été pauvre on l'avait tenu
pour généreux; mais son avidité s'accrut avec
son opulence. Moins il mettait son argent à
profit, sous le rapport des bonnes œuvres,
plus il y trouvait de charmes; son penchant
à la bienveillance diminuait en proportion in-
verse de sa fortune; et la main du temps, qui
semait la neige sur sa tête, endurcissait en
même temps son cœur contre la pitié. Jamais
sa porte ne s'ouvrait à l'étranger, ni sa main à
l'indigent.

Sa dureté ne le mettait pas à l'abri d'une
crainte secrète de la vengeance divine. Il était
exact à toutes les heures de la prière, s'acquit-
tait de tous les devoirs extérieurs de la piété,
et avait fait trois pélerinages au temple et au
tombeau du Prophète. La pitié, accompagnée
de l'amour du prochain, attire l'estime et l'a-
mour; mais l'hypocrisie, qui, par des dehors
trompeurs, cherche à désarmer les malédic-
tions des opprimés et les reproches de la conscience, excite l'indignation et le mépris. C'est
aussi ce qui arriva à l'avare Karasan : quand,
après avoir inspecté avec le soin le plus mi-
nutieux tous les coins de sa maison, et fermé

sa porte à tours redoublés, il se rendait à la
mosquée, chacun le regardait avec dédain; pas
un pauvre ne lui demandait l'aumône, et, bien
qu'il fût connu de toute la ville, personne ne
le saluait.

Après avoir long-temps vécu de cette manière, tout-à-coup il fit proclamer par un héraut, qu'il avait fait disposer au milieu de la
ville un bâtiment superbe, pour y nourrir les
pauvres et y loger les étrangers.

Le peuple accourut en foule dans la cour
de sa maison, où il faisait aux indigens des
distributions de pain et de vêtemens. Il jetait
des regards de compassion sur leur misère, et
l'ardeur de la bienfaisance éclatait sur son visage. Chacun s'étonnait de ce merveilleux changement, et le joyeux murmure de l'innombrable multitude, pareil à la tempête qui s'approche en grondant, finit par éclater en cris
d'allégresse. Cette explosion de reconnaissance
émut Karasan encore plus profondément; il fit
signe au peuple qu'il voulait parler, le bruit
s'apaisa, tout le monde fut attentif, et il
parla en ces termes :

« Gloire éternelle à celui qui ébranle les
montagnes, au Dieu tout-puissant et miséricordieux! Il a choisi le sommeil pour messager
de ses instructions, et m'a dans la nuit envoyé
une vision pour éclairer mon âme. J'étais seul

dans mon harem, occupé, à la faible lueur
d'une lampe, à calculer les profits de mon commerce; je m'endormis profondément, et la
main de celui qui demeure au troisième ciel
s'étendit sur moi. Je vis l'ange de la mort s'a-
battre, comme un tourbillon de feu, et il me
frappa, avant que mes prières eussent pu désarmer sa main. Aussitôt je me sentis emporté
dans les airs sur les ailes de la tempête. La terre
ne parut plus qu'un point à mes yeux, et les
étoiles brillèrent d'un éclat qui obscurcissait
celui du soleil. Les portes du paradis s'ouvrirent devant moi, et je fus inondé d'une clarté
trop vive pour l'œil d'un mortel. Une puissance invisible me poussa vers le trône du
Tout-Puissant, où je devais entendre ma sentence suprême: mon temps d'épreuves était expiré; aucun péché ne pouvait plus être effacé
de ma vie, nulle bonne œuvre n'y pouvait être
ajoutée; mon sort était jeté, et rien ne pouvait
le commuer. Presque réduit au désespoir par
cette pensée, je demeurai immobile, oppressé
par l'effroi et l'anxiété. Alors du sein de la lumière qui m'environnait sortit une voix :

« Karasan, ta piété a été rejetée, car elle
était intéressée. Tu n'as eu ni gratitude envers
le Ciel, ni bienfaisance envers tes frères. Leurs
vices et leurs folies ne peuvent te servir d'excuse, sans condamner la bonté céleste. Le soleil

ne luit-il pas pour tous? les nuées ne répandent-elles pas leur rosée sur le pécheur comme sur le juste? l'haleine vivifiante du printemps ne porte-t-elle pas à tous la santé? et l'automne ne prodigue-t-il pas ses trésors à l'insensé comme au sage? Songe, Karasan, que tu as fermé ton cœur à la voix de l'indigent, et que tu as amassé tes trésors avec des mains de fer. Tu as vécu pour toi seul! Eh bien, désormais, séparé de la lumière des cieux et de l'aspect de tous les êtres, tu passeras le long avenir dans une morne solitude. Le silence allongera les lentes heures de l'éternité, et les ténèbres augmenteront les terreurs de ton désespoir. »

» En ce moment je fus saisi et emporté par un tourbillon invisible, à travers des mondes innombrables qui passèrent devant moi avec la rapidité de l'éclair. J'approchais des bornes de la création; mes regards étaient fixés, immobiles, sur l'obscurité de l'espace infini, dont le vide immense s'ouvrait devant eux; abîme effroyable, où régnait l'éternité du silence, de la solitude et de la nuit. A cet aspect je ressentis une terreur inexprimable, du fond de mon cœur s'éleva une voix gémissante : Oh! que ne suis-je relégué à jamais dans la prison des autres condamnés! leurs sanglots auraient adouci mes tourmens, et la flamme dévorante m'aurait consolé par son éclat. Que ne suis-je banni

dans une comète, qui revient après mille ans
d'absence, dans les champs de la lumière et de
la vie! L'espoir du retour le plus éloigné m'aurait lui dans le long intervalle de cette froide
obscurité, et, grâce à cette vicissitude, le temps
aurait pris la place de l'éternité.

» En faisant ces réflexions, je perdis de vue la
dernière étoile; sa lueur affaiblie finit par se
perdre dans une nuit profonde. L'angoisse de
mon désespoir croissait à chaque instant, chaque instant m'emportait dans l'espace toujours
plus loin du dernier monde habité. Devant moi
s'ouvrait un abîme sans fin, un abîme de ténèbres; je devais m'y enfoncer, seul, toujours de
plus en plus. Alors j'étendis mes mains vers les
champs de la création avec un tel sentiment de
terreur et de regret que je m'éveillai.

» Cette vision céleste, continua-t-il avec une
voix plus douce, m'a appris quel bien précieux
c'est pour nous qu'un être qui prend part à nos
besoins; cette soif ardente de consolation m'a
fait connaître le prix d'un âme bienfaisante.
La piété a réchauffé mon cœur; il s'est ouvert
à la charité, et brûle du désir de communiquer
sa félicité à tous ceux que l'Eternel a si inti-
mement liés entr'eux, pour faire sortir de leur
attachement réciproque la paix et le bonheur
de tous. En effet, quelle précieuse consolation
c'aurait été pour moi dans cette morne solitude

soumises à mille évènemens contraires; mais nulle puissance humaine n'est capable de nous dépouiller d'un pareil trésor. Tâche donc de te procurer dans tes voyages, et ne balance pas à sacrifier au besoin ce que tu as de plus précieux pour t'en assurer la possession. »

Le jeune homme prit congé de son père et partit. Il passa dans un pays voisin, où il séjourna quelque temps, et d'où il revint trop tôt, suivant l'avis de son père, pour avoir pu s'y faire suffisamment connaître. Aux marques d'étonnement qu'il lui vit manifester sur son prompt retour : « Mon père, lui dit-il, tu m'as recommandé de rester à l'étranger jusqu'à ce que j'eusse trouvé un ami; et j'en ai trouvé vingt, qui sont des modèles d'amis sincères.

— Mon fils, répondit le marchand, ne sois pas si prodigue de ce nom sacré. As-tu oublié le proverbe que je t'ai recommandé à ton départ? « Ne te glorifie pas de ton ami avant de l'avoir éprouvé. » Les amis sont rares, mon fils; la plupart de ceux qui prennent ce nom n'en connaissent pas la signification. Ils ressemblent à un léger brouillard d'été, que dissipe le premier rayon de soleil. Ils font de l'homme crédule, qui se fia à leurs belles paroles, ce qu'un buveur à demi ivre fait de sa bouteille : il la tient ferme, tant qu'elle est remplie d'une douce liqueur, et la jette à terre, dès qu'il l'a vidée. Je crains, mon fils, que tes amis ne ressemblent à ce buveur.

— Ta méfiance est injuste, mon père, reprit le jeune homme, je sais avec certitude que ces hommes vertueux, que j'appelle mes amis, me témoigneraient, s'ils me voyaient pauvre et malheureux, le même attachement qu'aujourd'hui. — Ah! dit le vieillard, j'ai vécu soixante-dix ans; j'ai connu l'une et l'autre fortune; j'ai vu et éprouvé bien des hommes; mais dans cette longue suite d'années, je n'ai pu acquérir qu'un seul ami. Et toi, dans l'âge de l'irréflexion, tu veux en avoir trouvé vingt en quelques mois? Viens, mon fils, que je t'apprenne à éprouver les hommes. »

Le marchand égorgea un bouc, l'enferma dans un sac, et teignit avec le sang les vêtemens de son fils. La nuit venue, il lui mit le sac sur le dos, l'instruisit de ce qu'il avait à faire, puis ils se mirent en route. Ils arrivèrent à la demeure du plus proche des vingt amis, et le jeune homme frappa. Son ami lui ouvrit promptement, et lui demanda le sujet qui l'amenait si tard. « C'est dans l'infortune qu'on reconnaît ses amis, répondit le jeune homme. Je t'ai souvent parlé de l'inimitié qui, dès longtemps, régnait entre la famille d'un personnage puissant et la mienne. Je viens de le rencontrer dans un endroit écarté de la ville; à ma vue,

il est entré en fureur, et, se précipitant sur
moi, m'a réduit à la nécessité de me défendre.
Je l'ai averti, que dis-je? je l'ai conjuré de ménager ses jours. Mais l'insensé s'est jeté sur mon
épée, et est tombé sans vie à mes pieds. C'est
le favori du prince; à la nouvelle de sa mort,
sa famille poursuivra ma ruine et celle de mon
père. Pour prévenir cette catastrophe, j'ai enfermé son cadavre dans ce sac, et je viens te
prier de le cacher dans ta maison, en attendant
que je puisse l'ensevelir dans un lieu secret.

— Ma maison est bien petite, répondit l'ami
d'un air mécontent; elle peut à peine conte-
nir les vivans qui l'habitent; où donc cacher
ton mort? En outre, chacun sait dans quels
termes tu vivais avec lui. On conjecturera que
le coup est parti de ta main; on fera des in-
formations, et comme notre amitié est connue, on commencera par ma maison. C'est sans
profit pour toi que tu m'envelopperais dans ta
disgrâce. Le seul service que je puisse te rendre,
c'est de te garder le secret. »

Le jeune homme pria, supplia son ami de
l'aider dans sa malheureuse position; mais ses
instances furent inutiles. Le voyant se refroidir
de plus en plus, n'entendant que des réponses
de plus en plus brèves et sèches, il se remit en
route avec son sac. Arrivé chez le second ami,
il en fut congédié de la même manière; il passa

ainsi successivement chez tous les vingt : le dernier l'accueillit comme le premier, et, après une foule d'excuses, lui ferma sa porte.

« Eh bien, mon fils, dit le marchand, sais-tu maintenant combien peu l'on doit compter sur l'apparence ? Où est l'ardente amitié de ces hommes, dont tu faisais de si magnifiques éloges ? A la nouvelle de ton infortune, leur attachement a disparu. Ce sont des murailles blanchies, des nuages sans rosée, des arbres sans fruits. Je vais maintenant te faire voir la différence qui existe entre ces vingt amis et le seul que je possède. En parlant ainsi ils arrivèrent à la porte de l'homme qu'il avait dépeint à son fils comme le modèle d'un ami véritable. Il frappe ; « Qui peut vous amener à une heure aussi avancée ? » lui dit cet ami. Le marchand lui raconta le malheur imaginaire de son fils, et le pria de cacher le cadavre chez lui.

« Oh ! avec plaisir, s'écria-t il , ma maison est assez grande pour en cacher mille. Il n'est pas de danger possible, dont la crainte puisse m'empêcher de contribuer de tout mon pouvoir à ton salut et à celui de ton fils. Je vais vous conduire tous deux à ma maison de campagne, où vous serez à l'abri des recherches de la justice. »

Le marchand remercia son ami de sa générosité, et lui dit : « J'ai simplement imaginé ce récit pour apprendre à mon fils à se défier de la crédulité, et à distinguer les faux amis des véritables. »

Karun.

Le sage Ali dit un jour à ses disciples : « Mes amis, faites du bien aux hommes, comme Dieu vous en a fait, et comptez sur lui plus que sur eux, pour ne pas éprouver le sort du malheureux Karun.

» Karun était proche parent de Moïse ; mais il vivait dans la misère. L'homme de Dieu eut pitié de lui, et le mit, grâce aux soins de toute espèce qu'il lui prodigua, en état de s'enrichir en peu de temps. Mais alors Karun fut ingrat, avare et impie. Il calomnia Moïse, son bienfaiteur, souleva le peuple contre lui, et se refusa à tout impôt destiné au culte du Seigneur ou au service public. Les larmes mêmes du pauvre n'amollissaient point son cœur, semblable à une boule d'airain, sur laquelle glissent les gouttes de pluie. Moïse, après avoir inutilement mis en usage toutes les ressources de la douceur et de la patience, pria Dieu d'infliger un châtiment exemplaire à ce pécheur incorrigible.

Harun implora quatre fois son pardon, mais il était trop tard.

p. 55.

Punis-le toi-même, s'écria le Seigneur, je te l'abandonne avec tout ce qui lui appartient. Alors Moïse frappa la terre de sa verge, et lui ordonna de s'ouvrir. La terre obéit et engloutit d'abord les troupeaux de Karun, puis, comme il ne se corrigeait pas, ses tentes avec tout ce qu'elles renfermaient de précieux, puis son avare épouse et ses enfans impies.

» Cependant tous ces châtimens accumulés n'eurent pas le pouvoir d'arracher au pécheur endurci un seul témoignage de repentir. Enfin, sentant que la terre commençait à s'abîmer sous ses pas, son obstination fut vaincue par la terreur; il s'humilia, tomba à genoux aux pieds de Moïse, et implora quatre fois son pardon. Mais il était trop tard : Moïse le laissa périr.

» Mes frères, continua Ali, l'impie Karun avait bien mérité son sort. Mais quelques jours après, le Seigneur dit à son prophète : « Moïse, Karun t'a demandé pardon à quatre reprises, et tu es resté inexorable ; s'il s'était adressé à moi, et m'eût imploré une seule fois, je lui aurais pardonné. »

Le Derviche offensé.

Le favori d'un Sultan jeta une pierre à un pauvre derviche qui lui demandait l'aumône.

Le religieux insulté n'osa rien dire, mais il ramassa la pierre, et l'emporta. « Tôt ou tard, se dit-il, je trouverai sans doute l'occasion de me venger avec cette même pierre, de cet homme orgueilleux et cruel. » Quelques jours après, entendant pousser des cris dans la rue, il s'informa de la cause de cette rumeur, et apprit que le favori était tombé en disgrâce et que le Sultan le faisait, en ce moment même, promener dans les rues, montré sur un chameau, en proie à toutes les insultes de la populace. Aussitôt le Derviche saisit sa pierre; mais un instant après, plus maître de lui-même, il la jeta dans un puits, en disant : « Je sens à présent qu'il ne faut jamais se venger; car, si notre ennemi est puissant, c'est imprudence et folie, et s'il est malheureux, c'est bassesse et cruauté. »

La Flèche malheureuse.

Le sultan Sandjar était un homme si juste et si généreux, que long-temps encore après sa mort, on prononçait son nom avec autant d'amour et de vénération que de son vivant. Un jour qu'il revenait, après une longue guerre, à Salika, sa capitale, suivi de ses troupes victo-

rieuses, chargées des trophées de leur valeur,
qu'elles étalaient magnifiquement à tous les
yeux, et entouré des flots de peuple, qui, atti-
rés par ce spectacle pompeux, couvraient tous
les chemins, et se pressaient à toutes les fenêtres et sur toutes les terrasses; le fils d'un pauvre derviche, enfant de huit ans, poussé par
la curiosité de son âge, et trouvant toutes les
places occupées, était monté sur le faîte d'un
palais : d'en bas on l'eût pris pour un oiseau.
Le Sultan, à son passage, aperçut cette tache
blanche au haut du toit, et comme il avait un
goût particulier pour la chasse à l'oiseau, il
voulut donner au peuple assemblé une preuve
de son adresse. Il saisit son arc, ajuste l'oiseau
prétendu : la flèche fend l'air, et l'enfant tombe
mort à ses pieds. Pâle d'effroi, le Sultan s'é-
lance de son cheval, se précipite sur le corps
de l'enfant, et le pleure, désespéré comme il
l'eût été de la mort de son propre fils. Bientôt
il s'éloigne, fait appeler le père de sa malheureuse victime, et le conduit au fond de sa
tente : « J'ai donné la mort à ton fils, dit-il au
derviche, en posant près de lui son sabre nu,
avec une grande bourse pleine d'or. Je pourrais
m'excuser en disant : Ce n'était pas mon intention; mais mon innocence ne saurait réparer ta perte, ni adoucir l'amertume de ta
douleur. Tu connais notre loi. Veux-tu, d'a-

près la liberté qu'elle te donne, me permettre de racheter le sang de ton fils par une compensation en argent? prends cette bourse; veux-tu du sang pour du sang? voilà mon sabre, je t'abandonne ma vie. Tu n'as rien à craindre, j'ai pris des mesures pour que rien ne s'oppose à ta libre retraite. — O seigneur, répondit le Derviche, en se jetant aux pieds du Sultan, tu es élevé au-dessus des autres hommes par ta dignité, mais plus encore par ta justice. Dieu me préserve d'attenter aux jours sacrés de mon roi, dont l'œil veille pour le bien de son royaume, et dont le souffle répand le bonheur sur ses peuples! Mon malheureux fils a été victime de la destinée assignée à son nom, dès l'éternité, dans le livre du Tout-Puissant; son sang ne peut être mis à ta charge, seigneur, et je ne puis accepter de rançon pour une mort que Dieu même avait résolue. Je mourrais moi-même à tes pieds avec joie, si je pouvais, au prix de mes jours, en ajouter un seul aux tiens. »

Le Sultan releva le malheureux père avec bonté, et lui dit : « Ton désintéressement, ta vertu méritent leur récompense. Je te nomme juge supérieur dans ma capitale : car les hommes qui s'élèvent au-dessus des autres par de nobles sentimens, sont faits pour être les juges de leurs frères. »

Le Fardeau éternel.

Le calife Hakkam, qui aimait la magnificence, voulant embellir et étendre les jardins
de son palais, acheta tous les domaines voisins,
et en paya aux propriétaires le prix qu'ils demandèrent. Une pauvre veuve se refusa seule,
par pieux scrupule, à aliéner l'héritage de ses
pères, et repoussa toutes les offres qu'on lui fit
à ce sujet. L'intendant des bâtimens royaux, irrité de l'entêtement de cette femme, l'expro-
pria par force de son petit domaine, et la pauvre veuve alla en pleurant trouver le juge.

Iben Beschir était alors cadi de la ville. Il se
fit rapporter l'affaire, et la trouva difficile;
car, bien que les lois donnassent expressément
raison à la veuve, comment faire pour qu'un
prince accoutumé à confondre sa volonté avec
la parfaite justice, se portât de soi-même à
l'observation d'une loi surannée? Le cadi sella
son âne, le chargea d'un grand sac, et se rendit immédiatement dans les jardins du palais,
où se trouvait le calife, occupé en ce moment
même à visiter le bâtiment superbe qu'il avait
fait élever sur l'héritage de la veuve.

L'arrivée du cadi avec son âne et son sac excita son étonnement, et il fut plus surpris en-

5

core, quand Iben Beschir se jeta à ses pieds et lui dit : « Permets-moi, seigneur, de remplir ici ce sac de terre. » Hakkam le lui permit. Quand le sac fut plein, le cadi pria le calife de l'aider à le charger sur son âne. Hakkam trouva cette requête encore plus étrange que toutes les précédentes ; pourtant, voulant voir quel était son dessein, il se mit à l'œuvre. Mais le sac défiait tous les efforts : « Cadi, le fardeau est trop pesant, » dit le calife.

« Seigneur, répondit Iben Beschir avec une noble hardiesse, tu trouves ce fardeau trop lourd, et ce n'est pourtant qu'une petite partie de la terre que tu as enlevée injustement à une pauvre veuve. Comment feras-tu pour la porter tout entière, quand, au grand jour du jugement, le Juge souverain la placera sur tes épaules ? »

Le calife fut interdit, il donna des éloges à la sage hardiesse du cadi, et rendit à la veuve son domaine avec tous les bâtimens qu'il y avait fait élever.

Taï et Scherik, ou Constance et Loyauté.

Avant que le divin Prophète eût éclairé sa patrie des lumières de la foi, les Arabes étaient

Ce n'est pourtant qu'une petite partie de la terre
que tu as enlevée à une pauvre veuve.

idolâtres. Ils adoraient un dieu bon et un dieu méchant, et consacraient à chacun en particulier un jour de la semaine. Un de ces jours était regardé comme heureux, et quiconque se présentait alors au roi, obtenait l'objet de sa demande sans restriction. Mais celui qui avait l'imprudence d'approcher du trône le jour malheureux, était immédiatement sacrifié au dieu méchant.

Telle était la coutume du pays, lorsque, sous le règne du roi Naam, un riche Arabe du désert, nommé Taï, se vit, par une longue suite de malheurs, réduit à un tel état de pauvreté, que depuis deux jours il n'avait plus de pain pour ses enfans. Tout-à-coup il se ressouvint de la libéralité du roi Naam, qui ne renvoyait jamais un indigent sans l'avoir secouru; il embrassa sa femme et ses enfans, leur promit de revenir avec des subsistances au bout de quelques heures, et partit en grande hâte.

Tout entier à sa misère et à l'espoir d'un secours prochain, Taï courut jusqu'au trône du roi, sans penser un seul moment que ce jour fût celui du dieu méchant. Mais à peine Naam l'eut-il aperçu, qu'il détourna les yeux et s'écria : « Malheureux, qu'as-tu fait ? qui t'oblige, en ce jour fatal, à paraître devant moi ? Tu es mort. »

Ces paroles furent un coup de foudre pour

Taï, à qui elles rappelèrent la loi cruelle du sacrifice. Il se jeta aux pieds du roi, et le conjura de différer sa mort, seulement de quelques heures. « Ma femme et mes enfans n'ont pas mangé depuis deux jours, dit-il, et ils périront misérablement, si je ne leur rapporte au plus tôt quelques alimens. Donne-moi quelque nourriture, et permets que je les voie encore une fois, pour leur faire mes derniers adieux. Tu es trop juste pour confondre l'innocent avec le coupable. Je te jure par tout ce qui est sacré d'être de retour ici avant le coucher du soleil; prononce alors ma sentence, et je m'y soumettrai sans murmurer.

— Malheureux! répondit le roi avec émotion, le peuple exige ton sacrifice, et entrera en fureur, si je te laisse échapper. J'ai pitié de toi; mais je ne puis exaucer ta prière que sous la condition de recevoir à ta place un garant de ta parole. Je déplore ta destinée; mais la loi est inflexible, et veut une victime. »

Taï était étranger, et ne connaissait personne. Il jeta des regards de douleur sur tous ceux qui entouraient le trône, mais aucun n'osait se fier à la parole d'un étranger, ni servir de garant à sa fidelité. Taï désespérait déjà, quand il remarqua près du trône un homme qui le regardait avec une noble pitié. « Et toi, lui dit Taï, les larmes aux yeux, toi dont l'aspect annonce une belle âme, pourrais-tu aussi repousser la prière d'un homme et d'un père malheureux ? Je te le jure, par les dieux et les hommes, je serai de retour ici ce soir avant le coucher du soleil. »

Schérik, tel était le nom du noble personnage, qui était visir et en même temps favori du roi, avait un cœur qui croyait à la parole d'un homme de bien. Il se tourna vers le roi, et dit : « Je servirai de caution à Taï. » Le roi frémit; car lui aussi craignait que l'étranger ne tînt pas parole. Il regarda le visir d'un air significatif; mais Schérik fut inébranlable, et Taï courut porter des alimens à sa femme et à ses enfans.

Cependant les heures s'écoulèrent; le soleil approchait du terme de sa course, et Taï n'était pas de retour. Le peuple exigea impérieusement sa victime, et Schérik fut conduit enchaîné à l'autel, sans proférer une plainte. Tous les préparatifs étaient achevés, et déjà le prêtre levait le couteau du sacrifice : soudain un cri s'élève au loin : Taï, hors d'haleine, tout couvert de sueur et de poussière, accourt et se précipite à travers le peuple étonné. Il tombe aux pieds de Schérik, détache ses liens, le relève, et le presse dans ses bras. « Magnanime Schérik, lui dit-il ensuite, mon retard allait te coûter la vie. Grâce au Ciel, j'arrive à temps pour te sauver. Je meurs content; car je sais que tu prendras pitié de ma femme et de mes malheureux enfans. » Schérik l'embrassa en pleurant : « Oui, dit-il, je serai leur père et leur ami; je partagerai mes biens avec eux. » Comme ils se tenaient encore embrassés, le peuple, perdant la mémoire de son cruel sacrifice, poussa des cris de joie; le roi et tous les grands de sa cour furent émus. « Jamais, dit Naam, je n'ai vu vos pareils. Toi, Taï, tu es un modèle de loyauté; et toi, Schérik, tu es le plus généreux des hommes. » Il regarda le grand-prêtre, celui-ci était déjà monté sur la partie la plus élevée de l'autel, et s'apprêtait à haranguer le peuple. « Croyans, s'écria-t-il, les vertus de Taï et de Schérik ont apaisé le courroux du dieu; il n'exige plus de victimes sanglantes. Désormais nous lui offrirons du miel et du lait, symboles des bienfaits et des grâces qui doivent chaque jour découler du trône sur les sujets. »

Ainsi parla le grand-prêtre, et le peuple l'approuva par un cri d'allégresse. Le roi lui rendit grâce par un geste d'amitié: il combla de bienfaits le pauvre et honnête Taï, et s'attacha plus tendrement encore au généreux Schérik.

—————

Les trois Amis.

Trois Arabes disputaient entre eux quel était
le plus généreux, le plus magnanime de leurs
concitoyens. L'un donnait l'avantage à Abdallah cousin de Mahomet, l'autre à Kaïr fils
de Saad, et le troisième à Arabah. Aucun ne
voulait céder; enfin l'un d'eux proposa de terminer le différend par une épreuve. Chacun
devait aller demander assistance à son ami,
afin de voir ce qu'il ferait pour lui.

Le premier alla trouver Abdallah, qui, prêt
à monter sur son chameau pour entreprendre un voyage, avait déjà le pied dans l'étrier.
« Cousin du Prophète, lui dit-il, je suis en
voyage, et me trouve dans le besoin. » Abdallah retira aussitôt son pied, remit à son ami
le chameau richement chargé, et le pria seulement de prendre soin de l'épée suspendue
à la selle, parce qu'elle faisait partie de l'héritage d'Ali, beau-fils de Mahomet. Son ami
trouva sur le chameau plusieurs vêtemens de
soie et quatre mille pièces d'or; mais l'objet
le plus précieux était l'épée d'Ali.

Le second trouva son ami Kaïr endormi.
L'esclave lui demanda ce qu'il voulait à son
maître. « Je suis en voyage, répondit l'ami, et

n'ai pas d'argent. » L'esclave dit qu'il ne pouvait troubler le sommeil de son maître, et lui donna sept mille pièces d'or, en l'assurant que c'était là tout l'argent qui se trouvait dans la maison. « Mais, ajouta-t-il, va trouver les gardiens des chameaux, et fais-toi donner encore un chameau et un esclave. » Quand Kaïr, à son réveil, apprit de son esclave ce qu'il avait fait, il lui donna la liberté, et dit : Pourquoi ne m'as-tu pas réveillé? j'aurais donné encore plus à mon ami. »

Le troisième arrive chez son ami Arabah, comme il se disposait à se rendre à la prière. Deux esclaves le conduisaient, parce qu'il était vieux et avait la vue affaiblie. A peine eut-il présenté sa requête, qu'Arabah se dégagea des esclaves, joignit les mains et déplora son malheur de n'avoir pas d'argent à sa disposition. « Ami, dit-il, prends du moins mes deux esclaves, et vends-les. » L'autre s'y refusait; mais Arabah protesta que, s'il ne les prenait pas, il leur donnerait la liberté. En même temps il s'éloigna d'eux, et se mit à marcher à tâtons le long du mur.

Quand les trois disputeurs furent revenus avec les présens qu'ils avaient reçus, ils dirent unanimement : « De nos trois amis, celui qui s'est montré le plus généreux, c'est Arabah. »

Les Liens de l'amour.

Kosroës Parvis, roi de Perse, avait dans son armée un guerrier doué de qualités peu communes, mais susceptible, et très-irritable, Rustem. Les soldats l'avaient surnommé le bras droit du roi; car il l'avait long-temps servi, et ses exploits le faisaient jouir auprès de ses compagnons d'armes d'un crédit illimité. Un jour il se trouva offensé par le roi, et cette offense le mortifia au point qu'il travailla secrètement à exciter une révolte dans l'armée.

Instruit de son dessein, Kosroës se dit à lui-même : « Si cet ambitieux, que les soldats révèrent comme un dieu, lève contre moi l'étendard de la révolte, je ne sais qui je pourrais lui opposer; mais il faut consulter là-dessus mes visirs. » Il les appela en conseil, et tous furent d'avis que le roi devait, sans perdre un moment, faire mettre en prison ce traître redoutable.

Kosroës eut l'air de vouloir se conformer à leur avis; il fit sur-le-champ venir près de lui Rustem; mais, au lieu de le charger de chaînes, il le combla de nouveaux bienfaits et de nouvelles dignités. Il s'excusa de l'avoir mécontenté, vanta ses services et l'assura de sa clémence. Cette confiance et cette grandeur d'âme du roi émurent l'orgueilleux Rustem au point que non-seulement il renonça à son dessein, mais encore il demeura attaché au roi avec une fidélité inébranlable. « Voyez, dit Kosroës à ses visirs, j'ai suivi votre conseil, j'ai enchaîné Rustem avec les liens les plus solides. Pour les mains et les pieds il faut un grand nombre de chaînes, et c'est là un moyen cruel en même temps que peu sûr. Pour le cœur il n'en faut qu'une, et chez les hommes généreux elle dure éternellement.

Vision de Mirza.

Le cinquième jour de la nouvelle lune, jour solennel, que je fête suivant l'usage de mes pères, j'allai de bonne heure au bain, je fis ma prière du matin, et montai sur les hauteurs qui entourent Bagdad, pour passer le reste du jour dans la solitude, et m'y livrer à de saintes réflexions. L'air pur qui soufflait sur ces montagnes, donnait du ressort aux élans de mon âme : je tombai dans une contemplation profonde sur le néant de la vie humaine; mes pensées se pressaient confusément; enfin je m'écriai : « En vérité, l'homme n'est qu'une ombre, et sa vie est un songe. Pendant que j'étais livré à ces réflexions, je tournai les yeux sur un rocher qui s'élevait en face de moi, et je vis sur sa cime quelqu'un en habit de berger, qui tenait une flûte à la main. Il l'approcha de ses lèvres, et se mit à en jouer. Les sons étaient si doux, si agréables, et parcouraient une échelle de tons si variés, que jamais harmonie terrestre n'approcha d'un tel enchantement. Mon cœur goûtait une paix délicieuse; il me semblait entendre ces chants célestes qui accueillent les âmes vertueuses à leur arrivée dans le paradis; préludes aimables de la félicité qui les attend dans leur nouveau séjour.

J'avais souvent entendu dire que ce rocher était visité par un Génie : les sons de sa flûte avaient frappé l'oreille d'un grand nombre de passans; mais personne encore ne l'avait pu apercevoir. La douce mélodie qu'il me faisait entendre excita en moi un vif désir de l'entretenir. Je le regardais fixement comme un homme qui rêve, brûlant d'envie de m'approcher de lui. Il me comprit, et me fit signe de la main. Je m'approchai, rempli de ce respect religieux qui nous saisit à l'aspect d'un être d'une nature supérieure; mon cœur était attendri par ses doux accens; je tombai à ses pieds en pleurant. Mais l'esprit me sourit avec bonté, et son aspect gracieux bannit à l'instant toute ma timidité. Il me tendit la main, et me releva. « Mirza, dit-il, j'ai entendu ton entretien solitaire : suis-moi. »

Il me conduisit au sommet du rocher, et me plaça sur sa cime. Tourne les yeux vers l'orient, me dit-il; que vois-tu? Je vois, répondis-je, une vallée, à travers laquelle coule un large fleuve. Cette vallée, reprit-il, s'appelle la vallée du malheur, et ce fleuve est le fleuve du temps. Pourquoi, lui demandai-je, sort-il d'un brouillard, et va-t-il se perdre de même au sein d'épaisses vapeurs? — C'est, répondit-il, un faible ruisseau, qui sort de l'océan ténébreux de l'éternité, et qui court s'y rejoindre. Considère-le plus attentivement, qu'y aperçois-tu? Je vois, lui dis-je, un pont qui traverse le milieu du fleuve. — C'est, reprit-il, le pont de la vie humaine; examine-le avec soin. »

Je regardai avec beaucoup d'application, et vis qu'il était composé de soixante-dix arches entières et de quelques autres rompues, de sorte que leur nombre total pouvait être de cent environ.

Pendant que je comptais les arches, mon compagnon me dit : « Autrefois ce pont était

composé d'un nombre d'arches bien plus
grand ; un déluge impétueux en a emporté
beaucoup et a laissé le reste dans l'état de
ruine où tu le vois maintenant. »

En prolongeant mon examen, je remarquai
que plusieurs de ceux qui passaient sur le pont
tombaient dans le fleuve. Il y avait effectivement une foule de trappes cachées ; dès qu'un
passant mettait le pied sur l'une d'elles, il tom-
bait et disparaissait. A l'entrée du pont ces
trappes étaient voisines les unes des autres, et
la moitié de ceux qui sortaient du brouillard
étaient engloutis dans les eaux. Vers le milieu
elles étaient plus rares, mais vers la fin leur
nombre augmentait, et elles étaient encore
plus près les unes des autres, qu'à l'entrée.

Plus je considérais ce pont merveilleux, et
la triste destinée de tant de pélerins déçus,
plus mon âme s'attristait. Beaucoup paraissaient
courir en dansant et en poussant des cris de
joie, qui, soudain, tombaient dans le fleuve,
étendant inutilement leurs mains pour chercher un appui. D'autres s'avançaient d'un air
réfléchi, les yeux dirigés vers le ciel ; mais au
milieu de leurs réflexions, ils chancelaient et disparaissaient. Beaucoup poursuivaient des bul-
les d'eau et des figures aériennes de toutes couleurs, qui voltigeaient autour d'eux ; mais au
moment où ils étendaient la main pour les sai-

sir, le pied leur manquait, et ils étaient abîmés. J'en vis même quelques-uns qui se jetaient en fureur sur leurs compagnons, et les précipitaient du pont dans le fleuve.

Comme je détournais les yeux de ce triste spectacle, je remarquai une foule d'oiseaux, à ce qu'il me parut, qui planaient au-dessus du pont, et s'y abattaient de temps en temps. « Que vois-tu, Mirza ? me demanda mon guide. — Je vois des vautours, des harpyes, des griffons, des corbeaux, et autres oiseaux de proie, lui répondis-je. — Ce sont, reprit-il, les soucis, les passions qui tourmentent la vie humaine; l'avarice, l'envie, l'ambition, la volupté, le désespoir et autres semblables.

—Ah! dis-je en poussant un profond soupir, que l'homme est un être vain! Il n'a été créé que pour le malheur et le néant. » Le Génie eut pitié de ma douleur ; il m'ordonna de tourner les yeux vers l'épais brouillard dans lequel va se perdre le fleuve avec toutes les races des mortels qui tombent dans ses ondes.

J'obéis; en même temps il étendit les bras, et à l'instant le brouillard disparut, la vallée s'élargit, et une mer immense s'ouvrit à mes regards. Au milieu de cette mer s'étendait une chaîne de montagnes de diamant, qui la divisait en deux parties égales.

Les vapeurs enveloppaient encore l'une

d'elles et ne me permettaient de rien distinguer de ce côté. Mais l'autre m'apparaissait comme un vaste océan de cristal, rempli d'îles innombrables couvertes de fleurs et de fruits. Je distinguais les habitans splendidement vêtus, et parés de couronnes de fleurs. Les uns se promenaient sous des arbres verts, d'autres se reposaient au bord de claires fontaines ou sur des collines que le soleil semblait émailler de mille couleurs. J'entendais un mélange confus et mélodieux de chants d'oiseaux, de voix humaines et d'instrumens divers accompagnés du murmure des ruisseaux. Ravi de cette perspective charmante, j'aurais voulu avoir les ailes de l'aigle pour m'envoler vers ces bienheureuses demeures. Mais mon conducteur me dit qu'on n'y pouvait arriver que par les portes de la mort, que je voyais à chaque instant s'ouvrir sur le pont.

«Ces îles qui présentent à tes regards leur fraîcheur et leur verdure éternelles, poursuivit-il, sont plus nombreuses que les grains de sable du désert. Mais derrière celles que tu vois, il y en a des millions d'autres. Car cette mer s'étend bien par-delà la portée de tes yeux et même de ton imagination. Ces îles sont le séjour des âmes vertueuses, après la mort. Leur condition est conforme à leur vie et à leurs degrés de vertu; plus leurs pensées ont été pures et célestes, plus leur séjour est délicieux. O Mirza, ces bienheureuses campagnes ne sont-elles pas un but digne de tous tes efforts ? Est-elle si méprisable, la vie qui t'ouvre une voie vers une pareille félicité ? La mort, qui te mène dans ces mondes fortunés, te paraît-elle encore si terrible ? Peux-tu avec justice te plaindre des courtes souffrances destinées à t'initier à ces plaisirs éternels ? Que je ne t'entende plus déplorer le néant de la vie; car ce court péle-rinage, que doit suivre une éternité de délices, est aux yeux des Génies le plus bel ouvrage de la sagesse divine. »

Je demeurais toujours les regards fixés avec un ravissement inexprimable sur les îles bien-heureuses. « Je t'en prie, dis-je à la fin, fais-moi voir aussi les mystères que cache le brouillard de l'autre côté de la montagne de diamant. » Comme le Génie ne me répondait pas, je me tournai pour réitérer ma prière, mais je ne le vis plus.

Je voulais jouir encore du spectacle déli-cieux qui me tenait enchanté depuis si long-temps. Mais à la place du fleuve retentissant, des arches du pont et des îles heureuses, je ne vis rien que les profondes vallées de Bagdad, couvertes de troupeaux de bœufs, de mou-tons, et de chameaux, qui en broutaient les herbes. »

Le Juge avisé.

Un marchand, se disposant à voyager en pays étranger, remit à un derviche, qu'il regardait comme son ami, une bourse de mille sequins, en le priant de lui garder cet argent pendant son absence. Un an après, le marchand revint et redemanda son argent; mais le dépositaire infidèle nia effrontément qu'il eût rien reçu. Le marchand, indigné, courut chez le cadi, porter plainte contre le derviche. « Tu as été plus loyal que prudent, répondit le juge. Tu n'aurais pas dû te fier aussi aveuglément à un homme dont tu ne connaissais pas la probité. Il sera difficile de décider ce fourbe à se défaire volontairement d'un dépôt qu'il a reçu sans témoin; je verrai cependant ce que je puis faire pour toi. Va le retrouver, et parle-lui avec douceur; mais ne laisse pas voir que je suis informé de l'affaire, et reviens ici demain à la même heure. »

Le marchand suivit le conseil du cadi; mais au lieu de sa bourse il n'eut que des injures. Comme ils disputaient encore, arriva l'esclave du cadi, qui invita le derviche à venir trouver son maître. Il y alla. Le juge l'accueillit avec bonté, le mena dans sa plus belle chambre, et le traita avec autant de distinction que le plus

6

grand personnage de la ville. Il l'entretint de divers sujets, dans lesquels il sut faire entrer adroitement tant d'éloges de la générosité, de la sagesse et de la science du derviche, qu'il gagna toute sa confiance. « Je t'ai fait prier, noble derviche, lui dit-il en finissant, de me venir trouver, pour te donner une preuve de ma confiance et de mon estime. Une affaire importante m'oblige de faire un voyage de quelques mois. Je me défie de mes esclaves, et je voudrais laisser mes trésors dans les mains d'un homme comme toi, auquel la ville entière rend un témoignage aussi honorable. Si tu peux t'en charger sans t'incommoder, je te les enverrai demain soir. La chose exige le plus profond secret; ainsi je te les ferai remettre par mon plus fidèle esclave, à titre de présent. »

Un air de contentement se répandit sur le visage du derviche; il s'inclina profondément à plusieurs reprises, rendit grâces de la haute confiance qu'on lui témoignait, protesta du ton le plus expressif, qu'il veillerait sur le dépôt comme sur la prunelle de ses yeux, et prit congé, plein d'une joie secrète, comme s'il eût déjà tenu le cadi dans ses filets.

Le lendemain matin, le marchand revint, annonçant la persistance du derviche à nier le dépôt. « Va le trouver encore, dit le cadi, et s'il continue de te refuser, menace-le de me porter plainte. Je pense, qu'il ne se laissera pas menacer deux fois. » Le marchand y alla. Dès que le derviche entendit parler du cadi, dont il fallait conserver la confiance à tout prix, pour se rendre maître de son trésor, il se hâta de rendre la bourse. « Comment donc, mon cher ami, ajouta-t-il en souriant, le cadi ! est-ce que ton bien n'était pas en sûreté dans mes mains ? j'ai seulement voulu plaisanter, pour voir ce ce que tu dirais. » Le marchand fut assez sage pour s'accommoder de cette plaisanterie, et courut remercier le cadi de sa généreuse assistance.

Cependant la nuit vint, et le derviche se disposait à recevoir les trésors annoncés : mais la nuit s'écoula, sans que l'esclave du cadi parût avec le présent mystérieux. Il trouva le temps excessivement long, et, dès le lever de l'aurore, il se rendit à la demeure du juge. « Je voulais seulement m'informer, dit-il, pourquoi le seigneur cadi n'a pas envoyé son esclave ? — Parce que, répondit le cadi, il a appris d'un certain marchand, que tu es un homme sans foi, que la justice punira comme il le mérite, s'il lui parvient une seconde plainte du même genre. » Le derviche s'inclina respectueusement jusqu'à terre, et se retira sans proférer un seul mot.

La Bibliothèque du Roi des Indes.

Dabschelim, roi des Indes, avait une bibliothèque si nombreuse, qu'il fallait cent brachmanes pour la tenir en ordre, et mille chameaux pour la porter. Mais comme il n'avait pas envie de la lire tout entière, il chargea les brachmanes d'en extraire et de lui remettre ce qu'ils y trouveraient de meilleur et de plus utile. Ces hommes savans travaillèrent avec tant de zèle, qu'au bout de vingt ans ils avaient, de leurs extraits rassemblés, fait une encyclopédie abrégée, qui consistait en deux mille volumes, et que trente chameaux pouvaient porter sans beaucoup d'efforts. Ils obtinrent la faveur de la présenter au roi; mais, à leur grand étonnement, il leur dit qu'il trouvait encore trop forte la charge de trente chameaux. Ils la réduisirent donc à quinze, puis à neuf, puis à quatre, enfin à deux chameaux; et en dernier lieu, il ne resta plus que la charge ordinaire d'un mulet de taille moyenne.

Par malheur Dabschelim, pendant qu'on abrégeait ainsi sa bibliothèque, était devenu vieux, et il n'était pas sûr de vivre encore assez long-temps pour lire ce chef-d'œuvre si plein dans sa brièveté. Dans cette perplexité, il consulta le sage

Pilpaï, son visir, qui lui dit : « Grand roi, bien que je ne connaisse qu'imparfaitement la bibliothèque de ta Majesté, je m'engage à en faire un extrait fort court et assez utile. Tu pourras le lire en peu d'instans, et tu y trouveras de quoi réfléchir toute ta vie. » Il prit une feuille de palmier, et y écrivit avec un style d'or les quatre maximes suivantes :

1. La plupart des sciences ne contiennent que ce seul mot : *peut-être;* et l'histoire tout entière consiste en trois mots : *ils naquirent, souffrirent, moururent.*

2. Aime ce qui est juste, et fais ce que tu aimes; pense ce qui est vrai, et ne dis pas tout ce que tu penses, tu seras juste et sage.

3. O rois, domptez vos passions; régnez sur vous-mêmes, et il vous sera aisé de régner sur le monde.

4. Rois, peuples! on ne vous l'a pas encore assez dit, et de prétendus philosophes en doutent encore : il n'y a pas de bonheur sans vertu, et pas de vertu sans crainte de Dieu.

Les quatre Boules d'or.

Sarbas, roi de Perse, tenait son tribunal, assis sur un trône magnifique dans la grande salle de son palais. La promptitude de ses décisions, fruit d'une longue expérience, était admirée dans tout l'Orient. Mais il vint à se présenter une affaire dont la singularité exigeait de la réflexion. C'était un vieillard, maigre et pâle, conduit par un jeune homme semblable à un bouton de rose prêt à s'épanouir. Il s'agenouilla, toucha trois fois la terre de son front, et dit : « Roi des rois, et ministre de Dieu, je m'approche du pied de ton trône pour implorer ta justice. J'avais un fils unique, la joie de ma vie, le trésor de mon âme. J'étais riche et heureux; mon fils grandissait, et venait d'atteindre sa huitième année, quand je fus obligé, dans l'intérêt de mon commerce, de faire un voyage lointain. Mon cœur se refusait à abandonner l'aimable enfant, dont l'esprit et le corps se développaient avec une promptitude extraordinaire. Aveuglé par l'excès de ma tendresse, j'oubliai les dangers de la route, et l'emmenai avec moi; résolution funeste, que je devais expier par de longues souffrances. Notre caravane fut attaquée dans un désert par des brigands; je fus grièvement blessé, et j'eus la douleur de voir entraîner loin de moi mon enfant chéri. Je l'appelai par mes cris, il tendit ses petites mains vers moi en pleurant; mais les brigands avaient le cœur dur comme des rochers; ils s'éloignèrent. Un désespoir sans bornes s'empara de moi. Je fus emporté à demi mort; mais je devais vivre et pleurer long-temps encore ma folie.

» De retour dans ma patrie, j'envoyai dans toutes les contrées du monde à la recherche de mon fils. Mais il était perdu, et je me désolai dix ans, sans en entendre parler. Mes richesses s'accumulaient malgré moi; je vieillissais, j'étais malade; car un chagrin continu me dévorait. Je voyais tous les jours la mort s'approcher; n'ayant pas d'héritier, je léguai la plus grande partie de mon bien à ton royal trésor, le reste à mes parens et à mes esclaves, et je déposai mon testament chez le cazy. On attendait ma mort avec impatience, quand ce jeune homme que tu vois près de ton trône, arriva chez moi et se donna pour mon fils. Tous ses discours étaient conformes à la vérité; il répondit à mes questions avec l'exactitude la plus précise; mon cœur s'ouvrit aux plus douces émotions; je le reconnus pour le fils que j'avais perdu, et la joie de son retour me rendit la santé. J'allai redemander mon testament au cazy, mais il soutint que ce jeune étranger était un imposteur et non pas mon fils, par le seul motif que la nourrice prétend ne pas retrouver sur lui les signes qu'il portait dans son enfance. Je me présente donc devant ton trône, qu'éclaire le soleil de la justice et de la sagesse, et je te supplie d'employer tes regards pénétrans à la recherche de la vérité. »

Le vieillard se tut et pleura. Tous les assistans étaient émus de son récit, et l'on doutait à peine que l'étranger, dont l'extérieur parlait si avantageusement en sa faveur, fût son fils jadis perdu. Chacun était impatient d'entendre la décision du roi, et l'on s'étonnait que, contre son habitude, il gardât le silence et parût réfléchir.

Mais la cupidité s'était emparée de son cœur, à la nouvelle que l'arrivée du jeune étranger priverait son trésor d'un riche accroissement. Cette pensée obscurcissait son jugement. Son front se contracta; il jeta des regards irrités sur le jeune homme, dont la posture annonçait une discrète assurance; enfin il rompit le silence, et dit : « Le cazy a fait son devoir. La décision de la nourrice est le seul témoignage valable dans cette affaire; et si tu n'as pas d'autre preuve, dit-il en se tournant vers l'étranger, que ta propre assertion, tu ne peux être reconnu pour le fils et l'héritier de ce riche vieillard. Qu'as-tu à dire pour ta justification? Parle.

—Seigneur, répondit le jeune homme sans se troubler, mon malheureux sort m'a privé de tous les moyens qui pourraient me servir à prouver judiciairement mon origine. Je n'ai d'autre témoin que ma mémoire, où se sont fidèlement conservées les premières impressions de mon enfance. Il me serait aisé de confirmer ce que j'avance, par une foule de particularités connues de mon père et de moi seuls; mais puisque, d'après la loi, je ne puis servir de témoin dans ma propre cause, je ne sais qu'un moyen d'aller à la recherche de la vérité. J'ai beaucoup voyagé, et, malgré mon âge peu avancé, j'ai vu beaucoup de choses étonnantes. La plus extraordinaire, c'est un magicien, qui sait presque tout, et qui habite une montagne sur les frontières de l'Inde. Il a quatre boules d'or, qu'il anime par sa magie, et qu'il envoie dans toutes les parties du monde. Elles volent en peu d'instans aux extrémités de la terre, et lui rapportent des nouvelles de tout ce qui s'y passe. Rien ne leur reste caché; elles pénètrent sans être vues, à travers les portes fermées, fouillent le lit des mers, volent jusqu'à la lune et au soleil, percent le centre de la terre, et fendent les épaisses murailles des palais, comme l'air diaphane. Une pareille boule fait plus de découvertes que mille espions, et un roi qui en aurait une ou deux, pourrait scruter jusqu'aux plus secrètes pensées de ses sujets. En l'envoyant dans le divan d'un royaume voisin, il apprendrait aussitôt les desseins cachés de ses ennemis; il les préviendrait, et son règne serait

7

la merveille du siècle. C'est par ce moyen que
j'ai appris que mon père vivait encore, qu'il me
pleurait sans relâche; mais qu'il était malade
depuis long-temps, et qu'il fallait me hâter, si je
voulais le revoir avant sa mort. Si tu veux ex-
pédier un messager fidèle à ce magicien, la vérité paraîtra au grand jour, fût-elle enfouie au
centre de la terre. « Non, dit le roi de Perse,
j'irai moi-même visiter ce grand magicien, et tu
m'accompagneras. Je partirai demain avec les
premiers rayons du soleil; je meurs d'impatience de voir ces boules et d'approfondir la
vérité de ton histoire. Vieillard, prends patience
jusqu'à mon retour. Si ce jeune homme est vé-
ridique, les ailes de ma faveur s'étendront sur
vous. »

A peine l'aurore éclairait la cime des montagnes, que le roi Sarbas se mit en route avec une
suite peu nombreuse. Il prit seulement quelques
heures de repos dans la nuit et au milieu du jour,
et voyagea si rapidement que les montagnes et
les vallées disparaissaient sous leurs pas comme
s'ils eussent eu des ailes. Miraga, c'était le nom
du jeune homme, se tenait à côté du roi, et lui
abrégeait le temps par ses sages discours et ses
récits merveilleux de peuples et de coutumes
étrangères, dont le roi n'avait jamais entendu
parler. Le roi se prit d'une grande amitié pour
Miraga; car il ne disait pas un mot qui lui dé-

plût; et ils auraient pu revenir sur leurs pas
au bout des deux premiers jours, tant le roi se
trouvait intérieurement décidé en faveur de
Miraga, si les boules plutôt que la nourrice ne
l'avaient déterminé à poursuivre son voyage. Ils
laissèrent derrière eux montagnes, forêts et ri-
vières; et à peine la lune, après avoir décliné
une fois, avait-elle reparu dans son plein, qu'ils
arrivèrent à la montagne sur laquelle demeurait le magicien.

Le roi s'était attendu à voir un rocher sté-
rile, et ne fut pas médiocrement étonné de
trouver la montagne couverte de vignes et des
plus beaux arbres fruitiers. La nature semblait
avoir pris plaisir à lui donner les plus belles
proportions. Le pied, parfaitement arrondi,
avait environ une lieue de circuit; entourée de
vallées ravissantes, elle s'élevait en pente douce
à une hauteur modérée, d'où s'écoulaient en
murmurant quatre ruisseaux, qui se dirigeaient
vers les quatre régions du monde. Sur la cime
aplanie du mont, était une demeure plus semblable à une métairie qu'à un palais, d'où la
vue embrassait de tous côtés un vaste horizon
enfermé par une chaîne de collines, et se reposait sur les villages situés dans la vallée. Un
doux zéphir apportait aux voyageurs les parfums les plus délicieux, et communiquait une
vie nouvelle à leurs membres fatigués.

Le soleil était au terme de sa course, et les vallées étaient dans l'ombre; mais la montagne paraissait environnée de flammes pourpres. Jusqu'à son sommet, on voyait les effets de l'activité et du bon ordre. De tous côtés, aux regards du roi, se présentaient des hommes, des femmes et des enfans, qui travaillaient avec un zèle et une gaîté incomparables. Ils chantaient en chœur, et, dans leur bienheureuse sécurité, ils semblaient à peine faire attention au roi, qui passait émerveillé au milieu d'eux. « Ah! dit le roi en soupirant, je reconnais déjà la puissance des quatre boules d'or. Dans mes provinces, je n'ai vu, à mon passage, que vide et solitude; dans leurs habitans, qu'abattement et tristesse; et cette montagne est comme un paradis, aux confins de mon empire. »

Ils s'avancèrent vers la demeure du magicien, qui n'était pas un bâtiment superbe, mais qui, tant à l'intérieur qu'à l'extérieur, présentait l'agréable image d'une abondance bien réglée, et d'une sage disposition. Miraga, qui paraissait au fait de tout, marcha en avant, et le roi le suivit avec les siens, dans l'attitude d'un homme qui rêve. Ils entrèrent sans que personne vînt à leur rencontre. Le roi portait de côté et d'autre des regards étonnés, quand une chambre s'ouvrit, dans laquelle était assis un homme entouré de six jeunes garçons et d'au-

tant de jeunes filles. Il paraissait leur donner
une leçon, que l'auditoire recueillait avec une
attention mêlée de tendresse. C'était le magicien : de longs cheveux blancs flottaient sur ses
épaules ; une robe blanche, nouée sous la poitrine avec une ceinture couleur de rose, descen-
dait à ses pieds. Les enfans étaient vêtus de
même ; seulement les uns avaient des cheveux
blonds, les autres en avaient de noirs ou de
bruns, parure de leur âge fortuné. Il semblait
au roi que la pleine lune apparût à ses yeux, entourée d'une guirlande d'étoiles ; car jamais il
n'avait joui d'un tel spectacle.

Miraga entra dans la chambre, suivi du roi.
Le magicien se leva, dès qu'il les aperçut, et les
enfans disparurent comme de légers nuages devant le soleil du matin.

« Seigneur, dit le roi au magicien, avec un
respect profondément senti, je suis un enfant
de la Perse. Ta gloire a frappé mes oreilles, et je
viens pour être témoin de la merveille des qua-
tres boules d'or, qui t'apportent les nouvelles les
plus cachées de toutes les parties du monde. Si
ma curiosité ne t'offense pas, daigne exaucer
mon ardente prière. — Très-volontiers, répondit le magicien ; elles vont précisément revenir
du royaume de Perse ; et puisque c'est ta patrie,
tu pourras juger à l'instant si elles disent la
vérité. » A ces mots il leva en l'air la main

droite, et un bâton d'ivoire tomba du plafond; il le prit et en frappa la terre, qui s'ouvrit aussitôt pour donner passage à une table de marbre recouverte de bois d'ébène. La couverture se détacha et laissa voir un enfoncement circulaire et en argent, au bord duquel on voyait quatre trous dirigés vers les quatre régions du monde. « Je n'ai qu'une condition à faire, reprit le magicien. Les boules perdent leur vertu divine, quand elles parlent à un homme inquiété par la moindre passion. Sois donc maître de toi-même; car elles pourraient bien dire des choses qui te causent de la joie, ou de la peine. Rassemble toutes tes forces; au premier mouvement qui s'emparerait de toi, tu serais privé du plaisir et de l'avantage d'entendre leur récit. »

Le roi, tout entier à son attente curieuse, promit avec empressement de remplir une condition aussi facile. Alors le magicien frappa sur une petite cymbale suspendue à la langue fourchue d'un serpent rouge, qui reposait sur sa queue dans le bassin d'argent. La cymbale retentit, et un doux murmure se fit entendre dans l'ouverture qui regardait l'occident; il s'accrut par degrés, et finit par ressembler au bruit d'un grand fleuve. Le roi sentit sa poitrine s'oppresser, et ses esclaves tremblèrent. Le bruit cessa, et quatre petites boules d'or

sortirent en roulant. Elles tracèrent pendant
quelque temps un cercle rapide autour du serpent, puis s'arrêtèrent devant l'enchanteur et
le roi. La première s'ouvrit, et une voix, aussi
doucement harmonieuse que l'instrument touché par un artiste sensible, fit entendre ces
mots :

« J'ai volé à travers le Chorasan, où demeure
Zalaspa, l'ancien ami du roi de Perse : le roi
avait long-temps vécu dans son intimité, et l'a-
vait toujours trouvé probe et fidèle ; mais, peu
à peu, empoisonné par la flatterie, il conçut
de l'aversion pour son ami ; la liberté de son
langage lui déplut ; il évita sa société, pour re-
chercher des serviteurs plus complaisans. A
peine les ennemis de Zalaspa s'en furent-ils
aperçus, qu'ils le chargèrent d'infâmes calomnies. Le roi le condamna sans l'entendre, et le
bannit de sa cour. Il déplora l'aveuglement du
roi, et se rendit dans le Chorasan, sa patrie.
Il y vit en paix, ne cessant de faire du bien. Le
peuple le révère comme un père. Il partage la
moitié de ses revenus avec les indigens ; il a,
de ses mains, défriché ou embelli des provinces entières, et son nom est exalté par les habitans comme celui d'une divinité. Il est parfaitement heureux, et n'éprouve de tristesse
qu'en venant à songer que le roi Sarbas n'a
plus d'ami. »

La voix se tut, et la boule se referma. Le roi, pour qui ces paroles avaient été comme un trait acéré qui l'aurait blessé au cœur, sentit un feu brûlant lui monter au visage, soupira profondément, et voulut parler : mais sa langue était sans mouvement.

Alors la seconde boule s'ouvrit, et, avec l'accent plaintif d'un oiseau désolé du trépas de ses petits, fit entendre ce qui suit :

« J'ai volé à travers le Farsistan. Ayant aperçu un château à l'écart, je me suis élevée au-dessus, et en planant sur les jardins, j'ai vu sous un berceau la première femme du roi de Perse ; il l'avait repoussée comme son ami, pour donner sa couronne à une indigne rivale. Elle avait encore tout l'éclat de la beauté dont elle brillait en s'asseyant pour la première fois sur le trône, à côté de Sarbas. Sa fille, image de sa mère, était sur son sein, jouant avec ses cheveux épars, et lui souriant pour la consoler. Mais elle ne cessait de s'affliger et de se plaindre. Je suis descendue pour les entendre : « Ne pleure pas, ma mère ; tes beaux yeux ressemblent déjà au lis rouge. Je t'aime, ne pleure plus. Écoute le chant des oiseaux ; ils sont toujours contens, et folâtrent sous les rameaux des arbres ; je veux être ton rossignol, et te répéter sans cesse : Ne pleure pas, ne pleure pas. — Ah ! ma fille, j'ai dans le cœur un oiseau qui se lamente sans cesse. Il a perdu son bien-aimé, et il le pleure. — Laisse le s'envoler ma mère, cet oiseau de deuil; la liberté lui fera du bien. Les oiseaux haïssent les prisons, et vivent indépendans dans d'aimables bocages. — Ah! mon enfant, il est emprisonné comme nous; il est retenu dans une solitude; ses plaintes se perdent dans un désert, où elles ne sont entendues de personne. »

La boule se referma en cessant de parler. Le roi tenait toujours ses yeux fixés sur elle, et des larmes abondantes coulaient sur son visage. Il semblait encore écouter son langage plaintif, quand la troisième boule s'ouvrit. Elle murmura ces mots, comme le vent qui souffle dans les cimes des arbres, ou comme des vagues légères qui viennent mourir sur le rivage :

« J'ai accompagné le roi Sarbas dans son voyage, et j'ai observé ses actions; son favori, l'esclave Congo, caressait sa faiblesse, l'appelait le roi à la science universelle, le soleil d'Asie, la couronne des héros, sans que le roi s'aperçût de sa fausseté. Il louait tous ses discours, et riait au fond du cœur de sa simplicité. Il parlait incessamment de sa fidélité, et n'attendait que l'occasion de tromper le roi. Elle s'est présentée hier. Le roi, fatigué de la rapidité de sa course, dormait profondément dans sa tente, quand Congo, qui venait de lui faire mille protestations de dévouement, lui a retiré du doigt un diamant précieux, don de la reine prisonnière, et l'a cousu dans l'étoffe de la tente. »—«O scélérat!»s'écria le roi dans un transport de fureur, et en même temps il tira son sabre pour fendre la tête de Congo tout tremblant. Aussitôt un bruit violent se fit entendre, le sol trembla, la table de marbre reprit sa couverture noire, et s'abîma en un clin d'œil.

Le roi sortit de son égarement, et se vit seul avec le magicien ; toute sa suite avait disparu, et la chambre avait changé d'aspect. « Roi de Perse, dit le magicien, tu as violé la condition exigée, et le jeu magique des boules d'or est mort aujourd'hui pour toi. L'orgueil, l'envie, l'avarice et la colère en détruisent l'harmonie, et quiconque est l'esclave d'une de ces quatre passions, entend, au lieu de leurs doux accens, le mugissement de la mer. — Ah! répondit le roi, excuse-moi, je n'étais plus à moi-même. Mais daigne m'accorder ma demande. Je vois que les dieux t'ont communiqué dans ces boules merveilleuses une partie de leur omniscience. Je suis souverain d'un grand empire; pour le bien gouverner, j'ai besoin de connaître exactement tout ce qui s'y passe : je t'en conjure, donne-moi une des ces boules, et

dévoile-m'en la magie, je te donne la moitié
de mes trésors en retour de ce présent, qui
passe de si loin toutes les sciences humaines.

— Assieds-toi sur ce sopha, roi de Perse, reprit le magicien, et écoute-moi. L'intention qui
t'amène ici est digne de ton rang; elle témoigne
de ta bonne volonté à l'égard de ton peuple;
mais je ne puis la satisfaire qu'à demi. Je dois
ces quatre boules à l'amitié d'un Génie bienfaisant, qui me les a prêtées pour un temps
qu'il fixera lui-même. Les nouvelles qu'elles
m'apportent, je puis les communiquer à d'autres; mais les donner elles-mêmes, ou les
vendre, le Génie me l'a défendu. Je suis chef
d'un petit peuple, au bonheur duquel je les ai
employées jusqu'ici, et le bon Génie paraît être
satisfait de ma conduite, puisqu'il m'en laisse
la jouissance complète. Je n'en ai jamais usé
pour mon propre avantage, mais pour celui de
mon peuple; je n'amasse pas de trésors, je partage tout ce qui m'arrive; les questions que je
leur adresse n'ont pas pour objet une vaine ou
maligne curiosité, mais mon intérêt bien entendu et celui de mon prochain. En un mot,
j'en tire le parti qu'on doit tirer d'un présent
céleste, et les dieux m'approuvent sans doute:
je m'en sers pour faire du bien.

» O roi, bien qu'il me soit impossible de
me rendre à ton désir, il ne sera pas dit, je

l'espère, que tu aies fait en ces lieux un voyage inutile. Je vais t'apprendre la partie la plus importante de mon art, je veux dire la manière dont tu dois traiter ceux que le Ciel a commis à tes soins. Toi aussi, tu as reçu du bienfaisant Génie protecteur de la terre, des boules magiques comme les miennes. Elles ne sont pas, il est vrai, comme celles-ci, de forme visible, mais elles ne sont pas moins précieuses, et si elles n'ont pas jusqu'ici produit de résultats aussi avantageux, ne l'impute qu'à toi-même. Ton sceptre est le bâton d'ivoire qui est tombé du plafond, et m'a servi à appeler les boules. Tiens le sceptre en roi vraiment sage, et tu sauras aussi tout ce dont tu as besoin pour faire l'ornement de ton trône et le bonheur de ton peuple. Alors tes yeux et tes oreilles te rendront les services des boules d'or, tu leur devras de l'instruction et du plaisir. N'oublie donc jamais ta mission divine, ni ta dignité royale. Voir et entendre, c'est le premier devoir d'un roi. Ses yeux et ses oreilles appartiennent à son peuple; les nouvelles qui lui parviennent par ces boules magiques, il n'en doit pas abuser pour satisfaire sa vanité, son avarice ou ses plaisirs, il doit les considérer comme des messagers qui lui annoncent les besoins, les imperfections de son gouvernement et les moyens d'y remédier. S'il les emploie de

cette manière, jamais une vérité ne le blessera,
dans la bouche de la sagesse; il ne torturera
par la justice pour enrichir son trésor, mais
son œil pénètrera en tous lieux comme un soleil bienfaisant, et son oreille recevra, comme
l'air, tous les sons résultant du blâme ou de
l'éloge, de la plainte ou de la prière, pour en
faire, par la vertu secrète de l'esprit, un con-
cert général d'actions de grâces et de joyeuses
acclamations.

« Telle est, roi de Perse, la magie qui me
sert à animer ces boules. Je te l'ai communi-
quée, parce que je te regarde comme un homme
capable de la mettre à exécution. Je t'aime
depuis ta jeunesse, et j'ai observé toutes tes
démarches avec une tendre sollicitude. Je t'ai
plaint en voyant des scélérats corrompre tes
sentimens, et allumer dans ton cœur de misérables passions. Je me suis vivement réjoui de
l'occasion que m'a donnée mon élève Miraga
de satisfaire mon désir de te voir ici. Ce jeune
homme est la perfection de toutes les vertus.
La générosité et la prudence se disputent en lui
le premier rang, et c'est une marque de la
grandeur de ton âme d'avoir en peu de temps
conçu pour lui une si vive affection. Il avait
neuf ans quand je l'achetai, et je me suis, de
bonne heure, efforcé d'orner son esprit de
toutes les connaissances nécessaires. Il a sur-

passé mon attente, et les soins que j'ai appor-
tés à son éducation ont été largement payés.
Mets à profit ses services; je sais qu'il te dé-
dommagera de la perte de ton ami Zalaspa.
Quant à sa naissance, il est le fils du vieux
marchand. Une injuste curiosité a obscurci ta
prudence ordinaire; autrement tu aurais trouvé,
sans de longues recherches, que la nourrice
avait été gagnée par des parens cupides, et que
sa déclaration était controuvée. »

Le roi de Perse avait, pendant ce discours,
éprouvé à plusieurs reprises une irritation
assez forte pour en perdre la respiration; mais
l'imposante dignité qui régnait sur le visage
du magicien fit taire son courroux; et l'aimable bonté avec laquelle il finit, acheva de le
calmer.

Il allait répondre, quand un bruit de harpes
et de flûtes s'éleva comme un doux murmure,
et lui fit oublier ce qu'il voulait dire. La musique semblait venir de tous côtés, et ressemblait à une harmonie magique, produite par
des esprits invisibles; elle devint de plus en plus
retentissante, et peu à peu asservit complètement les sens du roi. Le plaisir étincelait dans
ses yeux, qui semblaient demander au magicien
ce que voulait dire cette musique. « Ce sont,
dit-il, mes enfans, que j'instruisais, lorsque tu
es arrivé; ils ont voulu fêter la bienvenue du

grand roi de Perse dans la maison de leur père.

Le roi leva les yeux, et la muraille disparaissant comme un brouillard, lui découvrit un spectacle ravissant. Six jeunes garçons et six jeunes filles s'approchèrent, parés comme précédemment, la tête couronnée de violettes et de roses, et chantèrent un hymne en l'honneur du roi de Perse. Ils marchaient trois par trois, et portaient dans leurs mains de magiques présens. Arrivés près du roi, ils se formèrent en demi-cercle, s'inclinèrent, et le chant cessa. Deux garçons et deux filles se détachèrent avec les présens, et lui firent un salut gracieux. Le premier garçon dit : « Honneur à toi, roi de Perse; je t'apporte un diadème destiné à parer tes petits-fils; — Je te donne une chaîne d'or, dit une jeune fille, pour attacher les cœurs de ton peuple au tien; — Je te donne ce ceinturon d'azur, dit l'autre garçon, pour emblème de ta justice; — Je te présente, dit la seconde jeune fille, cette couronne de diamans, récompense d'un bon roi. — Et nous, dirent les autres, nous semons des fleurs sous tes pas, et nous te souhaitons paix et contentement. »

Ainsi se termina ce jour, le plus extraordinaire de la vie du roi Sarbas. Il repartit comme animé d'une nouvelle existence, et sa première pensée fut pour son épouse prisonnière, la

reine Marante, et sa fille Solima. Il y vola sur
les ailes du repentir et de l'amour, et les serra
de nouveau contre son cœur, comme les gages
de sa félicité. Il se rendit aussi près de son ancien ami ; mais Zalaspa avait la conscience de
son bonheur, de la paix dont il jouissait à
l'abri de l'envie : il pria le roi de l'en laisser
jouir. Miraga, par ses vertus, fit refleurir la
santé de son père, que le chagrin avait altérée,
et répara ses souffrances passées, par tous les
charmes de l'amour filial. Le roi éleva ce jeune
homme, à qui il devait son heureuse métamorphose, et qui surpassait tous les grands de son
royaume en sagesse et en vertu, au poste de
grand-visir, et lui donna en mariage sa fille
unique Solima. Sarbas, devenu tout autre qu'il
n'était d'abord, s'efforça de gouverner, en tout,
son royaume d'après les préceptes du sage magicien ; et, quoiqu'il n'eût pas de part à sa puissance mystérieuse, son règne et celui de son
successeur n'en furent pas moins l'âge d'or de
la Perse. Car Sarbas n'ayant pas de fils, Miraga
fut d'une voix unanime appelé à lui succéder.
Il avait été, dès ses premières années, nourri
des sages leçons du magicien, et toutes les his-
toires de Perse disent de lui : « Jamais on ne
vit un roi de son espèce. »

Le Melon.

Le sultan Masud était un jour, selon la coutume des rois d'Orient, allé à la chasse avec une partie de son armée ; s'étant éloigné de sa suite, il trouva un paysan assis sous un arbre, qui s'arrachait les cheveux et se lamentait vivement... Il s'en approcha, et lui demanda le sujet de ses pleurs. « Seigneur, répondit le paysan, j'avais un melon, un seul, que j'élevais avec le plus grand soin. C'était toute ma richesse ; j'espérais en tirer un bon parti, pour vivre de son produit avec mes enfans, et voilà qu'un officier du sultan vient me l'arracher. — Rassure-toi, dit le sultan, ton bien te sera rendu. » Il appela un de ses esclaves, et lui dit : « J'ai grande envie de manger du melon ; si tu en peux trouver un, je le paierai cher. » L'esclave parcourut toutes les tentes de l'armée ; enfin il trouva l'homme au melon. « Ta fortune est faite, lui dit-il, si tu veux porter ce fruit au sultan. Il lui est tombé en tête, à l'improviste, de manger du melon ; mais on n'en peut trouver dans tout le camp, et tu as lieu de compter sur un présent considérable. » L'officier accourut avec son butin, et le présenta au sultan. « Mettez, dit celui-ci, une chaîne au

8

cou de ce voleur. » Et, se tournant vers le
paysan : « Emmène-le, c'est ton esclave ; vends-
le, ou fais-en ce qui te plaira. »

Le paysan remercia le sultan, et emmena son
voleur enchaîné. Dès qu'ils furent éloignés,
l'officier se mit à traiter de sa liberté avec son
nouveau maître, et lui offrit cinq cents sequins.
Le pauvre homme fut ébloui par tant d'argent,
et accepta, sans beaucoup de réflexions, un
prix qui lui paraissait exorbitant, et auquel il
ne s'était jamais attendu pour son melon. Il
délivra l'officier, et revint plein de joie, avec
son argent, annoncer au sultan le marché conclu. « Tu t'es contenté, lui dit celui-ci, d'un
trop bas prix ; les lois t'adjugeaient tout son
bien ; car il t'avait pris tout ce que tu pos-
sédais. »

Le Visir justifié.

Mehemet, roi de Chusistan, prince voluptueux, se laissait gouverner pas ses flatteurs et
ses eunuques. Il passait sa vie au sein de son
harem, parmi ses femmes, dans une molle oisiveté, et abandonnait les rênes de l'état à son
visir.

Par bonheur, celui-ci était tout l'opposé de

son maître : il aimait la justice, et veillait activement au bonheur du peuple. Il conférait les emplois à des hommes probes et habiles, et faisait punir tous les coupables convaincus, sans acception de personne.

Les courtisans et les femmes du sérail en furent très-mécontens. Ils le calomnièrent auprès du roi, et firent tant par leurs menées, que le faible monarque bannit enfin de sa cour son vertueux ministre.

Le visir disgracié sentait bien qu'on aurait peu d'égard à tout ce qu'il pourrait dire pour sa justification; il se soumit donc sans murmurer à la sentence de bannissement, et se contenta d'écrire au roi, qu'il s'était toujours efforcé de remplir ses devoirs, et que l'unique récompense de ses services qu'il demandait au roi son maître, c'était la concession de quelques terres en friche, qu'il se proposait de mettre en valeur pour sa subsistance.

Mehemet ne pouvait refuser une pareille bagatelle à un homme d'un mérite aussi généralement reconnu. Il fit chercher dans son royaume un terrain en friche; mais on n'en put trouver un seul. Tout le pays était fertilisé. Le commerce et l'agriculture étaient partout poussés avec une égale activité, et récompensaient les habitans de leur travail. Nulle part on ne voyait ni déserts, ni misère, ni pauvreté.

Le roi, à qui cette nouvelle fut rapportée par des gens qui ne comprenaient pas à quel point le bien-être du pays prouvait l'innocence de l'exilé, fit dire au visir qu'il lui donnerait un terrain cultivé, le plus beau à son choix. Mais le visir répondit : « Je ne demande pas d'autre récompense de mes services que la conscience d'avoir fidèlement servi. Je n'ai voulu que faire voir au roi mon maître dans quel état j'ai laissé son royaume ; et tous mes vœux sont remplis, si mon successeur fait aussi bien que moi. »

Cette réponse ouvrit les yeux du roi. Il rétablit le sage visir dans sa première dignité, et prit la ferme résolution d'abandonner à ses femmes le soin de ses plaisirs, et à son grand visir son royaume, résolution à laquelle, dit-on, il resta constamment fidèle.

———————

Les deux Serpens.

Le sultan de Karasan avait chargé le sage Sahab de l'éducation de son fils, en lui enjoignant de raconter chaque jour au prince une histoire propre à former l'esprit et le cœur d'un jeune prince. Le sage lui raconta donc un jour la suivante, qui, malgré son apparente invrai-

semblance, est empruntée aux annales de rois de
Perse.

« Un magicien se présenta un jour au roi
Zohak, et exécuta aux yeux de toute la cour diverses merveilles, qui ravirent le roi d'admiration. « Roi des rois, lui dit le magicien, ce ne
sont là que les jeux ordinaires de mon art;
mais si tu me permets de souffler deux fois
dans ton oreille sacrée, tu verras à l'instant la
plus surprenante de toutes les merveilles. » Il
obtint la permission demandée, et souffla dans
l'oreille du roi. Zohak eut des vertiges, et
ressentit au dedans de lui un mouvement
étrange, plus violent que douloureux, qui se
termina par la sortie de deux têtes de serpens
vers la région du cœur. « Scélérat, que t'ai-je
fait? s'écria le roi. Pourquoi ton souffle impur
a-t-il produit ces deux serpens qui déchirent
mes entrailles ? — Ne crains rien, grand roi, répondit le magicien; tu me remercieras, quand
tu connaîtras la valeur de mon présent. Ces
deux serpens t'assurent une vie fortunée et un
règne glorieux. Il ne s'agit que d'apaiser leur
faim avec leur nourriture favorite. Fais de
temps en temps prendre quelques-uns de tes sujets; on peut les tirer du bas peuple ; qu'on les
égorge, et que leur chair et leur sang servent à
repaître ces animaux nés de ton corps. Garde-
toi surtout de céder à une sotte pitié. Songe

que tout ce qui te plaît est juste, et qu'on est indigne du nom de roi, quand on craint de faire un peu de mal aux hommes, dans un cas de nécessité. » L'abominable conseil du magicien fit d'abord tressaillir Zohak; mais voyant que sa vie et sa fortune en dépendaient, il le suivit sans plus de réflexion. Bientôt même il fut enchanté de l'avoir suivi; car l'appétit de ces deux monstres était devenu le sien propre, et ils ne se repaissaient jamais, sans lui causer un chatouillement voluptueux, qui lui faisait, par leur assouvissement, selon ses expressions, tant de plaisir, que, loin de faire la moindre attention aux cris plaintifs et au massacre de tant de malheureux Persans, il finit par regarder son peuple comme un misérable troupeau uniquement destiné à satisfaire ses détestables plaisirs. Le peuple, de son côté, voyait dans Zohak un monstre sanguinaire, qui menaçait chacun de la mort. Poussé à bout par ses longues souffrances, il cessa enfin de craindre le tyran, se souleva contre lui, le précipita du trône qu'il profanait, et le jeta dans une sombre et horrible caverne. L'impitoyable Zohak, resté seul avec ses deux serpens, et hors d'état d'assouvir leur voracité, finit par être lui-même dévoré par eux.

— Voilà une histoire bien effrayante, dit le jeune prince, quand son gouverneur eut fini:

je t'en prie, raconte-m'en une autre, que je
puisse entendre sans effroi. —Très-volontiers,
répondit Sahab. La suivante est bien courte et
bien simple.

« Un jeune sultan avait donné toute sa confiance à un eunuque rusé et malicieux. Ce méchant homme lui donna des idées funestes de
la majesté et de la fortune des rois. Il excita
dans son cœur l'orgueil et la volupté, sources de
tous les vices. Le jeune roi s'abandonna à ces
deux penchans au point de leur sacrifier tout
son peuple. Il trouvait glorieux de faire peu de
cas des hommes, et croyait devoir fonder son
bonheur sur leur ruine. Qu'arriva-t-il enfin? Il
perdit sa couronne, ses trésors et ses flatteurs ;
en un mot, il ne resta rien que l'orgueil et la
volupté, et comme il ne pouvait plus satisfaire
ces deux monstres, il mourut de honte et de
rage. »

Le prince de Karasan ne parut pas mécontent
de cette seconde histoire, et dit : « J'aime mieux
celle-ci que la première; elle ne cause pas la
même horreur. — Et pourtant, prince, répondit le gouverneur, leur contenu est le même. »

———

L'Ile déserte.

Un homme riche et bienfaisant voulant faire le bonheur d'un de ses esclaves, lui donna la liberté, et lui équipa un vaisseau rempli de marchandises précieuses. « Va, lui dit-il, faire voile à l'étranger, tire parti de ces marchandises, tout le profit sera pour toi. » L'esclave partit; mais, à peine était-il depuis quelque temps en mer, qu'il s'éleva une violente tempête, qui jeta son vaisseau contre un écueil où il échoua. Tous ses compagnons de voyage furent engloutis avec la riche cargaison, et lui-même ne parvint qu'avec peine à atteindre le rivage d'une île. Sans vivres, sans vêtemens, sans secours, il pénétra plus avant dans le pays en déplorant son infortune; tout-à-coup il aperçut de loin une grande ville, d'où s'avancèrent à sa rencontre une foule d'habitans poussant des cris de joie : « Salut à notre roi, lui dirent-ils, puis ils le firent asseoir sur un char magnifique, et le conduisirent à la ville. Il entra dans le palais royal, où on le revêtit d'un manteau de pourpre, on ceignit son front d'un diadème, et on le fit monter sur un trône d'or. Les grands l'entourèrent, fléchirent le genou, et lui jurèrent fidélité au nom de tout le peuple.

Le nouveau roi crut d'abord que toute cette cérémonie n'était qu'un beau rêve. Enfin la durée de sa fortune ne lui permit plus de douter de la réalité de cette singulière aventure. « Je ne conçois pas, se dit-il en lui-même, quel charme magique a pu engager ce peuple étonnant à choisir un étranger tout nu pour son roi. Ils ignorent absolument qui je suis; ils ne s'informent pas d'où je viens, et me placent sur leur trône. Quelle bizarre coutume règne dans ce pays! »

En faisant ces réflexions, il devint si curieux de connaître la cause de son élévation, qu'il se décida à demander l'explication de cette énigme à un des grands de sa cour, qui lui parut un homme sage. « Visir, lui dit-il, pourquoi donc m'avez-vous fait votre roi? comment pouviez-vous savoir mon arrivée dans votre île? Et quel sera mon sort définitif?—Seigneur, répondit le visir, cette île s'appelle le pays de l'épreuve; et elle est habitée par des êtres d'une nature particulière. Ils ont dès long-temps supplié le Tout-Puissant de leur envoyer chaque année un fils d'Adam pour les gouverner. Le Tout-Puissant a accueilli leur prière, et tous les ans, à pareil jour, il fait aborder un homme à leur île. Les habitans se portent, comme tu l'as vu, avec joie à sa rencontre, et le reconnaissent pour leur souverain; mais son règne ne dure pas plus d'une année. Au bout de ce temps, quand le jour fixé a reparu, il est déposé; on le dépouille de ses ornemens royaux, et on le revêt d'une vile étoffe. Ses esclaves le portent de force au rivage, et le placent dans un vaisseau construit exprès, qui le mène à une autre île, déserte et sauvage; celui qui naguère était un roi puissant, arrive dans cette île sans ressources, sans sujets, sans amis, qui prennent part à son infortune; et quand il n'a pas sagement employé son année, il est condamné à passer une vie triste et douloureuse dans ce pays désolé. Après l'expulsion de l'ancien roi, le peuple va de la manière ordinaire au-devant de celui que la divine Providence lui envoie régulièrement chaque année, et l'accueille avec la même joie que le précédent. Telle est, seigneur, la loi éternelle de ce royaume, que nul roi ne saurait abolir pendant son règne.

— Mes prédécesseurs, reprit le roi, ont-ils donc aussi été instruits de cette courte durée? — Aucun d'eux, répondit le visir, n'a ignoré cette loi fatale; mais les uns se sont laissé éblouir par l'éclat dont leur trône était entouré; ils ont oublié l'avenir funeste, et ont perdu leur année sans profit pour la sagesse. D'autres, enivrés de la douceur de leur position, n'ont pas eu la force de penser à la fin de leur règne et à leur futur séjour dans l'île déserte, dans la

crainte d'empoisonner leurs jouissances du moment, et, comme des gens ivres, ils n'ont fait
que passer en chancelant d'un plaisir à un autre, jusqu'à ce que, leur temps expiré, on les ait
jetés dans le vaisseau. Le jour fatal arrivé, tous
se sont mis à se plaindre et à déplorer leur
aveuglement; mais il était trop tard, ils ont été
abandonnés sans miséricorde au malheur qui
les attendait, et qu'ils n'avaient pas eu la prudence de prévenir. »

Le récit du visir remplit le roi de frayeur; il
craignait le sort de ses prédécesseurs, et désirait s'y soustraire. Il voyait avec terreur que
déjà plusieurs semaines de cette année si courte
étaient écoulées, et qu'il fallait d'autant plus se
hâter de mettre à profit le reste des jours de
son règne. « Sage visir, répondit-il, tu m'as instruit de ma future destinée et de la courte durée de ma puissance royale; mais, je t'en conjure, dis-moi aussi ce que je dois faire pour
éviter le triste sort de mes prédécesseurs.

— Souviens-toi, seigneur, répondit le visir,
que tu es arrivé nu dans notre île; car c'est
dans le même état que tu en sortiras pour n'y
rentrer jamais. Il n'y a donc qu'un moyen de prévenir le dénûment absolu qui te menace sur
cette terre d'exil : c'est de fertiliser l'île, et de
la peupler. Nos lois t'en donnent la faculté,
et la docilité de tes sujets est si parfaite qu'ils

iront partout où tu les enverras. Fais-y donc passer des travailleurs, qui transforment ces champs stériles en campagnes fécondes; élève des villes et des magasins, et remplis-les de toutes les subsistances nécessaires. En un mot, prépare-toi un nouveau royaume, dont les habitans t'accueillent avec joie après ton bannissement. Mais hâte-toi, ne perds pas un moment, le temps est court, et plus tu auras fait pour ta nouvelle demeure, plus tu trouveras de plaisir à y séjourner. Imagine que ton année expire demain, et mets à profit ta liberté, comme un esclave fugitif et prudent, qui veut échapper à sa perte. Si tu méprises mon conseil, ou si tu te laisses aller à l'indolence et au sommeil, tu es perdu, et tu tombes dans un abîme de maux. »

Le roi était un homme sage, et le discours du ministre enflamma son activité. Il fit aussitôt passer dans l'île une foule d'habitans, qui s'y rendirent avec empressement et se mirent avec zèle au travail. L'île prit bientôt un nouvel aspect, et six mois n'étaient pas encore expirés, que déjà des villes étaient élevées dans ses plaines florissantes. Le roi ne laissa pourtant pas ralentir son activité; il continua d'envoyer dans l'île de nouveaux habitans, qui s'y rendirent avec plus d'empressement encore que les premiers, voyant devant eux un pays si bien cultivé et déjà habité par leurs amis et leurs parens.

Cependant la fin de l'année s'approchait de plus en plus. Les rois précédens avaient tremblé à la vue de cet instant qui devait les dépouiller de leur grandeur passagère, mais celui-ci l'appelait de tous ses vœux : car il allait dans un pays où, par sa propre activité, il s'était préparé un séjour durable. Le jour fixé arriva enfin. On se saisit du roi dans son palais, on lui ôta son diadème et son manteau royal, et on le porta au vaisseau fatal, qui le conduisit au lieu de son exil. Mais à peine y était-il abordé, que les habitans coururent avec joie à sa rencontre, l'accueillirent avec de grands honneurs, et pour remplacer ce diadème, dont l'éclat ne durait qu'un an, parèrent son front d'une couronne d'immortelles. Le Tout-Puissant lui donna le prix de sa sagesse, il lui accorda l'immortalité de ses sujets, et le fit régner sur eux à jamais.

Le riche bienfaisant, c'est Dieu ; l'esclave affranchi par son maître, c'est l'homme à sa naissance ; l'île où il aborde, c'est le monde ; les habitans qui viennent joyeux à sa rencontre, ce sont les parens qui pourvoient aux besoins du nouveau-né tout nu et pleurant. Le visir, qui l'instruit du triste sort qui le menace, c'est la sagesse. L'année de son règne, c'est le cours

de la vie humaine ; et l'île déserte, où il est
conduit, le monde à venir. Les travailleurs
qu'il y envoie, ce sont les bonnes œuvres qu'il
fait pendant sa vie. Les rois qui y ont été conduits avant lui, sans réfléchir au malheur qui les
menaçait, ce sont la plupart des hommes, qui
ne s'occupent que de plaisirs terrestres, sans
songer à leur autre vie ; ils sont punis par le
dénûment et la misère, parce qu'ils comparais-
sent les mains vides devant le trône du Tout-
Puissant.

Le bonheur des Rois.

Un bramin de Patna, sortant un matin,
trouva sur le seuil de sa maison une corbeille
d'osier, qui contenait un enfant mâle nouveau-
né. Il le fit élever avec soin, et remarquant en
lui un esprit vif et un bon cœur, il s'efforça de
développer ces qualités par une éducation sagement appropriée à sa condition. Il n'eut qu'à
s'applaudir de son travail ; car son élève tourna
si bien qu'il parvint successivement aux premières dignités, et à la mort du roi, dont le
trône n'était pas héréditaire, il fut unanimement élu pour lui succéder.

Un jour qu'il rendait la justice à ses nouveaux sujets, il aperçut parmi le peuple un
vieillard qui tenait ses yeux constamment fixés
sur lui. Il crut y remarquer des larmes de joie
ou de tendresse, quand, tout-à-coup, un homme
d'un aspect singulier étant entré dans la salle
d'audience, le vieillard se jeta sur lui avec une
espèce de rage, et l'entraîna, malgré sa résistance, au pied du trône. « Seigneur, dit-il,
venge-moi de ce méchant astrologue, et daigne
écouter mon histoire, qui est aussi la tienne.
Je suis ton père. Hélas! je n'osais me découvrir
à un fils que j'ai délaissé dans son enfance, et
dont je n'ai pas mérité l'amour. Mais à l'aspect
de ce misérable, qui a causé mon crime, je ne
suis plus maître de ma colère ni de mon secret.
Il avait l'air de consulter les astres; je le vis
faire nombre de gestes bizarres, auxquels je
ne comprenais rien, et il finit par me dire ces
mots que je n'ai point oubliés : « Dans quarante
ans ou plus tard encore ton fils sera l'homme
le plus malheureux de tout le royaume. » Cette
prédiction terrible me fit trembler, et dans la
crainte de te conserver une existence que le
Ciel avait destinée à l'infortune, je te déposai,
en versant bien des larmes, à la porte du digne
bramin qui t'a si bien élevé. Les quarante ans
sont écoulés, et te voilà heureux, te voilà roi.
Punis donc ce prophète de malheur, cet impos-

teur effronté, et pardonne à ton père une faute qu'il n'a commise que par l'effet d'une tendresse mal entendue. »

Le silence et l'embarras de l'astrologue, le violent courroux du vieillard, sa douleur et sa joie, tout paraissait confirmer la verité de ce récit. Le roi même ne put la mettre en doute un seul moment. Il courut à son père, l'embrassa avec transport, et lui dit : « Après Dieu et mon peuple, tu seras l'objet de toute ma vénération et de toute ma tendresse; mais n'exige pas de moi la punition de ton astrologue. Sa prédiction, toute téméraire qu'elle fut, ne s'est, hélas! que trop bien accomplie. O mon père, le bonheur de la vie diffère de l'éclat extérieur d'une couronne, autant que la corbeille d'osier dans laquelle tu me déposas, diffère du trône superbe où je suis monté malgré moi. Des plaisirs bruyans, auxquels succèdent le dégoût et l'ennui, d'amers reproches au fond du cœur avec de brillans dehors, une vocation élevée avec le sentiment de la faiblesse humaine, pas de liberté, pas de repos, une foule de flatteurs et pas un ami : voilà le tableau de la misère à laquelle le Ciel m'a destiné. Ce n'est pas assez de sacrifier les vœux de mon propre cœur aux devoirs de la royauté; il me faut souvent résister aux vœux les plus chers de mon peuple, au risque de perdre son

amour et d'en être haï. Il me faut le contrain-
dre à sacrifier son propre avantage à celui de
l'ensemble et à l'ordre général, qu'il ne connaît
point, ou dont il n'est toujours que trop porté
à s'écarter; il faut que j'aie l'impassible sévérité
de la loi, et le tranchant d'une épée. En un
mot, mon bonheur dépend d'un miracle, que
le Ciel ne fera jamais. Non, continua-t-il en se
tournant vers le peuple qui l'entourait, non,
mes enfans, je ne puis être heureux avant de
vous voir tous vertueux et heureux vous-
mêmes. »

Les dix jours de l'empereur Seged.

« Seged, empereur d'Ethiopie, aux habitans
de la terre, salut, joie aux affligés, et modestie
aux enfans de l'orgueil. Faisons savoir à tous,
que Seged, souverain de quarante peuples, et
distributeur des eaux du Nil, dans la vingtième
année de son règne, se dit à lui-même : « Eh
bien, Seged, te voilà parvenu au terme de tes
travaux; tu as étouffé les murmures des peuples, et dompté leurs rébellions. Tu as banni
de ta cour l'envie et la discorde, tu as élevé

cent forteresses sur les terres de tes ennemis,
et mis tes frontières à l'abri de leurs attaques.
Tes ordres, dans tous les lieux où ils parviennent, sont écoutés à genoux; tes ennemis
tremblent devant toi, et ton trône est environné de troupes plus nombreuses que des
nuées de sauterelles, et plus redoutables que
les vents enflammés. Tes greniers sont remplis,
tes campagnes sont fertiles, tes villes riches, et
tes trésors regorgent de l'or des rois tribu-
taires, comme la pluie gonfle un torrent. La
terre tressaille devant ta colère, et ton sourire
la réjouit, comme le lever de l'aurore. Dans
ton palais retentit la douce mélodie des éloges
sincères, et au dehors tu te sens récréé par de
joyeuses acclamations, comme par les douces
vapeurs de l'encens. Ton peuple n'a aucun
danger à craindre; il ne pense qu'à louer ta
grandeur, et à jouir des émanations de ta faveur. Eh bien, Seged, veux-tu être le seul qui
ne participe point à la félicité commune? Ton
front sera-t-il éternellement couvert du nuage
de l'inquiétude, tandis que tes sujets ne comp-
tent que beaux jours et que nuits paisibles?
Ravise-toi, Seged, et sois philosophe. A quoi
bon tes victoires, si tu n'oses goûter un moment
de repos? Et à quoi bon tes trésors, s'ils ne
servent pas à ton bonheur? »

Excité par ces réflexions, Seged fit faire

dans le palais du lac Dambéa tous les préparatifs
nécessaires pour l'y recevoir avec une société
choisie. « Je veux, se dit-il, passer là dix heureuses journées loin du bruit et des soucis du gouvernement. Un long repos, je le sais bien, n'est
pas permis aux maîtres de la terre ; mais un si
court délassement, une félicité de dix jours, on
ne saurait m'en faire un crime. Tout ce qui
pourrait troubler la joie et le sentiment intime
de mes plaisirs, sera, pendant ce temps, banni
de.mon palais et de mon esprit. Je veux n'ouvrir mon cœur qu'à la joie ; qu'elle seule règne
sur moi ; je veux savoir ce qu'on éprouve en
s'abandonnant aux penchans les plus secrets de
son cœur. »

Les ordres de Seged furent immédiatement
exécutés ; et à peine son palais fut-il disposé,
qu'il s'y rendit. Ce palais était au milieu du
lac dans une île, qui semblait consacrée au
plaisir. Des fleurs de toute espèce étalaient au
soleil leurs magnifiques couleurs, et des buissons odorans remplissaient l'air de parfums
agréables. Ici des allées, dont l'extrémité se
perdait dans l'éloignement, paraissaient inviter
à s'y promener le matin ; et là de frais ruisseaux, d'épais bocages et des berceaux solitaires offraient, à l'ardeur du midi, d'aimables
lieux de repos.

Tout ce qui peut flatter les sens ou égayer

l'esprit, tout ce que l'art, aidé de la richesse, peut arracher à la nature, le produit de toutes les victoires de Seged, les présens qu'il devait à la reconnaissance et à la vénération des peuples, toutes ces merveilles étaient renfermées dans le palais et dans ses vastes jardins, et disposées de telle manière qu'elles ne semblaient réunies que pour exciter des sensations agréables et les satisfaire.

Seged invita dans ce séjour enchanteur ceux de ses courtisans qu'il jugea susceptibles d'en goûter et d'en faire valoir les agrémens. On peut croire que personne ne refusa l'invitation. Tout ce qu'il y avait à sa cour d'hommes et de femmes jeunes, beaux, spirituels et badins, courut au-devant des plaisirs qu'on leur promettait. De légers esquifs les portèrent sur le lac, et les ondes semblèrent s'aplanir devant eux. Comme la fleur s'ouvre aux rayons du soleil, tous les cœurs s'ouvraient à l'espérance du plaisir, et une musique mélodieuse cherchait à endormir l'impatience trop vivement excitée. Seged aborda avec sa flotte joyeuse, bien déterminé à oublier pendant dix jours toute espèce de soucis et de chagrins. Il espérait, pendant ces jours de repos, goûter la félicité la plus pure, pour rentrer, après cette jouissance délicieuse, dans le cours ordinaire de la vie humaine, où se succèdent incessamment la joie et la tristesse.

D'abord il se rendit dans son cabinet, pour y chercher en réfléchissant par quel divertissement il commencerait la carrière de sa nouvelle félicité. Il avait à ses ordres les plus ingénieux artisans de plaisirs; mais à quel plaisir donner la préférence ? En choisir un, c'était différer la jouissance des autres. Il choisit, il rejeta ; il fit un plan, puis un autre, puis un autre encore; enfin son imagination se fatigua, et ses idées se confondirent. Il revint dans le salon où l'attendaient ses courtisans. Son regard sombre et son air mécontent jetèrent sur toute la société un nuage de tristesse. L'effet produit par sa présence lui fut désagréable, et il sentit avec dépit que ses courtisans augmentaient plutôt sa mauvaise humeur, qu'ils ne servaient à l'en distraire. Il retourna donc dans son cabinet, pour voir si ses propres réflexions ne lui seraient pas, pour se récréer, d'un plus grand secours que la société. Pendant qu'il y pensait, rêvait, réfléchissait, et cherchait à rappeler le calme dans son âme troublée, le temps s'écoulait avec sa rapidité ordinaire. Il se mit à la fenêtre et vit que le soleil, près de se coucher, dorait le lac de ses derniers rayons. « Ainsi passe, dit-il en soupirant, ce jour plus long qu'on nomme la vie humaine; il s'écoule avant qu'on ait appris à bien l'employer. »

Le dépit que ressentait l'empereur, d'avoir

perdu le premier jour, lui gâta encore la jouissance de la soirée. Par pure complaisance pour
ses courtisans, il s'efforça de prendre un air gai
et de leur communiquer un sentiment qu'il
n'éprouvait pas lui-même; mais il espérait
mieux employer le jour suivant, il se retira
pour goûter les douceurs du sommeil en même
temps que les enfans de la peine et du travail.

Le lendemain matin, Seged se leva de très-
bonne heure, bien résolu d'être heureux ce
jour-là. Il fit d'abord placarder une ordonnance, par laquelle il était interdit à chacun de
se présenter, pendant les neuf jours suivans, à
l'empereur avec un visage triste, de faire entendre des sons plaintifs, de laisser même percer la moindre apparence de mauvaise humeur, le tout sous peine d'exclusion perpétuelle du palais fortuné. Cette ordonnance fut
rendue publique dans les appartemens et dans
les jardins; dès-lors les chants se turent dans
les bosquets, les danses légères ne foulèrent
plus le tendre gazon. Chacun ne pensa plus
qu'à prendre le visage ordonné, et à éviter
tout ce qui pourrait déplaire à l'empereur et
mériter le bannissement.

Seged vit alors toute sa cour livrée à la gaîté;
mais c'était une gaîté de commande, visible-
ment accompagnée de contrainte et de peur.
Il parla à ses favoris d'un ton d'amitié; mais

leurs réponses étaient travaillées ; ils craignaient de donner de la prise sur eux, et d'être bannis comme mécontens. Il leur proposa toutes sortes de divertissemens, qui ne leur plaisaient pas, mais qui n'en furent pas moins accueillis avec une bruyante approbation ; car dans chaque parole qui aurait eu l'apparence d'une objection, ils voyaient leur disgrâce assurée. La contrainte et la dissimulation étouffaient tout véritable contentement. Après bien des essais inutiles pour inspirer à ses courtisans de la confiance et de la joie, il finit par reconnaître que le pouvoir des rois n'est pas infini, et le second jour fut encore un jour de mécontentement.

Seged ne quitta pas ses courtisans avant de les avoir presque entièrement rassurés. Il se retira dans sa chambre à coucher, où il traça un plan de bonheur pour le jour suivant, puis il se mit au lit. Il rêva qu'une inondation subite submergeait son palais et ses jardins, et se réveilla dans les angoisses pénibles d'un homme qui croit se noyer. Il finit par se rendormir, mais il fut encore réveillé par un autre objet de terreur : il lui semblait qu'une armée formidable avait envahi ses royaumes ; qu'il voulait se disposer à la combattre, mais, comme il arrive souvent en songe, qu'il ne pouvait se mouvoir, qu'il avait les pieds et les

mains liés, et que ses perfides sujets le li-
vraient à ses ennemis. Il s'éveilla, frissonnant
de colère et de terreur.

Le jour commençait à poindre, et le roi
était dans une agitation qui le mettait dans
l'impossibilité de se rendormir. Il se leva donc;
mis il avait le cerveau tellement rempli de
l'inondation et de l'invasion ennemie, que ces
tristes images ne purent s'effacer aussitôt, ni
faire place à quelque idée joyeuse. Enfin sa
raison l'emporta et lui dit que c'était une
grande folie de se tourmenter pour de vaines
illusions; mais avant que ses idées fussent bien
affermies, la moitié du jour était écoulée, et
l'empereur convaincu encore une fois du néant
de ses projets. Il ressentit cette vérité si profondément, qu'il se plaignit en soupirant de
la faiblesse humaine, que de vaines images de
terreur viennent agiter au sein même du sommeil; ses rêves l'avaient tourmenté avant et
après son réveil, et maintenant il se dépitait
d'avoir été assez faible pour se laisser épou-
vanter par des songes. Il s'aperçut enfin que
son dépit n'était pas plus raisonnable que sa
frayeur, et que c'était vouloir éterniser le mal
que de perdre le présent à se lamenter sur le
passé. Telle fut à peu près l'histoire du troisième jour. Le soir vint, et Seged remit encore
son bonheur au lendemain.

Il dormit fort paisiblement, se leva de bon matin frais et dispos, et se rendit aussitôt dans les jardins, accompagné des hommes et des femmes de la cour. Une telle sérénité brillait sur tous les visages, que l'empereur se dit en lui-même : « Enfin voici un jour qui sera heureux. » Le lac resplendissait aux rayons du soleil, les oiseaux chantaient dans les bosquets, et de doux zéphirs faisaient agréablement murmurer le feuillage des arbres. L'empereur errait dans ces campagnes enchantées; tantôt il écoutait une musique cachée d'espace en espace, ou se mêlait à un groupe de danseurs; tantôt il lâchait la bride à sa joyeuse humeur, et s'amusait de propos légers et badins; tantôt il prenait l'air d'un philosophe, et faisait de profondes réflexions. On ne pouvait assez admirer la sublimité de ses pensées et de ses sentences, et l'empereur goûtait secrètement la joie enivrante que donnent la louange et l'admiration. Ainsi s'écoula une partie du quatrième jour au sein d'une paix que n'avait encore troublée aucune triste pensée, aucun accident fâcheux. Le seul aspect de l'empereur inspirait de la gaîté à tous ses courtisans, et cette joie universelle, dont il était l'auteur, le remplissait lui-même d'un doux contentement. Près de trois heures entières s'étaient écoulées, quand les dames de la cour poussèrent toutes à la fois un cri terrible. L'empereur leva les yeux, et vit toute sa cour, hommes et femmes, prendre la fuite. Ce tumulte avait pour cause un jeune crocodile, que la faim ou le désir de se promener dans les jardins avait poussé hors du lac sur la terre ferme. Irrité de ce maudit évènement, l'empereur courut droit à l'animal trouble-fête, et le força de se rejeter dans le lac; mais rien ne put arrêter les fugitifs, ni guérir promptement leur accès de terreur. Les dames s'étaient renfermées dans leur apparte-ment, et tremblaient d'effroi. Elles ne pou-vaient bannir de leur pensée la gueule terrible du monstre, auquel elles n'avaient échappé qu'à grand'peine. Eh! qui, dans une pareille circonstance, aurait été capable de badiner? On voyait du danger à se réunir de nouveau, et personne ne parlait d'autre chose que de la hideuse bête.

Seged eut donc tout le temps de réfléchir sur le nombre infini d'accidens fâcheux qui sem-blent toujours épier le moment de troubler le bonheur de l'homme, et ne manquent jamais de choisir l'instant le plus agréable pour s'y jeter à l'imprévu. Dans cette dernière circon-stance, il pouvait du moins se consoler par la pensée qu'il n'y avait pas de sa faute, et qu'il était aisé de parer pour l'avenir à un semblable évènement. Il s'occupa ensuite des plaisirs du

lendemain. Il avait éprouvé déjà que les or-
donnances et les menaces ne peuvent rien contre le mécontentement, et que la liberté seule
peut éveiller et entretenir la gaîté. Il révoqua
donc cette loi terrible, qu'il avait si imprudemment portée. Mais, non content de cela, il fit
publier une nouvelle ordonnance, destinée,
comme il le croyait fermement, à inonder de
joie le cœur de ses courtisans; elle promettait
d'amples récompenses à ceux qui se distingue-
raient particulièrement dans les divertissemens
du lendemain. Pour exciter la rivalité on exposa dans une salle du palais, de l'or et des
perles, des étoffes, des bijoux et des couronnes. A la vue de ces objets, la joie brilla dans
tous les yeux, et toutes les bouches s'ouvrirent,
pour vanter la générosité de l'empereur. Toute
la cour fut en mouvement, et l'on se promit
de voir des fêtes d'une gaîté sans exemple. Mais
on ne fut pas long-temps à s'apercevoir que
tout désir trop violent porte le trouble dans
l'âme et transforme en tempêtes des sensations
qui devraient ressembler à un doux zéphir. Un
vœu trop vivement formé produit de la crainte,
et la crainte est-elle compatible avec la joie?

Le jour suivant fut donc pour les rivaux un
jour de travail et d'inquiétude; toutes leurs
paroles, toutes leurs actions trahissaient l'ef-
fort et la contrainte, ce qui les rendait aussi

désagréables aux autres qu'à eux-mêmes. On
les admirait parfois; mais ils voulaient trop
plaire, et n'en plaisaient que moins. L'empereur ressentait un dépit secret, en voyant ses
courtisans faire plus pour obtenir ses présens,
qu'ils n'avaient fait jusque là pour lui-même.
La nuit approchait, la rivalité devenait plus
ardente et plus inquiète; tous ceux qui pré-
voyaient leur défaite dans le sentiment de leur
faiblesse, ne pouvaient s'empêcher de témoigner leur mauvaise humeur, par leurs regards
sombres et leurs murmures; l'empereur même
ne se trouvait pas dans un moindre embarras
que les pauvres vaincus. On avait mis tant de
zèle à mériter les prix, qu'il croyait devoir observer dans leur distribution la justice la plus
exacte. Il recueillit toute son attention : il
pesa, examina, compara toutes les aptitudes,
tous les _____ _____, qu'il avait remar-
qués dans les concurrens; en un mot, il se
tourmenta beaucoup et long-temps, sans arriver à une décision. Enfin il fit la réflexion que
la plus parfaite justice ne consolerait pourtant
pas les vaincus, et qu'il y aurait une sorte de
cruauté à faire des malheureux dans un jour
consacré par lui à la joie. Il ne donna donc la
préférence à personne, fit l'éloge de tous, et
leur fit à tous de riches présens d'une égale
valeur.

Mais il vit bientôt qu'il n'avait pas choisi le meilleur moyen de les satisfaire tous ; car ceux qui avaient compté sur des récompenses, se trouvèrent blessés d'être traités comme les autres, qui reconnaissaient leur infériorité. Ils avaient bien reçu au-delà de ce qu'ils pouvaient attendre ; mais cela ne faisait rien ; ils ressentaient l'injustice qui leur refusait la préséance promise, et les privait du plaisir de se récréer de l'envie de leurs rivaux. « Voilà ce qui arrive, se dit Seged, quand on cherche son bonheur dans les autres. » Il se retira pour donner un libre cours à ses réflexions ; et pendant qu'on murmurait de sa libéralité, il vit le cinquième jour arriver fort tristement à sa fin.

Le matin du sixième jour, Seged forma un nouveau plan de bonheur. Les projets, les dispositions, les préparatifs lui avaient jusque là si mal réussi, qu'il abandonna au hasard l'arrangement des plaisirs de ce jour. Il fit savoir que chacun pouvait s'amuser à son goût et à sa manière.

Cet affranchissement de toute contrainte parut causer une satisfaction générale, et Seged crut avoir trouvé ce qu'il cherchait. On se répandit dans les jardins de côté et d'autre, et lui-même goûtait dans une douce paix les charmes de la promenade, quand il arriva près d'un berceau, sous lequel était un courtisan, qui se

disait assez haut à lui-même : « Ce Seged exige
de nous du respect, de l'adoration : en quoi
donc consiste sa supériorité? Il a fait de grandes choses, dit-on; mais que fait-il maintenant?
La mollesse à laquelle il s'abandonne ne le rend-
elle pas l'égal du plus vil de ses sujets? » Seged
fut d'autant plus choqué du monologue de cet
homme, que de tous ses courtisans c'était le
flatteur le plus bassement complaisant. Peu
s'en fallut qu'il ne s'emportât à une action violente, mais il fut arrêté à temps par la réflexion
que ce courtisan s'était parlé à lui-même sans
chercher d'auditeur, que ses paroles n'étaient
donc proprement qu'une pensée. Il s'efforça
en conséquence de considérer cette pensée
blessante comme une plaisanterie irréfléchie;
et au lieu de perdre ou de couvrir de honte
cet indigne censeur, il se proposa simplement
de l'éloigner de la cour sous un prétexte honnête. Cette équitable résolution et la victoire
qu'il venait de remporter sur lui-même le remplirent d'une joie secrète qui se répandit sur le
reste de la journée.

Le lendemain Seged se retrouva dans cette
heureuse disposition, et tout alla bien jusqu'à
ce qu'il vînt à jeter les yeux sur un arbre, près
duquel il reposait. Aussitôt il se souvint d'un
arbre semblable, sous lequel jadis, après sa défaite dans le royaume de Golama, il avait passé

une nuit pleine d'angoisse. Cette défaite et les désastres qui l'avaient suivie remplirent son imagination d'une foule d'idées sombres qu'il ne put parvenir à chasser. A peine reprenait-il sa sérénité, qu'il fut de nouveau troublé par une querelle, qui s'était élevée au sujet des prix distribués. Il s'efforça de rappeler la paix par des représentations empreintes de raison et de bonté; mais ce fut en vain; il se vit forcé d'apaiser la dispute par une ordonnance menaçante.

Le matin du huitième jour, l'empereur fut éveillé de très-bonne heure par un bruit inaccoutumé; il s'informa de la cause de ce désordre, et apprit, non sans être vivement alarmé, que sa fille unique, la princesse Balkir, était tombée malade. Il se leva promptement, et consulta les médecins; mais il vit, à leurs réponses, qu'ils n'avaient qu'un faible espoir de sauver la princesse. Ce fut là le terme des joyeuses fêtes du palais du lac Dambéa. Car Seged n'avait de pensée que pour sa fille chérie, et le dixième jour il lui ferma les yeux.

Tels furent les dix jours que Seged avait destinés à se délasser des travaux et des soucis de son gouvernement. Il en a lui-même transmis l'histoire à la postérité. Qu'elle serve à votre instruction, mortels orgueilleux. Ne dites jamais : Il faut que ce jour soit un jour de bonheur; mais prenez la peine et le plaisir, comme le destin vous les envoie; et sachez bien que le vrai plaisir ne prend pas sa source dans le repos et l'inactivité, mais dans le travail et la fatigue, comme la rose croît au milieu des épines.

Le Moyen de ressusciter les Morts.

Féridun, roi de Perse, était inconsolable de la perte de la belle Irandotte, qu'il avait vue mourir dans ses bras. Il voulait suivre au tombeau cette épouse chérie; seul et livré au plus violent désespoir, il avait déjà passé trois jours et trois nuits sans nourriture et sans sommeil. Déjà la mort levait son glaive sur sa tête, quand un sage Indien, qui était en grande faveur près du roi, entra dans la chambre où il se désolait. « Roi des rois, lui dit-il, pardonne-moi d'avoir osé troubler ta solitude. Je viens, non pas aigrir ta juste douleur par de vaines consolations, mais t'annoncer le prochain retour du bonheur dont tu déplores la perte. Bientôt, sois-en certain, bientôt la reine elle-même séchera les pleurs que tu verses pour elle; elle vivra pour faire encore ton bonheur.

et le nôtre. Mes paroles te surprennent; mais sache, grand roi, que j'ai trouvé dans les écrits d'un ancien sage un moyen de rappeler à la vie l'aimable Irandotte; un moyen sûr, qui paraît aussi aisé que certain. Il ne faut que trouver trois hommes parfaitement heureux, et écrire leurs noms sur le tombeau de la reine. La seule vertu de ces trois noms suffira pour te rendre une épouse chérie, et à tes sujets une bienfaitrice qu'ils regrettent.—Je consens à vivre, dit le roi, pour tenter encore cet expédient merveilleux. Choisis toi-même, sage Koulaï, les trois mortels heureux dont tu as besoin. S'ils me rendent ma chère Irandotte, je serai à moi seul plus heureux qu'eux tous ensemble. » Aussitôt il fit publier une ordonnance enjoignant à tous ceux qui jouissaient d'un bonheur parfait, de se présenter au sage Koulaï, de répondre à ses questions sans aucune réserve, et de lui remettre une copie exacte de leurs noms, attendu que, du prompt accomplissement de ces divers points dépendaient la vie de Féridun et la résurrection d'Irandotte.

A peine cet ordre avait-il été proclamé sur la grande place Estekar, qu'un jeune homme, courant à perdre haleine, vint dire au sage Indien : « Je m'appelle Kobad... voici mon nom écrit exactement.... Ressuscitez la reine. » Il se remit un peu, et ajouta : « Mais, sur-le-champ,

si c'est possible; car je dois vous dire qu'il n'y
a pas de temps à perdre.—Pourquoi cette pré-
cipitation ? demanda le sage. — Seigneur, répondit Kobad, j'aime la charmante Ménulon, la
plus parfaite créature que Dieu ait créée pour
se complaire en son ouvrage. Mais la divine
Ménulon, si jose proférer contre elle un pareil
blasphème, n'est pas entièrement exempte de
cette humeur volage qu'on reproche à son sexe.
Hier elle m'a chassé de sa présence, aujour-
d'hui elle me rappelle, et aujourd'hui je suis
le plus heureux des hommes! Mais, le serai-je
encore demain? je l'ignore.—Je comprends, dit
Koulaï en l'interrompant, tu es le plus heureux
des hommes, tant que tu es aimé de la divine
Ménulon; et elle t'aime ou te chasse suivant les
changemens de temps... Voilà un singulier bonheur; j'aimerais mieux avoir une fièvre inter-
mittente; du moins les accès en sont réglés, et
l'on sait à quoi s'attendre. Reprends ton nom,
jeune homme; il est sans vertu pour ressusciter
la reine. »

Quelques jours après vint un couple d'amans,
qui furent mieux accueillis. Zalzar et Balkis
s'aimaient depuis quatre ans de l'amour le plus
tendre et le mieux fondé en raison. Leur attachement avait souffert bien des contrariétés,
qu'il était enfin parvenu à vaincre. Ce jour venait de les unir à jamais; leur foi, long-temps

éprouvée, venait d'être scellée à l'autel. Ils firent de leur bonheur une peinture si vive, si touchante, que le sage en parut très-content. Mais pour voir s'il était véritable, il leur dit qu'ils devaient se prêter à une petite épreuve. « Cette épreuve, continua-t-il, ne sera ni longue ni pénible. Jouissez du plaisir de vous voir et de vous posséder seulement huit jours; mais sans interruption, sans distraction, et dans une solitude complette. Vous devez vous suffire à vous-mêmes; car deux cœurs bien unis peuvent se passer du reste du monde. » Ravis de cette proposition, les nouveaux mariés s'empressèrent d'aller goûter les douceurs d'une solitude de huit jours. Dans quel plaisir, dans quel ravissement s'écoula le premier! Le suivant fut un peu plus froid; le troisième, ils s'ennuyèrent, ils se querellèrent le quatrième, et le cinquième ils se séparèrent.

Après les nouveaux époux se présentèrent chez Koulaï deux hommes d'une apparence assez misérable, qui demandèrent à lui parler. Ils étaient frères, et l'aîné prit la parole: « Nous sommes de basse naissance; nous n'avons pas d'amis; nous vivons dans une petite ville, à peine connus de nos voisins; en un mot, nous ne sommes pas heureux, il s'en faut bien; mais, si le roi consentait à seconder nos efforts, nous le serions bientôt comme il le faut pour rappeler la reine à la vie. Qu'il nomme mon frère

gouverneur de notre petite ville, et qu'il me
fasse compter, à moi qui n'ai pas tant d'ambition, vingt mille pièces d'or : notre fortune est
faite; nous sommes heureux.'— Vos désirs sont
aisés à satisfaire, répondit Koulaï. J'en ferai
part au roi, et je ne doute pas qu'il n'accorde
cette bagatelle. Il faut pourtant consentir à une
condition : si vous trouvez, toi un homme riche de vingt ou de cent mille pièces d'or, et toi
un gouverneur de petite ou de grande ville,
qui tous deux soient parfaitement satisfaits de
leur condition, la difficulté est levée. Alors, au
lieu des trois heureux exigés, nous en avons
quatre, et la résurrection d'Irandotte est infail-
lible. » Les deux frères acceptèrent la condition avec joie, et promirent de revenir bientôt,
chacun avec un compagnon; mais ils ne revinrent pas. Ils ne trouvèrent pas un riche qui ne
désirât s'enrichir encore, pas un gouverneur
qui ne désirât la couronne. Koulaï se débar-
rassa par de semblables expédiens d'une foule
de rêveurs, qui tous se faisaient fort d'être
heureux, s'ils pouvaient obtenir un domaine,
une place, un titre superbe, etc. Enfin, après
tant d'insensés, jouets de la vanité ou de l'avarice, vint un homme grave et modeste, homme
rare, qui ne demandait rien, qui ne désirait
rien. « Seigneur, dit cet heureux mortel, je
n'aime que le plaisir, mais je l'aime en sage. La

variété, la modération, souvent même l'absti-
nence, tels sont les moyens qui me servent à
multiplier et à augmenter mes jouissances. Je
suis jeune encore, je me porte bien, et je possède des biens considérables. Joignez à tout
cela une humeur facile et joyeuse ; des amis qui
n'importunent jamais, une épouse charmante
que je n'aime ni trop, ni trop peu ; et jugez si
je n'ai pas sujet de me croire heureux ? — Sans
doute tu en as sujet ; et j'avoue qu'à ta place
j'aurais quelque peur d'un ennemi, d'un seul,
qui est la mort. — C'est vrai, répliqua l'autre ;
mais il faudrait que les biens de cette vie eussent bien peu de valeur, pour que l'on n'eût pas
quelque crainte de les perdre. — Très-juste,
répondit Koulaï ; seulement j'ai un certain scrupule d'appeler pur et parfait un bonheur inquiété par la crainte. — Je pense à la mort aussi
peu que possible. — Ami, fais plus encore, et
n'y pense plus du tout ; ou bien, ce qui ne saurait être difficile, cherche le moyen de ne pas
mourir. Quand tu en seras là, je ferai inscrire
ton nom sur le tombeau d'Irandotte ; à présent
il ne serait d'aucun secours. »

L'homme heureux partit et s'efforça de bannir toute idée de la mort ; mais c'était le moyen
d'y penser toujours. Koulaï s'occupait sérieusement de mettre un terme à cette triste comédie,
qui lui faisait jouer un rôle pénible depuis trois

mois. Il se rendit chez le roi, dont la douleur était devenue assez supportable pour qu'il pût lui avouer que ses recherches avaient été jusque là sans fruit, et qu'il n'avait trouvé aucun homme parfaitement heureux. « A quoi bon, répondit le roi, nous donner toute cette peine? Pourquoi ne pas écrire sur-le-champ les noms des deux philosophes tes compatriotes, et le tien surtout? — Ah! seigneur, les philosophes sont des hommes; ils se trompent souvent; ils mentent quelquefois, et, pour ce qui me regarde, j'ai bien, depuis trente ans, fait des efforts pour arriver à la sagesse et au bonheur; mais il n'est que trop vrai que je ne possède ni l'une ni l'autre!—Ainsi donc, cher Koulaï, personne n'est parfaitement heureux? — Non, seigneur, s'il faut enfin l'avouer, personne n'est parfaitement heureux, et personne ne peut l'être sur cette terre, où tout change instantanément, où nos plaisirs se flétrissent comme les fleurs. La grande reine que tu pleures, croyait dans ses plus beaux jours à cette triste et salutaire vérité. Elle adorait la volonté du Créateur, et, par un sage emploi de cette pénible vie, elle s'est rendue digne de cette félicité plus pure, qui est maintenant son partage. O roi des rois, suis l'exemple de la bienheureuse reine ton épouse, et cesse enfin de t'affliger de son bonheur. »

Le roi, après de mûres réflexions, applaudit

à la prudence et à la charitable intention du sage Koulaï. Il renonça au dessein de ressusciter la reine, et se consola comme on se console ordinairement, c'est-à-dire que le temps, la distraction et de nouveaux chagrins lui firent oublier le passé.

Les bonnes Princesses.

Kanzade, reine de Cachemire, dit à ses deux filles, dont l'aînée n'avait pas plus de neuf ans : « Mes chères enfans, votre tante, la reine du Thibet, a une tourterelle, qui pleure quand elle voit porter quelque atteinte à la vertu ou à la bienséance. Je la prierai de me donner cet oiseau merveilleux; il pourrait être utile à votre éducation. — Oh! répondit l'aînée des princesses, je n'ai pas besoin d'un oiseau dont les larmes m'avertissent de mes fautes; quand j'ai le malheur d'en commettre une, mon propre cœur me la reproche, et je pleure moi-même. — Cela ne fait rien, maman, dit la plus jeune, fais toujours venir la tourterelle, qui est peut-être forcée de pleurer chez ma tante, et donne-la-moi. Je serai si gentille, si gentille, qu'au lieu de pleurer, elle ne fera que sautiller et rire. »

La paire de pantoufles.

A Bagdad vivait un vieux marchand, nommé Abou-Casem Tramburi, fameux pour son avarice. Malgré sa richesse, ses vêtemens n'étaient que des haillons rapiécés ; son turban était d'une étoffe grossière, dont on ne pouvait plus distinguer la couleur. Mais de toutes les pièces de son habillement, c'étaient ses pantoufles qui attiraient le plus l'attention : leurs semelles étaient armées de gros clous; l'empeigne se composait d'autant de morceaux qu'une casaque de mendiant; car, dans les dix années qu'elles comptaient depuis leur origine, les plus habiles savetiers de Bagdad avaient épuisé leur art à affermir ces ruines. Elles en étaient nécessairement devenues si pesantes, que, pour désigner un objet très-lourd, on disait les pantoufles d'Abou-Casem.

Ce marchand se promenant un jour sur la place du marché de la ville, on lui proposa d'acheter une provision considérable de cristal. Il conclut le marché, et très-avantageusement: quelques jours après, il apprit qu'un parfumeur ruiné n'avait plus, pour dernière ressource, que de l'eau de rose à vendre; il mit à profit le

malheur de ce pauvre homme, lui acheta son
eau de rose pour la moitié de sa valeur, et
cette opération le mit en belle humeur.

C'est la coutume des marchands orientaux,
après une affaire avantageuse, de donner une
fête; mais c'est ce que ne fit pas notre avare.
Il trouva plus à propos de faire une fois de la
dépense pour sa propre personne, et en conséquence il se rendit au bain, ce qu'il n'avait pas
cru devoir se permettre depuis long-temps.
Comme il ôtait ses vêtemens, un de ses amis
(que du moins il regardait comme tel; car des
avares comme lui ont rarement des amis) lui
dit qu'il était bien temps enfin de se défaire de
ses pantoufles, qui le rendaient la fable de
toute la ville, et de s'en acheter une paire de
neuves. « J'y pense depuis long-temps, répondit Casem; mais, à les bien examiner, elles ne
sont pas tellement mauvaises, qu'elles ne puis-
sent encore servir. » Cependant il était désha-
billé, et se mit au bain.

Tandis qu'il y était, le cadi de Bagdad vint
aussi se baigner. Casem, ayant fini avant lui,
sortit le premier. Il s'habilla, mais ce fut en
vain qu'il chercha ses pantoufles. Il en trouva
d'autres à leur place; et notre avare se persuada
sans peine que ce pouvait bien être un présent
de l'ami qui lui avait fait cette belle leçon sur
ses pantoufles. Il y glissa promptement ses

pieds, et sortit du bain tout joyeux, en se
réservant de remercier son ami, quand il le
verrait.

Mais, par malheur, c'étaient les pantoufles du
cadi : quand il se fut baigné, ses esclaves eurent beau les chercher, ils n'en trouvèrent, à
leur place, qu'une mauvaise paire qu'on reconnut aussitôt pour celles de Casem. Le por-
tier se mit à sa poursuite, et le ramena au cadi,
comme surpris en flagrant délit de vol. Le cadi,
indigné de l'impudente audace du vieil avare,
le fit sur-le-champ jeter en prison, et pour se
soustraire à la honte d'un châtiment public,
il fut obligé, selon la coutume orientale, de
débourser une grosse somme. Il paya plus que
la valeur de cent pantoufles comme les siennes,
uniquement pour rentrer chez lui sain et sauf.

Dès son arrivée, il tira vengeance des au-
teurs de sa perte. Il jeta avec colère les pantoufles dans le Tigre, qui coulait sous sa fenêtre, pour ne plus les voir; mais le sort en ordonna autrement. Peu de jours après, quelques
pêcheurs tirèrent leur filet, qui était d'une pe-
santeur inaccoutumée. Ils se croyaient déjà
maîtres d'un trésor; mais ils ne trouvèrent que
les pantoufles de Casem; encore les clous
avaient-ils déchiré le filet de telle sorte, qu'il
fallait bien l'ouvrage de plusieurs jours pour le
raccommoder.

Irrités contre Casem et ses pantoufles, ils les jetèrent directement dans ses fenêtres ouvertes; et comme par malheur, toutes les bouteilles pleines de l'eau de rose qu'il avait achetée, se trouvaient placées dans le plus bel ordre devant la fenêtre, elles reçurent le choc de ces ennemis ferrés. Son cristal fut brisé, et la divine eau de rose coula sur le plancher.

Qu'on se représente Casem entrant dans cette chambre, et apercevant ce spectacle de destruction. « Maudites pantoufles, s'écria-t-il en s'arrachant la barbe, vous ne me ferez plus de mal. » Aussitôt il prit une pelle, et descendit dans son jardin, où il se hâta de faire un trou pour y enterrer ses pantoufles. Par malheur un de ses voisins, qui lui en voulait depuis long-temps, se trouvait alors à sa fenêtre, et remarqua l'action empressée de Casem. Il courut sans délai chez le gouverneur, et lui annonça en confidence que Casem avait trouvé dans son jardin un trésor considérable. Il n'en fallait pas davantage pour exciter l'avidité du gouverneur, et ce fut en vain que notre richard protesta qu'il n'avait rien trouvé, qu'il y avait bien plutôt mis du sien, en enterrant ses pantoufles. Il eut beau les déterrer, et les faire même témoigner en justice; le gouverneur avait en tête son argent, et il fallut encore que Casem payât une forte rançon.

Il sortit de chez le gouverneur, désespéré, ses chères pantoufles à la main, et les vouant au diable de tout son cœur, « Pourquoi, se dit-il, les tenir encore ainsi à ma honte ? » Et il les jeta non loin du palais du gouverneur, dans un aquéduc. « Enfin, dit-il, je n'entendrai plus parler de vous ; vous m'avez assez coûté; allez au diable! » Mais le diable, qui se trouvait là, dans la vase de l'aquéduc, entendit le propos, et, comme il avait l'intention de lui jouer encore deux mauvais tours, il dirigea les pantoufles précisément dans le canal embourbé qui amenait l'eau. C'en fut assez pour arrêter le courant; en peu d'heures, les eaux débordèrent, les caves du gouverneur furent inondées, et tout ce mal , tout ce dommage, n'avait d'autre cause que les pantoufles de Casem. Heureusement pour eux, les maîtres fontainiers, qui étaient accourus, les trouvèrent dans la vase que leur négligence avait laissée s'amasser, et les firent servir à leur justification. Le maître des pantoufles fut mis en prison, et, convaincu d'avoir voulu méchamment se venger du gouverneur, il se vit contraint de payer une amende encore plus forte que les deux précédentes. Mais ses pantoufles lui furent soigneusement rendues par le gouverneur.

« Que faire de vous, maudites pantoufles? dit Casem. Je vous ai abandonnées à tous les

élémens, et toujours vous m'êtes revenues pour
me coûter chaque fois davantage; il ne m'en
reste plus qu'un : je vais vous brûler.

» Mais, continua-t-il en les pesant dans ses
mains, vous êtes trop pleines de vase et trop
mouillées; il faut que je vous fasse jouir encore
de la clarté du soleil, et sécher sur mon toit ;
car je me garderai bien de vous rapporter dans
ma demeure. » En disant ces mots, il monta sur
le toit en terrasse de sa maison, et les y plaça
aux rayons du soleil. Mais le malheur n'avait
pas encore épuisé contre lui tous ses traits; le
dernier coup qui l'attendait, était le plus cruel
de tous. Un chien de son voisin aperçut les
pantoufles, sauta du toit de son maître sur celui
de Casem, et s'amusa à les tirailler de côté et
d'autre. Tout en jouant, il en fit tomber une,
droit sur la tête d'une femme enceinte, qui
passait devant la maison; la malheureuse fut
renversée, et accoucha avant terme; son mari
porta plainte devant le cadi, et Casem fut condamné à une amende plus forte que toutes les
autres; car sa malencontreuse pantoufle avait
failli tuer deux personnes. « Ministre de la justice, dit Casem avec un sérieux qui fit rire jusqu'au cadi, j'en passerai par toutes vos condam-
nations; je demande seulement que la justice
veuille bien me protéger aussi contre les irré-
conciliables ennemies qui ont jusqu'ici causé

tous mes maux : ce sont ces malheureuses pantoufles. Elles m'ont ruiné, déshonoré, mis en
danger de mort ; et qui sait ce qu'elles me pré-
parent encore ? Sois juste, noble cadi, et dresse
un arrêté en vertu duquel tout le mal que ces
instrumens de l'enfer causeront sans doute encore leur soit imputé, et non pas à moi.

Le cadi ne pouvait se refuser à sa demande ;
il retint les malheureuses perturbatrices du repos public et domestique, et ne put donner au
vieux marchand d'autre leçon que celle qu'il
avait déjà payée bien cher, c'est à savoir : qu'on
ne peut trop se hâter d'acheter une paire de
pantoufles neuves, quand les vieilles ne valent
plus rien.

L'Envieux.

Le pieux Bazarlu ne mangeait pendant tout
le carême qu'une fois par jour, après le coucher du soleil, et jamais qu'un grain de raisin.
Il avait écrit sur le mur de sa cellule le mot
Hu *, dont il ne cessait de méditer le sens. Il
priait avec tant de ferveur que les oiseaux le

---

* C'est-à-dire : lui ; le Créateur.

prenaient pour une statue, et s'abattaient sur lui. Cependant, c'était moins encore son assiduité à la prière que sa bienveillante humanité qui avait rendu son nom célèbre dans toute l'Anatolie. Son ermitage était l'asile de tous les malheureux, de tous les pécheurs repentans. L'infortuné que troublait une peine de cœur, celui que tourmentait sa conscience, allaient trouver le pieux anachorète, et revenaient consolés. Un jour vint à lui un habitant de Smyrne, qui lui dit : « O saint homme, je suis pauvre et misérable; mais je m'en consolerais si je ne voyais en même temps mon frère jouir de la prospérité la moins méritée. Il est heureux en toutes choses, et le Ciel verse ses dons sur lui avec une abondance qui me fait ressentir plus vivement encore mon état d'infériorité. Ce n'est pas tout : on me hait, on me méprise, pendant que cet heureux frère est généralement aimé et estimé. De quelque côté que je me tourne, il me faut entendre l'éloge fatigant de ses vertus, et même le répéter. O saint homme, je suis le plus malheureux de tous les mortels! Prie pour moi, et console-moi, si tu peux. »

Les plaintes de cet envieux furent les premières que le pieux ermite repoussa sans pitié. « Fuis, lui dit-il avec une noble indignation, fuis loin de mes yeux, ennemi du bien.

L'enfer seul peut te consoler, misérable, qui ne peux être heureux à moins que Dieu ne soit avare de ses dons, et ton frère malheureux et criminel. »

Le Mendiant et son Miroir.

Un mendiant de Chiraz trouva un petit miroir, dans lequel, dit-on, le visage le plus laid paraissait beau. C'était un homme sage, et il en sut tirer un si bon parti, que ce fut un trésor dans ses mains. Il présentait d'un air humble son miroir aux passans, et disait : « Contemplez le charmant visage que Dieu vous a donné, et faites la charité à votre pauvre serviteur. » Que pouvait-on refuser à un mendiant si poli, à un miroir si complaisant? Chacun donnait de bon cœur; les femmes surtout faisaient de larges aumônes, qui le mettaient lui et les siens en état de vivre grassement. Un jour le vieux mendiant tomba malade; aussitôt il confia le précieux miroir à son fils, et lui en montra l'usage avec soin; mais ce fut peine perdue : il revint le soir sans avoir rien gagné. Il avoua qu'il avait oublié de présenter la merveilleuse glace aux passans charitables; qu'il y avait par hasard jeté les yeux, et s'était trouvé si beau,

si beau, qu'il n'avait rien pu faire autre chose
de tout le jour que de s'admirer lui-même.
« Pauvre sot, dit le rusé mendiant, qu'y as-tu
gagné? En es-tu devenu plus riche ou moins
laid? Apprends de ton père ce qui distingue un
sage d'un sot : le sot se flatte soi-même, et le
sage flatte le sot. — Mon père, dit alors la
fille intelligente du mendiant, je crois que l'un
comme l'autre est nuisible à l'homme. L'amour-
propre engendre la sottise et se laisse duper;
la flatterie fait du visage du flatteur une glace
trompeuse où la sottise seule se mire avec plaisir, pour s'en repentir bientôt. Viens, mon
frère, tâchons de gagner notre vie par une voie
plus honnête. »

Le Doyen de Badajoz.

Le doyen de l'évêché de Badajoz était à lui
seul plus savant que tous les docteurs de Sa-
lamanque, de Coïmbre et d'Alcala. Il entendait
toutes les langues mortes et vivantes, possédait toutes les sciences divines et humaines; la
magie seule lui manquait encore, et il lui tar-
dait de combler ce vide. Enfin il apprit que
dans un faubourg de Tolède demeurait un très-
habile magicien, don Torribio. Il fit aussitôt

12

seller une mule, et partit pour Tolède, où il
descendit devant une petite maison sans apparence, séjour de ce grand personnage. « Habile
homme, lui dit-il, je suis le doyen de Badajoz.
Les savans d'Espagne me font bien l'honneur
de m'appeler leur maître; mais si je pouvais
avoir l'avantage d'obtenir le titre de votre élève,
je préfèrerais cette gloire à toute autre. Ayez
donc la bonté de m'initier aux secrets de votre
art, et comptez sur ma reconnaissance, qui ne
cessera de rivaliser avec l'excellence du maître
et de sa science. »

Don Torribio faisait assez peu de cas de la
politesse, bien que son art l'eût mis en rapport
avec les esprits du premier ordre. Il répondit
au seigneur doyen, qu'il n'avait qu'à se pourvoir ailleurs d'un maître de magie; que, pour
lui, il était las d'un enseignement qui ne lui
avait rapporté que de belles paroles et de vaines
promesses; qu'il ne voulait plus déshonorer les
sciences occultes en les prostituant à des ingrats. « Comment! des ingrats? s'écria le Doyen;
don Torribio a trouvé des ingrats? pourrait-il
bien avoir l'injustice de me confondre avec ces
monstres? » Alors il tire du riche trésor de sa
mémoire une foule de proverbes et de sentences ingénieuses sur la reconnaissance; il parla
de cette vertu avec tant d'agrément, avec tant
de chaleur, que le magicien, après quelqu

instans de réflexion, déclara qu'il ne pouvait rien refuser à un si excellent homme. « Jacinthe, dit-il à sa gouvernante, mets deux perdrix à la broche, j'espère que M. le Doyen me fera l'honneur de dîner avec moi. » En même temps il le prit par la main, et le mena dans son cabinet. Alors il lui toucha le front, en murmurant ces trois mots mystérieux : « Ortobolan, Pistafrie, Onagriuf; » puis, sans plus de préliminaire, il se mit à lui expliquer les premières feuilles du grimoire.

Le nouveau disciple écoutait avec tant d'attention, qu'il semblait à peine respirer, jusqu'au moment où Jacinthe entra précipitamment avec un petit homme botté jusqu'à la ceinture, et crotté jusqu'aux épaules, qui demandait à parler à M. le Doyen pour une affaire très-pressante. C'était un domestique de son oncle, l'évêque de Badajoz, envoyé après lui, et qui avait couru à bride abattue jusqu'à Tolède, pour lui apporter la nouvelle que, peu d'heures après son départ, l'évêque son oncle avait éprouvé une violente attaque d'apoplexie, dont on redoutait fort les suites. Le Doyen se fâcha, et maudit (en termes assez modérés pourtant, afin de ne pas donner de scandale) la maladie, le malade et le courrier, qui lui arrivaient tous trois dans un moment si inopportun. Pour se débarrasser du courrier, il lui ordonna de re-

fourner sans délai à Badajoz, en ajoutant qu'il
ne tarderait pas à le suivre. Puis on continua
la leçon avec la même ardeur que s'il n'y avait
au monde ni oncle ni apoplexie.

Quelques jours après arrivèrent de Badajoz
d'autres nouvelles bien plus intéressantes. Le
grand chantre et les deux plus anciens chanoines faisaient savoir au Doyen : que son oncle,
le digne prélat, était parti de ce monde pour
aller dans le ciel recevoir la récompense de ses
vertus; que, conformément aux saintes lois de
l'Église, le chapitre s'était assemblé, et l'avait
élu pour remplir le siége vacant; enfin, qu'on
le priait de se hâter, et de venir consoler par
sa présence sa nouvelle épouse, l'église de
Badajoz. Don Torribio avait aussi entendu le
discours des envoyés; et, en homme prudent,
il chercha à exploiter une si belle occasion. Il
tira à part le nouveau prélat, et, après une
courte félicitation, accommodée à la circonstance, il lui dit qu'il avait un fils, nommé don
Benjamin, doué par la nature d'un bon esprit
et d'un cœur excellent; mais que, n'ayant remarqué en lui ni goût ni capacité pour les
sciences occultes, il avait pris le parti de le
faire entrer dans les ordres; que cette pieuse
résolution avait été favorisée du Ciel, et qu'il
avait la joie d'apprendre que son cher fils passait pour le modèle des ecclésiastiques de To-

lède; que Sa Grandeur ne pouvant occuper le
décanat en même temps que l'évêché, il le priait
en toute humilité d'accorder la place vacante à
don Benjamin.—Ah! répondit le prélat un peu
embarrassé, malgré mon vif désir de vous complaire en tout, cela m'est impossible pour cette
fois. J'ai un parent, dont je dois hériter. C'est
un vieil ecclésiastique qui n'est bon qu'à être
doyen, et je ferais une offense insigne à toute
ma famille, que j'aime à l'excès, si je lui refu-
sais cette place. Mais, continua-t-il d'un ton
aimable, ne m'accompagnerez-vous pas à Badajoz? Pourriez-vous avoir la cruauté de m'a-
bandonner, précisément quand je me vois en
position de vous servir? Non, mon cher maître et ami; j'espère que vous demeurerez près
de moi, et que vous achèverez l'instruction de
votre disciple. Quant à l'avancement de don
Benjamin, soyez sans inquiétude; ce sera ma
première pensée, et, tôt ou tard, je ferai pour
lui plus que vous ne demandez vous-même.
Une méchante place de doyen dans le fond de
l'Estramadure n'est pas un avancement pour
le fils d'un homme comme vous. » Don Torribio
accompagna donc son éminent disciple à Badajoz. Il eut pour logement quelques-uns des
plus beaux appartemens du palais épiscopal, et
chacun s'inclina devant lui comme devant le favori de l'évêque et le distributeur de ses grâces.

Quant au prélat lui-même, sous la direction d'un maître si habile, il fit des progrès rapides dans les sciences occultes. L'ardeur avec laquelle il s'y était livré d'abord, allait presque à l'excès; mais il sut insensiblement la modérer et y mettre de justes bornes, de telle sorte que l'étude de la magie ne nuisît en rien aux devoirs épiscopaux. Car il pensait qu'il ne suffit pas à un évêque d'orner son esprit de connaissances rares, mais qu'il doit encore montrer aux autres le chemin du ciel, et s'efforcer de faire germer dans l'âme des fidèles les bonnes œuvres, ces fruits précieux de la saine doctrine. Cette sage conduite répandit en peu de temps dans toute la chrétienté le renom du savant prélat; et, au moment où il y pensait le moins, il fut élu archevêque de Compostelle. Le peuple et le clergé de Badajoz soupirèrent, comme on peut croire, de la perte d'un pasteur si zélé, et, pour lui donner une dernière marque de leur estime, les chanoines lui abandonnèrent unanimement le choix de son successeur.

Don Torribio ne laissa pas échapper cette nouvelle occasion de parler en faveur de son fils. Il demanda au nouvel archevêque le siége qu'il laissait vacant; mais le nouvel archevêque sut le lui refuser de la manière la plus aimable. « Il avait tant de vénération pour son maître; il ressentait tant de honte, tant de chagrin

de se voir obligé de lui refuser une pareille bagatelle! mais pouvait-il faire autrement? Don
Ferdinand de Lava, connétable de Castille, demandait l'évêché pour un parent. Ce seigneur
lui avait dès long-temps rendu de si importans
services, que c'était pour lui un devoir indispensable de faire passer l'ancien bienfaiteur
avant le nouveau. Cette observation rigoureuse
des lois de la reconnaissance ne pouvait déplaire à don Torribio, qui voyait par là tout
ce qu'il avait à espérer quand son tour viendrait, ce qui serait infailliblement à la première
occasion. » Le magicien eut la politesse de
croire à la fable des anciens services, et se réjouit fort de venir après don Ferdinand. Ils
se disposèrent à partir, et arrivèrent à Compostelle ; mais leur séjour y dura peu. Quelques mois après arriva de Rome un grand ca-
mérier du pape, qui apporta à l'archevêque
le chapeau de cardinal, avec un bref très-gracieux, par lequel sa Sainteté le priait de se rendre à Rome, pour l'assister de ses conseils dans
le gouvernement du monde chrétien; bien plus,
le saint Père l'autorisait à disposer à son gré de
l'archevêché.

Don Torribio ne se trouvait pas à Compostelle, quand l'envoyé du saint Père y arriva. Il
était allé voir son fils, toujours simple curé à
Tolède. A son retour, le prélat lui épargna la

peine de demander l'évêché vacant. Il courut
à sa rencontre les bras ouverts, et lui dit : « Mon
digne maître, je vous apporte deux bonnes nouvelles au lieu d'une. Votre disciple est cardinal,
et votre fils le sera également bientôt, si j'ai
quelque influence à Rome. Je l'aurais volontiers
fait, en attendant, archevêque de Compostelle;
mais voyez comme j'ai du malheur! ma mère,
que nous avons laissée à Badajoz, m'a en votre
absence écrit une lettre bien pénible, qui déjoue
toutes mes intentions. Elle veut à toute force
m'imposer pour successeur l'archidiacre de mon
ancienne église, le licencié don Pablos de
Salazar, son ami intime et son confesseur. Elle
me menace de mourir de chagrin, si je n'accède
pas à sa demande. Que n'aurais-je pas à craindre
avec sa santé délicate, si je l'irritais le moins du
monde? Mettez-vous à ma place et dites : dois-je
offenser une mère, que j'aime si tendrement? »
Don Torribio était bien éloigné de désapprou-
ver cette tendresse filiale. Il donna toute son
approbation au choix de don Pablos, et ne
témoigna pas le moindre mécontentement à
l'égard de la mère du prélat. Il suivit Son
Eminence à Rome; mais à peine y étaient-ils
arrivés, que le pape mourut. Les cardinaux se
rassemblent en conclave; toutes les voix du
sacré Collége se réunissent sur la tête du cardinal espagnol, et il est élu pape.

Après les solennités de l'intronisation, don Torribio obtient une audience particulière. Il baise les pieds de son cher disciple, et pleure de joie en le voyant occuper le trône pontifical avec tant de dignité. Il parle avec modestie de ses longs et fidèles services. Il rappelle à Sa Sainteté les promesses solennelles que, dernièrement encore, elle lui renouvelait. Il dit quelques mots du chapeau de cardinal qu'elle vient d'échanger contre la triple couronne ; cependant, au lieu de demander ce chapeau pour don Benjamin, il termine avec une modération inconcevable. Il assure que son fils et lui renoncent à toute espérance ambitieuse, et qu'ils seraient satisfaits si Sa Sainteté daignait, avec sa bénédiction paternelle, les gratifier d'un léger bienfait, en leur accordant un modique revenu viager, suffisant pour les modestes besoin d'un prêtre et d'un philosophe. Pendant ce petit discours, le pape songeait au parti à prendre à l'égard de son maître. Après un peu de réflexion, Sa Sainteté trouva que don Torribio était un homme inutile et même importun ; et après cette décision, il ne lui fut pas difficile de trouver une réponse. Voici quels en furent les termes : « Nous avons appris avec douleur que, sous le prétexte de sciences occultes, vous entretenez un commerce abominable avec l'esprit de ténèbres et du mensonge. Nous vous

13

exhortons en conséquence paternellement à
expier ce crime énorme par la pénitence et la
mortification. De plus, nous vous enjoignons
de sortir sous trois jours du territoire de l'E-
glise; faute de quoi vous serez livré au bras
séculier et subirez la peine du feu. »

Don Torribio, sans s'émouvoir, répéta ses
trois mots magiques, ouvrit la fenêtre, et cria
aussi haut qu'il put : « Jacinthe, ne mets qu'une
perdrix à la broche, M. le Doyen ne dînera pas
avec moi. » Ce fut un coup de foudre pour le
pape imaginaire. Il sortit de la léthargie où l'a-
vaient tout d'abord plongé les trois mots magiques; au lieu d'être au Vatican, il s'aperçut qu'il
se trouvait à Tolède dans le cabinet de don
Torribio. Il vit même à la pendule qu'une
heure entière ne s'était pas écoulée depuis qu'il
avait mis le pied dans ce maudit cabinet, où
l'on faisait de si beaux rêves. En moins d'une
heure il s'était cru magicien, évêque, archevêque, cardinal et pape, et se trouvait, en fin de
compte, rien autre chose qu'un sot et un ingrat
coquin. Tout n'était qu'illusion, excepté les
preuves qu'il avait données de sa fausseté et de
son mauvais cœur. Il sortit, sans proférer un
seul mot, trouva sa mule où il l'avait laissée,
et retourna à Badajoz, sans avoir appris un seul
mot de magie.

Hassan.

Le calife Almalik, faisant son premier pélerinage au saint tombeau de La Mecque, eut la
fantaisie de se promener dans la ville, incognito, en habits de pélerin. Il avait un cœur
généreux et une piété sincère; en conséquence,
il allait secrètement à la recherche des nécessiteux pour alléger leurs peines par ses bienfaits,
et faire par là preuve de piété. Ainsi déguisé,
il entra un jour dans la demeure d'un pauvre
artisan, qui accompagnait son travail d'une
joyeuse chanson. La santé et le contentement
se lisaient sur son visage, l'ordre et la propreté
régnaient dans sa maison. Hassan, c'était le
nom de ce pauvre satisfait, accueillit le pélerin
avec bonté, lui servit des rafraîchissemens, et
entama la conversation avec gaîté. Almalik s'é-
tonnait de trouver dans cette pauvre cabane
l'homme le plus heureux de son royaume, à ce
qu'il lui semblait; il ne pouvait assez l'admirer,
assez se convaincre par ses yeux et ses oreilles
que le vrai bonheur résidait dans cette obscure
retraite. Enfin il lui dit : « Hassan, j'ai conçu
de l'affection pour toi, et je voudrais t'en donner quelque témoignage. Avec le contentement
qui règne en toi, as-tu encore quelque chose à

désirer? » Hassan répondit en souriant : « Que pourrais-je désirer? Je me porte bien; tous mes jours sont sereins; je m'éveille au chant des oiseaux; je commence et finis avec eux mon travail, qui me donne de quoi vivre à mon aise; je suis satisfait; que me manque-t-il donc, et que pourrais-tu me donner, pauvre et bon pélerin? » Almalik le regarda avec bonté, et rejetant la robe qui le couvrait : « Je suis Almalik, lui dit-il, le souverain des croyans : vois le manteau du calife et le saint anneau du Prophète. » Hassan tomba sans voix aux pieds du calife, qui lui tendit gracieusement la main : « Lève-toi, Hassan, tu es plus heureux, et par conséquent plus grand que moi. — Seigneur, répondit-il, je serais plus heureux que tu ne l'es? Je ne suis qu'un ver de terre devant toi. Un signe de ta main peut à son gré dispenser le bonheur et le malheur. — Ne le crois pas, répliqua Almalik, je ne puis donner le bonheur, mais bien l'ôter sans le savoir. Punir le vice, tenir en bride la méchanceté et l'oppression, tel est mon devoir, et telle est aussi l'étendue de ma puissance. Tout mon pouvoir est nul s'il s'agit de donner le vrai bonheur ou de récompenser la vertu. Si je le pouvais, je voudrais commencer par la récompenser dans ta personne. Mais vois, tu es toi-même élevé au-dessus de ma puissance; en te chargeant du fardeau des richesses ou des gran-

deurs, les seules choses dont je puisse disposer,
je t'enlèverais tes beaux jours avec la simplicité
de ta vie. » En achevant ces mots, le calife se
leva, ordonna à Hassan de ne pas trahir son
incognito, et s'éloigna.

Dès ce moment le bonheur d'Hassan fut
troublé. La soif des honneurs et des richesses
s'empara tout-à-coup de son cœur, autrefois si
tranquille. Il s'irrita de n'avoir pas mieux profité de l'occasion pour se mettre dans une position brillante. Son abaissement lui devint à
charge; il rêva de jardins, de palais, d'esclaves;
au milieu de ces imaginations, négligea son travail, devint de jour en jour plus nécessiteux,
plus mécontent, et ressemblait déjà presque à
un mendiant quand le calife, après l'année ré-
volue, revint à La Mecque, et alla avec une sorte
d'impatience rendre visite à son homme heureux. Il entra dans sa demeure, et se disposait à
le saluer amicalement, quand ses yeux furent
frappés du changement de son hôte ; « Hassan,
lui dit-il, d'où vient le terrible changement que
j'aperçois en toi? » Il apprit bientôt, à son grand
étonnement, qu'il en était lui-même la malheureuse cause. Il jeta sur le malheureux un regard de compassion, et, comme s'il se fût fait
à lui-même un secret reproche, il lui dit avec
un douloureux intérêt : « Pauvre Hassan, ma
vue t'a plus ôté que tout mon pouvoir ne peut

te rendre. Mais pour que tu ne dises pas qu'Al-malik est injuste, je veux au moins satisfaire les désirs que mon imprévoyance a excités dans ton cœur, autant qu'il dépend de moi. Lève-toi et suis-moi. » Hassan baisa le bord de la robe du généreux calife, et sortit de son indigente demeure, où il avait tant d'années vécu heureux, comme on s'enfuit de la caverne d'un lion. Il suivit le prince au caravansérail, où il logeait, et de là à Bagdad. Almalik lui donna une chambre dans son palais, le fit servir par ses esclaves, nourrir des mets de sa table, et lui accorda toutes les semaines sur son trésor une somme bien supérieure à tout ce que l'imagination échauffée du nouveau courtisan pouvait lui faire attendre. Ainsi s'écoulèrent les premières semaines. La joie mettait Hassan hors de lui ; il marchait comme un homme qui rêve, et se croyait le mortel le plus fortuné. Mais bientôt l'ennui se glissa au sein de cette félicité : il mangeait les morceaux les plus délicats sans en goûter la saveur ; car l'appétit est le seul assaisonnement d'un repas : il reposait sur des tapis précieux sans dormir ; car la fatigue seule appelle le sommeil. Déjà il commençait à regretter en silence son ancienne gaîté, quand Almalik mourut subitement au milieu de l'éclat de son règne et à la fleur de son âge, emportant avec lui la prospérité d'Hassan. Abubekir, son successeur, fit sortir de son palais cet hôte inutile.

Étourdi, abattu, il ne savait où porter ses pas; il voulait retourner à La Mecque et ne l'osait pas : il avait honte d'y reparaître dans sa pauvreté, et d'y servir d'objet de raillerie à ses anciennes connaissances. Mais l'ange de la Providence, qui n'inflige jamais que le châtiment le plus doux aux sottises de notre cœur, ne l'avait pas encore abandonné; il dirigea ses pas errans vers la cellule d'un ermite qui devait par sa sagesse lui rendre le bonheur que le sultan lui avait enlevé.

Il y arriva mourant de faim et de soif; le vieillard l'accueillit avec la pitié d'un frère. Il lui servit à manger et à boire, l'interrogea sur sa position, et amena ce cœur ulcéré à lui faire le récit complet de ses épreuves. « Console-toi, lui dit-il après avoir tout entendu, console-toi mon frère, la source de ta félicité n'est pas encore tarie. Elle coule encore pour toi, bien que tu l'aies dédaignée. » Il pria l'infortuné de demeurer près de lui, le chargea de son petit jardin, et lui rendit insensiblement par ce moyen l'habitude du travail et de la modération. Il lui raconta sa propre histoire, qui lui fit voir que lui aussi n'avait que trop ressenti le dégoût de la grandeur oisive, et les épines acérées des vains désirs, et qu'il ne s'était vu heureux qu'en transformant ce coin ignoré de terre en jardin, et en apprenant à trouver son bonheur en soi-même. Comme une douce rosée vient au coucher du soleil rafraîchir la prairie desséchée, ainsi les sages avis du pieux solitaire ranimèrent le cœur flétri de l'étranger, et en peu de jours ce fut un homme tout différent. Il se sentit assez fort pour retourner dans sa cabane délaissée, et pour y reprendre son ancien travail, qui lui rendit sa félicité passée. Alors, quand trois sultans auraient frappé à sa porte, et lui auraient offert les trésors de leur empire, il les aurait repoussés avec joie; car il sentait qu'Almalik avait dit vrai quand, voyant sa pauvreté occupée, sa santé et son contentement au sein de la modération, il l'avait appelé le plus heureux de son royaume.

La Puissance de la Religion.

Un jour, le calife Hussein, fils du grand Ali, étant à table, un de ses esclaves laissa tomber sur sa tête une coupe pleine de riz bouillant. Le calife irrité regarda l'esclave qui, tremblant de frayeur, se jeta à ses pieds, et prononça les paroles suivantes du Coran : « Le paradis est destiné à ceux qui retiennent leur colère et s'en rendent maîtres. » Hussein répondit tranquillement : « Je ne suis pas en colère. » L'esclave continua le passage : « et qui pardonnent à ceux qui les ont offensés. — Je te pardonne, dit Hussein, sans le regarder. » L'esclave continua : « Et Dieu aime par-dessus tout ceux qui rendent le bien pour le mal. » Hussein lui tendit la main avec bonté. « Eh [bien lève-toi : je te donne la liberté et quatre cents drachmes d'argent. » L'esclave ému embrassa ses pieds : « O mon maître, s'écria-t-il, tu es comme l'arbre généreux, qui prête son ombre et donne ses fruits à celui-là même dont le bras audacieux l'insulte à coups de pierre. »

Le Voyage à Babylone.

A peine étincelaient les premiers feux du jour, que, monté sur mon âne, je suivis le sentier qui mène à la grande route de Babylone. « Oh! m'écriai-je, avec quelle douce satisfaction mes regards se promènent sur ces collines, nouvelles pour eux! Que de fleurs dans ces prairies! de quels parfums salubres elles embaument les airs! Ma route est une allée d'arbres, à l'ombre desquels mon âne et moi nous pouvons nous reposer, quand il nous plaît. Que le ciel est brillant! quel beau jour! quel air pur! Je n'ai pas besoin de me hâter; car, avec ce brave animal, j'arriverai encore de bonne heure aujourd'hui à Babylone.

C'est ainsi que je parlais, dans l'ivresse de ma joie; je regardais mon âne avec complaisance, et le flattais de ma main, quand tout-à-coup j'entendis du bruit derrière moi; je tournai la tête, et vis s'avancer une troupe d'hommes et de femmes montés sur de beaux chameaux. Ils promenaient autour d'eux leurs regards sérieux et méprisans; tous étaient vêtus de longues robes de pourpre, ornées de ceintures d'or et parsemées de pierres précieuses. En peu d'instans leurs chameaux m'eurent rejoint, et me trouvant près d'eux, je fus encore plus ébloui de leur éclat. Combien alors je me trouvai petit sur mon âne! et comme je me redressais, sans en paraître plus grand! A peine ma tête atteignait-elles à la plante de leurs pieds; mon orgueil se sentait blessé, et cependant je voulais les suivre.

Je poussais mon âne avec une impatience mêlée de mépris; je faisais des vœux pour qu'il s'élevât tout d'un coup à la taille du plus grand chameau, et que ses deux longues oreilles dépassassent leurs têtes. Je poussais, je piquais, il courait bien aussi, autant qu'il pou-

vait courir; mais à peine en six pas avançait-
il autant que les chameaux en un seul. Je les
perdis de vue, et renonçai en même temps à
tout espoir de les atteindre. « Quelle différence, m'écriai-je, entre leur sort et le mien?
Pourquoi ne sont-ils pas à ma place? pourquoi
ne suis-je pas à la leur? Moi, misérable, je
voyage seul, sur le plus chétif, le plus misérable des animaux; eux, au contraire, trot-
tent fièrement, et ma compagnie leur fait
honte. »

Au milieu de ces réflexions, je lâchai ma
bride; mon âne s'aperçut bientôt que je ne le
poussais plus : il marcha de plus en plus lentement; enfin il se détourna de la route; la prairie avait pour lui des charmes; il s'arrêta, laissa
tomber sa tête, et se mit à manger. Il trouva
l'herbe molle, se sentit invité au repos; il se
coucha, et je tombai. En tombant je sortis
de ma rêverie, courroucé contre mon odieux
compagnon, quand un nouveau bruit de mille
voix confuses remplit mes oreilles. J'ouvris les
yeux, et vis une troupe bien plus nombreuse
que la première. Leurs bêtes de somme étaient
aussi modestes que la mienne; leurs longues
robes de lin ne faisaient pas honte à mon habillement; ils se parlaient amicalement, et je
m'enhardis à adresser la parole au plus voisin.
« Quelle que soit la rapidité de votre course,

lui dis-je, vous n'atteindrez jamais sur vos bêtes ceux qui vous devancent de si loin sur leurs fiers chameaux. — Nous nous en garderons bien, répondit - il. Les insensés mettent leur vie en danger, et pourquoi? Pour arriver quelques momens plus tôt que nous. Nous allons tous à Babylone : une heure plus tôt, une heure plus tard; dans une robe de lin ou de pourpre; sur un âne ou sur un chameau; qu'importe, quand on est arrivé? et même en route, qu'importe, quand on sait prendre du plaisir? Vous, par exemple, comment vous trouveriez-vous d'avoir eu tout-à-l'heure un chameau en tombant? » Je rougis et ne répondis rien; mais je regardai derrière moi et vis, non sans étonnement, des hommes, des femmes et des enfans nous suivre à pied; encore leurs épaules étaient-elles chargées de fardeaux. Cependant les uns chantaient, les autres sautaient sur l'herbe tendre : « Nous allons tous à Babylone, s'écriaient-ils gaiement, et les enfans faisaient écho à leurs aînés. » Ils vont tous à Babylone, me dis-je, et sont joyeux sous leurs fardeaux : et moi, je serais triste? je remontai content sur ma bête, et continuai ma route en me tenant près de mon consolateur. Je m'entretenais avec lui, et me trouvais comme un homme dont les épaules ont été déchargées d'un fardeau.

Avant d'arriver au terme de notre voyage, nous retrouvâmes à l'improviste la plus grande partie des autres voyageurs dans un assez triste état. Leurs chameaux les avaient jetés à bas; leurs longues robes de pourpre, leurs ceintures couvertes d'or et de pierres précieuses, étaient couvertes de boue. C'est alors, grands de la terre, c'est alors que j'appris à connaître la petitesse de la grandeur humaine, et que, sans devenir indifférent aux destinées diverses des hommes, je cessai de m'en affliger. « Nous allons tous à Babylone, me dis-je, et le piéton y arrive souvent plus gaîment et plus heureusement que le fier cavalier. Il est agréable pourtant d'avoir de bons compagnons de voyage, et commode d'avoir une bête de somme qui nous porte, nous et notre petit bagage, jusqu'à l'auberge publique. »

Deuxième Vision de Mirza.

Je me promenais sur le bord de l'Euphrate, la tête baissée, et plongé dans la tristesse. Le soleil s'inclinait sur les montagnes, et toutes les créatures jouissaient avec plaisir du doux éclat dont il embellissait la terre et le ciel; seul, j'étais mélancolique. « Non, disais-je, il n'est pas de Providence divine qui veille sur les mortels; ce sont de vils insectes sans nom, et nul ne s'inquiète de leurs besoins. Les méchans ne sont-ils pas heureux, pendant que les bons gémissent au sein de la misère? » En parlant ainsi, je m'assis sous un palmier, je contemplai le fleuve, dont les eaux coulaient avec bruit devant moi, et me mis à pleurer. Le jour était achevé, et la nuit s'annonçait par le crépuscule, sans que j'y fisse attention. Tout-à-coup, je fus environné d'une lumière brillante : le fleuve et la verdure furent éclairés comme en plein midi; je frissonnai, je levai les yeux : un jeune homme, revêtu d'une robe blanche comme la neige, était devant moi : « Mirza, me dit-il, je suis Albunoh Sahareddin, serviteur du trône de l'Éternel, et interprète de ses mystères. Il a entendu tes plaintes, et m'a député pour t'éclairer. Viens, suis-moi. »

Il saisit ma main droite, et j'effleurai la plaine, je perdis de vue le fleuve et la vallée, et je vis s'élever devant moi une haute montagne à pic, dont les aiguilles touchaient les étoiles. « Ce rocher, dit le Génie, est la ceinture qui enveloppe les décrets de l'Éternel; nul ne peut y atteindre sans l'assistance divine. » J'étais encore stupéfait à la vue de cette élévation incommensurable, quand un doux zéphir nous y porta, comme un oiseau est soulevé par ses ailes légères. Nous montâmes long-temps avant de perdre de vue le fond, et long-temps encore avant de parvenir au sommet. Enfin, nous planâmes, éclairés de la lumière des étoiles, sur sa croupe argentée. Alors apparut devant moi une plaine délicieuse, et je me crus transporté au séjour des bienheureux. « Voici la plaine des destinées, dit le Génie, considère-la bien. » Mille ruisseaux coulaient avec des détours infinis à travers des fleurs brillamment colorées et des arbres chargés de fruits, et se perdaient dans les rochers qui les enfermaient de toutes parts. Ils venaient tous du centre de la plaine, où s'élevait un temple d'or sur des colonnes de saphir, qui rayonnait de toutes parts comme l'astre du jour à son lever.

Nous marchions entre les ruisseaux, mais je ne pouvais distinguer leur cours; car ils s'entrelaçaient comme les fils de soie d'un tissu précieux. Nous nous approchâmes du temple; ses portes s'ouvrirent pour nous laisser passer, et se refermèrent. « C'est ici, dit le Génie, que tu reconnaîtras l'injustice de tes doutes sur la Providence. » Il dit, toucha mes yeux, et disparut. J'étais sous une voûte de cristal, qui ressemblait à un miroir circulaire. Au milieu s'élevait un autel, sur lequel brûlait un feu d'une blancheur éclatante, qui se réfléchissait de tous côtés, et remplissait l'enceinte d'une brillante clarté.

Une religieuse terreur s'empara de mon âme. Je m'agenouillai au pied de l'autel, et je priai. Alors j'entendis une voix, qui me dit : « Lève-toi, Mirza, et regarde. » Je levai les yeux, et je vis une jeune femme assise sous un palmier, qui allaitait un enfant à cheveux blonds. Sa main se promenait sur ces boucles délicates, et ses regards étaient fixés avec amour sur son joli visage. Enfin elle baissa la tête, ferma les yeux et s'endormit. L'enfant leva sa petite main pour la passer autour du cou de sa mère, mais il toucha un serpent qui se glissait le long du palmier : la bête recula en courroux, et mordit l'enfant, qui expira.

« Ah ! m'écriai-je, qu'a fait cette innocente femme pour perdre son fils d'une manière si déplorable ? » La voix dit alors : « Tourne les yeux, et lis. » Je me tournai et vis derrière moi une table noire, sur laquelle étaient tracés ces mots : « Cette mère porte la peine de son péché ; par excès d'amour elle aurait fait de son fils un scélérat. »

Je me retournai plein de tristesse ; mais l'image avait disparu de la voûte de cristal, et une autre était à sa place. Abdallah, mon vertueux ami, était couché à demi nu sur de mauvaise paille. Près de lui étaient étendus ses cinq petits

enfans. La maladie et le besoin avaient déco-
loré leurs joues et éteint le feu de leurs regards.
Ils levaient tous leurs mains vers leur père en
gémissant, et leur bouche pâle disait : « Mon
père, donne-nous du pain. »

Hors d'état de supporter ce spectacle, je me
cachai le visage, et inclinai mon front au pied
de l'autel. « Regarde encore, dit la voix, et juge
avec équité. » Je relevai les yeux, et vis les cinq
enfans de mon ami magnifiquement revêtus.
Ils entouraient le tombeau de leur père, y se-
maient des fleurs, et se rappelaient ses vertus,
à l'exemple desquelles il les avait élevés. Ils
se retirèrent en se tenant par la main, accompagnés de chaque côté par une foule de peuple
qui faisait des vœux pour leur bonheur, et les
révérait comme les personnages les plus distin-
gués du pays. A cette vue, des larmes de joie
inondèrent mon visage. Je me tournai vers la
table, et je lus : « La richesse aurait rendu les
enfans d'Abdallah fiers et vicieux, tandis que
leur bonheur est la récompense de la vertu de
leur père. »

Je me réjouissais encore du spectacle dont je
venais d'être témoin, quand j'aperçus dans le
cristal la fille du frère que j'avais perdu, Tirza
avec Tarik son vertueux époux. Ils étaient
dans la grande salle de leur maison, et faisaient
des présens de noce à trois couples indigens,

car ils avaient fait vœu de célébrer ainsi chaque
année le jour de leur union, pour faire goûter
à d'autres encore le bonheur dont ils jouissaient.
Les nouveaux époux s'éloignèrent avec de riches présens, et laissèrent seuls le couple fortuné. « Chère amie, dit Tarik, que ton cœur est
généreux ! Tu donnes tes beaux vêtemens et te
couvres, comme le lis, d'une simple parure. —
O Tarik, c'est toi qui es ma parure et ma couronne. — Qui pourrait embellir la rose ? N'est-
elle pas la reine des fleurs ? — Oh ! ne me flatte
pas ; j'aime la violette du vallon, elle exhale son
doux parfum, et se cache sous l'herbe. » Tel
était le langage de leurs gestes, et mon cœur
était plein d'une joie paternelle, quand tout-à-
coup le plafond de la salle s'écroula, et les en-
sevelit sous les décombres.

La douleur me fit tomber le visage contre
terre ; je poussai de profonds gémissemens, et
j'humectai de mes larmes le pied de l'autel. Je
restai long-temps plongé dans ma douleur,
quand enfin la voix se fit entendre : « Mirza,
sèche tes larmes. » Je levai timidement les yeux
vers la table, et lus : « L'homme d'un jour ne
voit que le présent ; mais la sagesse de Dieu voit
aussi l'avenir. La mort a dérobé tes heureux
enfans à une catastrophe imminente, dont tes
regards vont être témoins ; car tes concitoyens
sont tout couverts d'affreux péchés. »

Je me détournai en tremblant, et fixai mes yeux sur le cristal. Le vieux et respectable monarque de mon pays était endormi sur un sopha. Près de lui se tenaient douze jeunes gens vêtus de bleu : c'étaient les anges de ses bonnes actions ; chacun tenait un éventail, et rafraîchissait son sommeil. Le fils du roi entra sans bruit. Il avait le visage et les mains noires, et les yeux flamboyans comme des charbons ardens. Il prit la coupe de son père, et y versa du poison. Le roi s'éveilla, voulut se rafraîchir, but la coupe empoisonnée, et mourut. Un profond soupir s'échappa de sa poitrine, quand tout-à-coup le tableau changea. Le nouveau monarque se mit en marche avec une armée; un autre marcha à sa rencontre, le mit en fuite, et assiégea sa capitale. Les remparts furent pris d'assaut, tous les habitans maltraités et égorgés, tout le pays mis au pillage, et le parricide attaché à un arbre.

Ma tête tomba sur ma poitrine; mon cœur gémit de la dévastation de ma patrie, mes yeux étaient devenus hagards, et je n'avais plus d'autre sentiment que celui de ma douleur, quand je fus réveillé par une douce harmonie. Mon cœur allégé battait en liberté, et goûtait les sons mélodieux et variés qui retentissaient autour de moi. Je levai les yeux, et vis dans le cristal une plaine délicieuse. Des vieillards, des

adolescens, des enfans, se promenaient sur le
gazon verdoyant, formaient des danses joyeuses, ou cueillaient des fleurs. Les oiseaux mê-
laient leurs voix au bruit du feuillage, et les
ruisseaux leur murmure aux chants des jeunes
garçons et des jeunes filles; tout respirait la joie.
Tirza et Tarik étaient assis sous un berceau de
myrthes fleuris, et tressaient des couronnes de
roses et de violettes, pendant qu'une troupe
d'aimables enfans ornaient leur berceau de
guirlandes de fleurs. Je vis mon ami Abdallah,
le bon vieux roi et une foule d'autres, qui goû-
taient dans ce beau pays les délices de la vertu,
et l'oubli des maux de leur vie sur la terre. Je brû-
lais de me joindre à eux, je leur tendais les bras
avec amour, quand le tableau disparut, et la voix
prononça ces mots : « C'est dans l'éternité que
la vertu opprimée reçoit toute sa récompense.
Ne l'oublie pas, Mirza, et adore les voies de la
Providence, là même où elles paraissent injustes
à ta faible vue. »

Abdallah.

Un vieux et vénérable derviche passa la nuit,
en faisant un de ses pieux pélerinages, chez
une pauvre veuve, dans un faubourg de Bas-

sora. La bonté avec laquelle il s'y vit accueilli le
toucha profondément. Désirant lui en témoigner sa reconnaissance, il lui dit au moment de
la quitter : « Je vois que vous êtes pauvre, ma
chère sœur. Il vous sera difficile de pourvoir
par votre travail aux frais de l'éducation de
votre fils Abdallah. Si vous consentez à me le
confier, je me charge de ce soin. » La veuve,
qui depuis longues années connaissait le derviche pour un saint homme, accepta avec joie
sa proposition, et lui remit son fils. Ils parcou-
rurent pendant trois ans les plus beaux pays et
les villes les plus peuplées de l'Asie. Le derviche traita Abdallah comme son propre fils ; il
l'instruisit d'une foule de connaissances utiles,
et le soigna, pendant une maladie mortelle,
avec la tendresse d'un père. Abdallah ne cessait
en toute occasion de parler de ses sentimens
de reconnaissance. Mais le derviche répondait
toujours : que la vraie reconnaissance consiste
en actions et non en paroles, et que le temps
viendrait bientôt où il pourrait manifester ses
bons sentimens.

Il arriva qu'ils se trouvèrent un jour dans
une contrée déserte : « Mon fils, dit le derviche,
c'est à présent que tu peux me donner une
preuve de ton attachement. Ce rocher renferme
un trésor qui nous est destiné, si tu te confor-

mes à mes instructions. » Abdallah protesta
qu'il était prêt à risquer sa vie pour son bienfaiteur. Sur cette assurance, le derviche frappa
le rocher de son bâton, le rocher s'ouvrit.
« Entre, mon fils, dit le derviche; tu trouveras
à quelque profondeur un chandelier de fer à
douze branches; prends-le, mais ne touche à
aucune des autres richesses qui gissent au même
endroit. Fais bien attention à ce que je te dis;
ne prends que le chandelier; car le reste ne
nous est pas destiné. Songe, mon fils, que voici
peut-être la seule occasion où tu pourras me
témoigner ta docilité et ton attachement. » Abdallah promit tout, et entra avec résolution.
Mais dès qu'il vit les trésors placés près du
chandelier, ses yeux furent éblouis. Il oublia
les avis du derviche, et remplit ses vêtemens de
l'or et des pierreries qui couvraient le sol. Cependant le rocher se referma. L'obscurité qui
l'environna tout-à-coup l'effraya; il se hâta de
saisir le chandelier, et marcha à tâtons dans les
ténèbres pour trouver une issue. Après avoir
long-temps cherché, il aperçut une faible lueur;
il se porta de ce côté, et sortit du rocher. Il regarda autour de lui, mais le derviche n'était
plus là, et, à son grand étonnement, il reconnut le voisinage de Bassora, où sa mère demeurait. » Que le derviche aille où il voudra, se

dit-il à lui-même; me voilà assez riche pour
vivre sans lui. »

Dès son arrivée, sa mère lui demanda des
nouvelles du saint homme. Abdallah lui raconta son aventure, et conclut en disant qu'il
n'avait plus besoin du vieillard, et qu'il allait
de lui-même pourvoir à son avenir. Il étala ses
trésors, et fit une foule de plans relatifs à l'emploi qu'il en voulait faire. Sa mère ne fut pas
moins éblouie de l'éclat de ces richesses, et,
sans plus penser au saint derviche, les regarda
comme une propriété acquise à son fils par son
courage et sa prudence. Dans l'ivresse de leur
joie, ils se mirent à compter les pièces d'or et
les diamans; mais tout-à-coup, tout disparut,
excepté le chandelier. « Ah! s'écria la mère en
pleurant, nous avons irrité le saint derviche.
Il n'a voulu qu'éprouver notre reconnaissance,
et comme nous l'oubliions, il nous a retiré ses
riches présens. Porte-lui le chandelier, mon fils;
peut-être, par ce moyen, apaiseras-tu son courroux. »

Abdallah, qui n'avait rien de la timide piété
de sa mère, se mit dans un coin à maudire le
vieillard et le chandelier de fer. « Il m'a laissé
là quelque chose de beau, dit-il. Je risque ma
vie pour satisfaire son caprice; et voilà qu'il
s'irrite, qu'il s'empare de ce qui n'est pas à lui,
de ce que j'ai gagné à force de peine. Ma mère

a beau dire, je crois que cet homme-là est un magicien plutôt qu'un saint. »

Cependant la nuit vint. La mère alluma une petite lampe, qu'elle mit sur la table. Abdallah, pour la placer plus commodément, la suspendit à une branche du grand chandelier de fer. Soudain apparut un derviche, vêtu d'une longue robe brune. Il tourna pendant un quart-d'heure sur lui-même avec la rapidité d'une toupie, jeta un aspre sur la table, et disparut. Cette apparition fit rire Abdallah, et, le lendemain soir, il mit à l'épreuve les douze branches du chandelier. A chacune il plaça une mèche, qu'il alluma. Douze derviches, vêtus de brun, parurent, tournèrent pendant un quart-d'heure et disparurent, après avoir chacun jeté un aspre sur la table. Ils revinrent à une nouvelle épreuve, mais jamais plus d'une fois chaque soir. Ce revenu quotidien suffisait pour entretenir raisonnablement la mère et le fils; mais la courte possession des richesses qu'ils avaient vu fuir, avait laissé dans leur cœur une soif ardente, qui ne faisait qu'augmenter de jour en jour. Avec ces douze aspres, Abdallah ne pouvait mettre à exécution un seul de ses plans. Il se mit donc à réfléchir s'il ne vaudrait pas mieux porter le vieux chandelier rouillé au derviche, qui, sans aucun doute, lui rendrait tout au moins en échange les trésors perdus, puisqu'il avait estimé ce chandelier à un plus haut prix que tout le reste des richesses renfermées dans le rocher. Sa mère approuvant sa résolution, il partit dès le lendemain matin avec le chandelier. Le derviche lui avait dit qu'il se nommait Abunadar, et qu'il habitait la ville de Magrebi; il ne lui était donc pas difficile, au moyen de la rente journalière du chandelier, de trouver le derviche.

En arrivant à Magrebi, il demanda la demeure du pieux Abunadar. Celui-ci était si connu dans la ville, que les enfans purent la lui indiquer. Dix portiers veillaient à l'entrée; l'avant-cour fourmillait d'esclaves et de valets, et la maison elle-même ressemblait plutôt au palais d'un prince qu'à la demeure d'un derviche. Abdallah n'osa pas aller plus loin. « On ne m'a pas compris, dit-il, ou bien l'on s'est moqué de moi en ma qualité d'étranger. » Il se disposait à retourner sur ses pas, quand un esclave l'aborda et lui dit : « Sois le bien-venu, Abdallah, il y a long-temps que mon maître t'attend; je vais dans l'instant te mener à lui. » Il le conduisit dans un riche salon où le derviche, vêtu de sa robe brune ordinaire, reposait sur un sopha. Abdallah, ébloui par l'éclat de la richesse qu'il voyait briller de toutes parts, se prosterna devant le derviche, et mit le chandelier à ses pieds. « Tu veux me tromper, mon fils, lui dit

15

Abunadar. Je lis dans ton cœur ; ce n'est pas l'attachement ni la reconnaissance qui t'amènent ; tu ne songes qu'à donner peu pour recevoir davantage. Je suis certain que tu ne m'aurais pas apporté le chandelier, si tu en avais connu la vertu. Je veux au moins t'indiquer le moyen de s'en servir. » Il plaça une lumière à chacune des douze branches ; les douze derviches parurent et agirent comme à l'ordinaire. Quand ils eurent tourné quelque temps, Abunadar prit un bâton, et en donna à chacun un coup violent. Ils demeurèrent tous immobiles, et se métamorphosèrent en autant de grands tas de sequins, de diamans, d'émeraudes et d'autres pierreries. « Tu vois, dit-il à Abdallah ; de cette manière un homme habile peut tirer parti de ce chandelier ; ce n'est pourtant pas dans cette intention que je l'ai cherché. C'est l'œuvre d'un sage dont je révère la mémoire ; et comme j'ai du plaisir à recueillir ces sortes de curiosités, je désirais posséder encore celle-ci, qui est une des plus précieuses. Tu peux te convaincre par toi-même que je dis la vérité. Voici la clé de mon trésor ; fais-en la revue, et viens me dire si un mortel, fût-il le plus avare des hommes, pourrait bien s'en contenter. »

Abdallah obéit. Six grandes chambres voûtées et contiguës étaient remplies de tant de richesses, de tant de raretés, qu'il ne savait

par où commencer, ni ce qu'il devait admirer
le plus. « Imbécile que je suis! se dit-il à lui-
même, pourquoi ai-je rendu le chandelier?
Je pouvais si facilement en apprendre l'usage
par quelque accident. A présent il me faut
contempler de loin les richesses d'autrui, tandis
que je pouvais être aussi riche, si j'avais été
plus sage. » Il revint. Abunadar lut ses pensées
sur son front, mais fit semblant de ne pas
s'en apercevoir. Il l'accueillit avec beaucoup
de bonté, le retint quelques jours près de lui,
enfin le traita comme son meilleur ami. A la
fin du septième jour, il l'appela et lui dit :
« La moitié des trésors que tu as vus m'est
venue de mon père par héritage; le reste, je
l'ai amassé moi-même, non par avarice, mais
parce que mon entretien exigeait à peine le
dixième de mon revenu. M'étant convaincu,
dès mon jeune âge, que la richesse ne rend les
hommes ni meilleurs ni plus heureux, mais
que c'est une sottise de dissiper le bien acquis,
je cachai ma condition. Je pris l'habillement
des derviches, je passai plusieurs années à
voyager, et cherchai à devenir plus sage par
l'observation des sottises humaines. Je fis à pied
trois pélerinages à La Mecque, vivant comme
le plus pauvre pélerin. Je donnais aux malheureux que je rencontrais seulement de quoi
satisfaire à leurs nécessités, parce que je crois

que l'homme, en travaillant et en pourvoyant
à son entretien par ses propres forces, est plus
heureux qu'en restant oisif. Les années s'écoulaient insensiblement, et le moment où je
devrai quitter le monde, aussi nu que j'y suis
entré, approchait de plus en plus. Je n'avais
pas d'enfans, et cependant je désirais laisser
mes biens héréditaires à quelqu'un qui sût en
user avec sagesse et modération. Je t'ai vu avec
douleur tromper mon attente par ton ingratitude. Cependant j'espère que ma franchise et
l'expérience du passé te guériront de ce vice
honteux. Je ne te retiendrai pas plus long-
temps; tu peux repartir. En témoignage de ma
reconnaissance pour le long voyage que t'a
fait entreprendre le chandelier, dont j'avais
tant envie, tu trouveras demain à la porte de
ma demeure le plus beau de mes chevaux. Il
est à toi, ainsi que l'esclave qui le guide. Je te
donne en outre deux chameaux, que tu peux
toi-même charger à ton gré d'or et de pierreries de mon trésor. » Abdallah le remercia de
ces riches présens, et s'alla coucher, attendant
avec impatience le jour suivant.

Il ne put dormir de la nuit et ne fit que penser au chandelier merveilleux. « Sans moi, se
disait-il, Abunadar ne l'aurait point. Je vais le
chercher au péril de ma vie dans le creux du
rocher; je fais pour l'apporter un voyage

pénible, je me dessaisis bien humblement de ma propriété, et je reçois pour ma peine deux vieux chameaux chargés d'un peu d'or et de bijoux. C'est Abunadar qui est l'ingrat, et non pas moi. En un clin d'œil le chandelier donne plus que la charge de six chameaux : pourquoi ne reprendrais-je pas mon bien, puisque je suis si mal payé de ma condescendance? » Il dit et prit la résolution de détourner secrètement le chandelier; ce qui lui fut aisé, Abunadar lui ayant confié la clé de son trésor. Il prit le chandelier et le cacha dans un des sacs qu'il remplissait d'or et de pierreries. Il remit la clé au généreux Abunadar, prit congé de lui et partit avec le cheval, l'esclave et les deux chameaux chargés.

A la distance de deux journées de Bassora il vendit l'esclave et en acheta un autre, afin de laisser ignorer l'origne de ses trésors. Sa mère vint à sa rencontre avec une joie mêlée de curiosité, mais il était si occupé de décharger ses chameaux qu'il ne fit à ses questions que de courtes réponses. Son premier soin fut de porter le chandelier dans une chambre écartée, car il brûlait d'impatience de voir la métamorphose des derviches. Il plaça les douze lumières aux douze branches : les derviches parurent et tournèrent. Il avait un bâton tout prêt; et comme il croyait que le charme consistait dans

la force du coup, il en donna un violent à
chacun. Par malheur il n'avait pas remarqué
qu'Abunadar tenait le bâton de la main gauche
pour frapper, et, selon son habitude, il le
prit de la droite : aussi les derviches ne se
changèrent-ils pas en monceaux d'or et de
pierreries ; mais ils tirèrent de dessous leurs
longues robes brunes de gros bâtons noueux,
dont ils frappèrent avec force l'ingrat et déloyal
Abdallah, jusqu'à ce qu'il fût tombé par terre
à demi-mort ; puis, ils disparurent, emmenant
avec eux les sacs, les chameaux, le cheval, l'esclave et le chandelier.

Le Voleur de Seistan.

Leisch était un journalier du Seistan. Son
travail fournissant à peine à sa subsistance pendant une grande disette, il se joignit à une
bande de voleurs, dans laquelle il se signala
bientôt par son courage et sa prudence, au
point qu'il fut choisi pour en être le chef. Sous
son commandement, ces voleurs finirent par
s'enhardir jusqu'à former le dessein de s'em-
parer du trésor du roi. Ils y pénétrèrent de
nuit, et prirent autant d'or, d'argent et de

pierreries qu'ils en pouvaient porter. Ils étaient
sur le point de déloger avec leur butin, quand
Leisch vit briller quelque chose à la voûte : il
crut que c'était une pierre d'une rare valeur,
et comme pour y atteindre il lui fallait se his-
ser à l'aide des deux mains, il la toucha de sa
langue, et reconnut que c'était une pierre de
sel. Il cria aussitôt à ses compagnons de ne pas
se rendre coupables envers le roi, et les conjura de tout abandonner. « J'ai mangé du sel
du roi, dit-il, et vous savez que le pain et le
sel, les deux présens les plus précieux que Dieu
nous ait faits, obligent l'homme à la fidélité
envers ceux qui les lui ont fait goûter. » Ses
compagnons, qui partageaient son respect pour
cette vieille coutume patriarcale, et qui aimaient beaucoup leur chef, se laissèrent persuader, refermèrent les portes et partirent sans
dérober la moindre chose.

Quand le trésorier du roi entra le lendemain,
et reconnut au désordre qui régnait partout
qu'on y avait pénétré, il voulut tirer parti de
l'événement. Il emporta chez lui plusieurs
paquets, et les cacha dans un coin écarté ; puis,
il courut chez le roi, s'arracha la barbe en
signe de désespoir, et cria qu'on avait pillé le
trésor royal la nuit dernière ; le vol s'élevait
à plusieurs millions. On fit partout d'excates
perquisitions, et l'on promit une forte récom-

pense à ceux qui découvriraient un des voleurs.

Le rusé Leisch avait envoyé plusieurs de ses compagnons à la découverte, et apprit aussitôt l'infidélité du trésorier. Voyant qu'on soupçonnait beaucoup d'innocens, qu'on en tenait même en prison, il ne put résister au penchant de son bon cœur. Sans s'arrêter au danger qu'il courait, il se rendit chez le visir, et annonça qu'il connaissait le voleur du trésor. Sur sa demande, le visir le conduisit au roi. Leisch raconta avec sincérité tout ce qui s'était passé, et termina en disant que, pouvant répondre de la fidélité et de l'obéissance de ses subordonnés, il gageait sur sa tête qu'on trouverait la somme volée chez le trésorier, si le roi faisait faire une perquisition dans sa maison.

Le roi fut étonné du récit du voleur, et envoya à l'instant chez le trésorier, où, après une longue recherche, on trouva le larcin dans une cachette mystérieuse. Le trésorier fut chargé de chaînes et mené devant le roi, qui lui dit : « Quoi! je t'ai fait élever dans mon palais, je t'ai comblé de bienfaits et d'honneurs, et tu es capable d'une pareille infidélité? C'est toi qui es le voleur et qui fais planer le soupçon sur des innocens, pendant qu'un brigand, qui n'a jamais rien reçu de moi, observe fidèlement, pour un peu de sel, les lois de l'hospitalité, renonce à son larcin et amène ses compagnons à partager ses scrupules. » Le trésorier restait confondu. « Qu'on le conduise à la mort, reprit le roi. Quant à toi, dit-il en se tournant vers Leisch, je te nomme mon trésorier, sous la condition que tes camarades n'y veilleront que du dehors, et que tu me répondras de leur fidélité. » Leisch en répondit sur sa croyance, et tant qu'il posséda cet emploi, on n'entendit jamais parler de vol fait au trésor royal.

Le Marchand de Schirvan.

Un jeune étranger, nommé Fitéad, plongé dans la pauvreté, arriva dans la ville de Schirvan, n'espérant pas trouver en tout autre lieu un sort meilleur; et, fatigué de ses courses aventureuses, il résolut de s'y fixer. Sa condition était bien triste : il se trouvait dans une grande ville où tout étranger pauvre est déjà suspect, à cause de son indigence, sans argent et sans ami, plus isolé que dans un désert. Que faire? Ne connaissant aucun art, aucun métier, il ne voyait d'autre ressource que d'aller de porte en porte mendier sa subsistance ; mais il avait pour cela trop de noblesse et de fierté dans le cœur. Pressé par la faim et obéissant à un secret sentiment de justice, il se résolut enfin à travailler dans un jardin pour un modique salaire. Il s'écorcha les mains en béchant, et son dos se courba sous le poids d'un travail pénible. Mais, en abattant son corps, cette occupation lui laissa son esprit entreprenant et hardi. Comme un noble coursier, blessé par l'éperon, court aussi long-temps qu'il peut respirer, de même Fitéad était infatigable. Quand il sentait faiblir son courage, il le ranimait par l'espoir d'un meilleur avenir, dont il s'efforçait alors même de jeter les fondemens. Au premier rayon du jour il se rendait à l'ouvrage et travaillait sans relâche jusqu'à la nuit fermée. En travaillant avec ce zèle assidu il gagnait assez pour vivre de la moitié de son salaire journalier et pour épargner l'autre moitié. Son petit trésor croissait de jour en jour ; car, avec l'union du travail et de l'économie, l'épargne est bientôt richesse. En peu d'années il avait amassé de quoi entreprendre un petit commerce. La fortune, comme pour récompenser la peine qu'il avait prise jusque là, le favorisa dès-lors dans toutes ses entreprises : toutes ses opérations, les projets les plus hardis, lui réussirent à souhait, et au bout de vingt ans il se vit assez riche pour que

le dixième de son avoir surpassât les trésors
de tout autre marchand de la même ville.

Pendant ce temps, l'heureux Fitéad avait
vieilli ; ses cheveux étaient gris, et sa bonne
humeur diminuait avec ses forces. Tant qu'il
avait été jeune et bien portant, à peine, au sein
de ses occupations, s'était-il aperçu qu'il n'a-
vait ni femme ni enfans ; mais, parvenu à son
automne, il commença à sentir qu'avec tous
ses trésors il n'était qu'un pauvre solitaire,
auquel nulle âme tendre ne s'intéressait. Il désirait des amis, il avait soif de leurs soins, de
leur amour : où les trouver ailleurs que dans
son pays natal, où vivaient peut-être encore ses
frères et ses sœurs, qui pouvaient avoir besoin
de son appui. « Je suis comme un arbre isolé
dans une plaine déserte : ses branches sont
chargées de fruits, et pas un pélerin n'est là
pour s'en nourrir. Il faut que je retourne dans
ma patrie, dans le séjour de ma jeunesse, où
vivent encore les compagnons de mon enfance,
où je trouverai des enfans et des amis, qui
donneront au vieux Fitéad leur amour en
échange de ses bienfaits. »

Il dit, et s'occupait déjà de faire transporter
ses richesses, quand le bruit de sa résolution,
étant venu à se répandre, parvint aux oreilles
du roi de Schirvan, qui le manda et lui dit :
« Bon vieillard, tu as pris une résolution à

laquelle nous nous opposons avec justice ; tu te souviendras dans quel état misérable tu étais en arrivant dans notre ville : l'adversité qui t'avait jusque là poursuivi, s'est changée en bonheur constant, depuis que tu as été à couvert sous nos ailes. Le commerce florissant de notre pays t'a enrichi ; et maintenant tu veux, comme un hôte ingrat, te retirer avec nos trésors : cela serait contre nos droits. Tu sauras que nous ne pouvons consentir à ton dessein, qu'à la condition que, selon l'ancien usage, tu verseras dans notre trésor royal la moitié de tes richesses ; ou plutôt renonce à ta résolution, et demeure avec nous, alors nous t'accorderons la gracieuse faveur de jouir en paix des trésors gagnés chez nous, jusqu'à ce que la mort t'en sépare.

—Grand roi, répondit Fitéad avec une noble assurance, que sa tête blanchie rendait encore plus respectable, mets tous tes soins à gagner les cœurs par la bonté et la bienfaisance. La puissance et la grandeur sont deux mères fortunées qu'on idolâtre sur la terre, quand l'amour et la justice sortent de leur sein pour le bonheur des mortels. Pendant mon long séjour à Schirvan, j'ai perdu le trésor de ma jeunesse ; les ans me l'ont enlevé. Si ta royale puissance et la richesse de ton pays peuvent réparer cette perte, prends tous mes trésors, et ne retarde pas d'un seul instant mon départ. »

Le roi, qui était un homme assez juste, quand il ne se laissait pas égarer par les lumiè-res de son grand-visir, prit en bonne part la ré-ponse du vieux Fitéad ; il le regarda gracieuse-ment, et lui toucha le front du sceptre royal, pour marquer que sa demande lui était accor-dée, et qu'il pouvait partir sans délai ni diffi-culté avec tout ce qu'il possédait.

Les Oiseaux de Salomon.

La reine Merniza ne voulut confier à aucun étranger la première éducation de ses enfans. Elle s'en chargea donc elle-même, et leur ra-conta un jour l'histoire suivante :

« Le roi Salomon avait, parmi une foule d'objets merveilleux, des oiseaux qui parlaient la langue du pays avec beaucoup d'intelligence. Un de ces oiseaux, plus instruit et plus spiri-tuel que tous les autres, et appelé Bleu-foncé, parce qu'il avait un panache de cette couleur, s'envola secrètement, et alla voir sa petite femme, qui couvait dans un buisson voisin. Elle était sur son nid, et se plaignait de l'éloigne-ment de son petit mari, dont elle n'avait pas eu

la visite depuis plusieurs jours. Quand Bleu-
foncé entendit ses plaintes de loin, il vola à elle
la caressa mollement de ses ailes ouvertes, ouvrit le bec, et voulut lui donner un tendre bai-
ser. Mais elle se refusa à ses caresses, et dit avec
colère : « Va retrouver ton roi Salomon, infidèle; tu l'aimes bien plus que moi. Je me prive
de toutes mes plumes pour couvrir notre petit;
je vole inquiète çà et là pour chercher à manger,
et toi, tu ne penses pas à ma douleur. Tu sé-
journes sans souci dans le palais du roi, tu bois
dans une coupe d'or, et tu sommeilles sous un
plafond doré. Va, pars, je ne veux plus te voir.
— Ne te fâche pas, ma chère petite femme,
répondit Bleu-foncé en la becquetant avec tendresse. Je me suis envolé de chez le roi à la dérobée, pour demeurer désormais près de toi.
Je t'apporterai à manger; nous bâtirons notre
nid ensemble, nous élèverons ensemble notre
petit, et nous ne nous séparerons plus. » La petite femme se laissa gagner par ces paroles, et
pardonna à son bon mari sa longue absence.
Elle avait, quatre jours auparavant, pondu un
bel œuf rouge; elle l'avait couvé assidûment, et
ce même jour vit éclore un petit oiseau d'une
rare beauté; il semblait se hâter de venir ren-
forcer le nouveau lien d'amour qui unissait son
père et sa mère.

« Ce petit oiseau était merveilleux. Il avait la

tête jaune, le cou bleu, le corps blanc, les ailes vert-clair, et la queue rouge. Le père et la mère sautillaient et chantaient de joie d'avoir un si bel enfant. Ils lui apprenaient à parler, l'emmenaient dehors avec eux, et lui montraient les plus beaux fruits. Ainsi vivait heureux Bleu-foncé avec sa femme et son fils, sans regretter le moins du monde la cour du roi.

» Salomon, ne voyant plus son cher Bleu-foncé, fut très-affligé. Il le fit chercher dans tous les bois; mais comme on ne pouvait le trouver, il envoya à sa recherche deux oiseaux rouges de la même espèce. Ils n'étaient pas aussi beaux que lui, ni aussi tendres, mais ils étaient les plus rusés de toute leur race. Ils passèrent quinze jours à voler de côté et d'autre, et trouvèrent enfin Bleu-foncé dans le buisson avec sa femme et son fils, le petit Vert-clair. Les oiseaux rouges prétextèrent que Salomon les avait chassés de sa cour parce que, désolé de la perte de son cher Bleu-foncé, il ne voulait plus voir d'oiseau de leur espèce. Ils déplorèrent leur infortune : « Car, dirent-ils, élevés à la cour, accoutumés à ses plaisirs, il nous sera bien pénible de n'avoir plus d'autre séjour que des forêts sauvages et désertes.

— Vous vous y ferez, mes chers frères, répondit Bleu-foncé; car, pour ma part, je mène ici la vie la plus heureuse. J'aime ma femme, et elle m'aime; notre enfant fait notre joie. Nous sommes libres; nous demeurons dans une belle campagne ouverte, sous des rameaux verts; et, comme dans le pays du bon Salomon, nous n'avons pas d'ennemis à craindre : dites-moi si tout l'éclat de la cour, dont vous déplorez tant la perte, peut se comparer à ma félicité. Le puissant Salomon même, s'il pouvait être un seul instant à ma place, avouerait qu'avec toute sa sagesse et ses grands trésors, il est loin d'être aussi heureux que moi dans ma pauvreté. Suivez mon conseil, mes chers frères; oubliez la cour et restez ici. Pour moi, j'ai fait le vœu d'y mourir. » Les oiseaux rouges, voyant que la dissimulation ne leur servait de rien, avouèrent franchement que le roi les avait envoyés à la recherche de son favori. Bleu-foncé fut très-affecté de cette nouvelle. Comme il avait un attachement réel pour le roi, et qu'il en avait reçu un grand nombre de bienfaits, il voyait de l'ingratitude à se refuser à son invitation; mais, d'un autre côté, il ne pouvait se résoudre à quitter sa femme et son fils. Il ne savait que répondre aux oiseaux rouges, et restait interdit. Sa femme, remarquant son embarras, prit la parole: « Allez dire au roi que Bleu-foncé ne peut se rendre à son invitation, parce que sa femme le conjure de rester près d'elle. Le roi Salomon est trop bon et trop sage

pour en vouloir à Bleu-foncé d'écouter sa tendresse pour sa femme. » Bleu-foncé, accoutumé
à la politesse des cours, ne trouva pas cette
réponse convenable, et dit à sa femme qu'ils
devaient au moins envoyer leur fils, le petit
Vert-clair, avec les oiseaux rouges, pour excuser son père auprès du roi. La mère ne voulait
pas se séparer de son fils unique; elle pleurait,
elle se désolait; mais Bleu-foncé demeura inébranlable. Il instruisit son fils de la conduite
qu'il devait tenir à la cour; et comme le petit
Vert-clair ne pouvait retenir beaucoup à la fois,
son père renferma toutes ses leçons dans ces
trois préceptes : « Ne commets pas d'injustice,
caresse les favoris du roi; et sois discret. »

» Le roi accueillit le petit Vert-clair avec beaucoup de bonté. Il jasait, jasait sans cesse, et disait que son père n'était pas venu parce que sa
mère ne l'avait pas voulu. Salomon se remit à
regretter son cher Bleu-foncé, dont il ne pouvait oublier l'enjouement et la gaîté : car le petit oiseau son fils avait bien de plus belles
couleurs, mais il n'avait pas l'esprit de son
père. Le roi, informé par les oiseaux rouges
que c'était purement par tendresse pour son fils
que Bleu-foncé s'était refusé à revenir, se proposa d'éprouver si le petit Vert-clair était digne
de cette tendresse, et s'il avait de la reconnaissance pour ses parens. Il le caressa, le flatta, et

16

lui promit une coupe d'or et un collier de soie pour prix de ses efforts, dans le cas où il réussirait à persuader son père de revenir à la cour. Vert-clair avait de la vanité; il aimait à se parer; et, comme il n'aimait pas beaucoup ses parens, il promit tout ce qu'on lui demandait.

» Il revola vers ses père et mère, et, en arrivant, il fit l'effrayé : « Ah! s'écria-t-il, que je suis content de me retrouver près de vous! Le roi est irrité contre vous : il m'a fait enfermer dans une cage étroite, et m'a menacé d'une prison perpétuelle. Je me suis évadé, non sans peine; mais le roi a fait partir des chasseurs pour nous tuer tous les trois. Venez, fuyons; je vais vous mener dans un lieu sûr que j'ai découvert près d'ici; là, nous serons à l'abri des chasseurs. » Le père et la mère étaient éperdus de frayeur; ils suivirent, sans balancer, leur cher fils; mais le perfide les mena aux filets que le roi avait fait tendre. Ils furent pris et portés au roi. Salomon fit un accueil très-gracieux à son cher Bleu-foncé. « Je ne te forcerai pas, lui dit-il, de demeurer près de moi, pourvu que tu viennes me voir quelques heures par jour. J'ai voulu m'assurer si ton fils était digne de ton amour; mais, puisqu'il t'a trahi, il faut que je le punisse de sa perfidie. »

» La mère pleura et intercéda pour son fils; mais le roi dit : « Le petit Vert-clair est encore

jeune; peut-être cette punition le corrigera-t-
elle. Si je ne châtiais pas son ingratitude, il
pourrait croire qu'il a bien fait, et empirerait
de jour en jour. » L'ingrat fut donc enfermé
dans une cage, où il resta prisonnier un an entier. Il n'eut ni coupe, ni collier. Aucun oiseau
ne le plaignit, car personne n'a pitié d'un
ingrat. »

Les trois Fils.

Toktamisch, riche Tartare, qui avait trois
fils de son unique femme Turkan-Katan, remit,
la veille de sa mort, au cadi du lieu un testament cacheté, par lequel il léguait tous ses
biens à celui de ses trois fils qui prouverait le
mieux qu'il était fils de Toktamisch. Les trois
frères se présentèrent au cadi, et exposèrent
leurs preuves. Ils paraissaient avoir tous trois
un droit égal à l'héritage, car ils en appelaient
tous trois au témoignage de leur mère, encore
vivante. Le cadi, ne sachant comment se tirer
de cette affaire embarrassante, la remit à la
décision du sultan Togrul, qui s'était rendu à
l'audience. Le sultan se disposait à partir pour
la chasse; il ordonna en conséquence aux trois

rivaux d'apporter sans délai la momie de leur père. Il les fit placer à une certaine distance, puis il tendit son arc à l'aîné, en disant : « Celui de vous trois qui de sa flèche touchera Toktamisch au cœur, sera reconnu pour son fils et son héritier, puisqu'il n'est pas possible de décider d'une meilleure manière cette question épineuse. »

Le fils aîné visa et toucha la poitrine du mort; le second prit l'arc, et toucha de même. Le plus jeune tendit l'arc à son tour; mais, au moment d'ajuster, il le laissa tomber de ses mains, se prit à pleurer, se jeta aux pieds du sultan, et lui dit : « O mon maître, ne t'irrite pas si ton esclave refuse d'obéir à ton ordre. Les nombreux bienfaits que j'ai reçus de mon père viennent se retracer à mon souvenir. A voir sa tendresse pour moi, et les marques de bonté dont il ne cessait de me combler, on eût dit que j'étais son fils unique. Comment donc pourrais-je avoir la cruelle ingratitude de le blesser même après sa mort? J'aime mieux renoncer à mon héritage, que de l'obtenir de cette manière. »

Le sultan le fit lever, lui baisa le front, et dit : « C'est toi qui as le mieux prouvé que tu es fils de l'excellent Toktamisch; en conséquence, tu seras son unique héritier. Quant aux deux frères, qu'ils soient vendus comme esclaves :

car ils ont prouvé par leur ingratitude qu'ils ne sont pas les fils légitimes d'un père généreux. »

La Reine des Montagnes.

Un sultan d'Égypte se sentant près de mourir, appela ses trois fils, les exhorta à la concorde, et leur remit une cassette fermée. « Vous y trouverez, leur dit-il, une quantité de pierreries des plus belles; partagez-les entre vous par égales portions, car je vous chéris tous trois également. » Le sultan mourut, et les trois frères procédèrent au partage. Les pierreries étaient de valeurs si diverses, qu'un partage égal semblait presque impossible. Les héritiers ne purent s'accorder; ils se mirent à se quereller, et appelèrent le grand-visir, vieux serviteur de leur père, pour le faire juge entre eux. « Avant de me charger de ce soin, dit le visir, il faut que je raconte aux sultans mes maîtres une aventure qui a beaucoup de ressemblance avec ce partage, et qui vous indiquera le meilleur moyen de terminer le différend. » Les princes sentirent leur curiosité piquée, et le visir continua :

« Je servais dans ma jeunesse sous le victorieux Babour, sultan des Indes. Pour récompenser mon zèle et ma fidélité, il me fit commandant d'un corps de cavalerie de mille hommes. Après la conquête de Candahar, je reçus l'ordre de mener mes hommes au-delà des montagnes qui séparent le Kaboul du Thibet. Ces montagnes sont très-hautes, et, en beaucoup d'endroits, inaccessibles; mais les vallées sont généralement peuplées.

» Un jour, après une route pénible, nous déployâmes nos tentes dans une vallée près d'un village qui ne consistait qu'en un petit nombre de maisons. Quelques-uns de mes gens découvrirent à l'extrémité de cette vallée un grand et vieux bâtiment, qui ressemblait à un palais à demi dévasté. Un vieillard du pays leur dit que c'était le château de la reine de ces montagnes, qui y demeurait depuis long-temps, et qui traitait en ennemis les étrangers qui se hasardaient dans le château. « Qui est donc cette reine? demandèrent mes gens; quelle est sa famille, et quelle est sa suite? — Qui elle est? répondit le vieillard, je l'ignore. Elle a l'apparence d'une belle femme; mais je ne crois pas qu'elle soit formée de chair et d'os comme nous, car elle vole comme un oiseau. Ses serviteurs font aussi des choses extraordinaires : ils se battent en l'air, se poursuivent sur les rochers comme des chamois, et sont si nombreux qu'on pourrait en

faire une petite armée. De loin en loin, il en
vient quelqu'un parmi nous; mais ils parlent
peu, et l'on ne sait de quoi ils vivent. Nous ne
nous hasardons jamais à approcher du château;
car plusieurs, qui en ont été trop près avec leurs
troupeaux, ont été battus et laissés pour morts
par ses gens. — Par la lune et ses cornes, s'écria
un de mes jeunes officiers, voilà une aventure
digne de nous! Allons passer la nuit au château;
la belle reine nous fera sans doute un bon accueil. L'aspect d'une troupe comme la nôtre
rendrait aimable jusqu'au génie grondeur As-
mough. »

» A leur retour, ils m'informèrent de tout.
Comme je n'étais pas moins curieux de faire la
connaissance de la reine, je me fis livrer par les
habitans du village un certain nombre de lampes, et je partis avec mes gens.

» Nous entrâmes dans le château : je les par-
tageai par pelotons, et posai des sentinelles,
comme si nous attendions un ennemi. Mes gens
firent du feu, mangèrent, burent, et se tinrent
tranquilles, mais avec leurs armes toujours
prêtes. Je dînai avec les officiers dans une belle
salle, que j'avais fait éclairer avec les lampes des
paysans. Nous nous entretînmes jusqu'à minuit,
et nous commencions à sentir le besoin de dormir, quand un grand bruit se fit entendre près
de la salle. Nous n'avions pas de crainte, car

notre nombre et notre courage, éprouvé par
tant de dangers, et qui nous avait fait donner le nom de braves par excellence dans
l'armée de Babour, excitaient notre audace.
Nous saisîmes nos armes, nous nous tournâ-
mes du côté de la salle d'où venait le bruit,
et nous attendîmes l'événement. Le bruit s'a-
paisa, et bientôt nous vîmes paraître la reine
du château. Douze hommes armés marchaient
fièrement devant elle; elle avait à ses côtés et
derrière elle des femmes richement vêtues, que
suivait le reste du cortége. A voir la tournure
martiale, les habits et les armes magnifiques de
ses serviteurs, on les aurait pris pour autant de
rajahs. Quant à la magnificence de la reine, et
aux riches pierreries qui étincelaient sur ses vêtemens, nous en fûmes éblouis.

» Elle me parut si aimable, et sa démarche
était si majestueuse, que l'air souriant avec lequel elle me regarda ne m'empêcha pas de rester muet. « Comment, me dit-elle d'un ton de-
mi-badin, je vous trouve le sabre à la main?
Est-ce là votre manière habituelle d'aller en
visite? — Vous daignerez, lui répondis-je, excuser cette impolitesse; je croyais trouver ici
des ennemis! — Peut-être en avez-vous trouvé,
reprit-elle; mais il vous faudra d'autres armes
pour en triompher. » Je voulais faire une réponse civile à la plaisanterie de la reine, quand

un rustre, qui parut sortir de ma troupe, s'approcha d'elle, la prit par le menton, et dit qu'il allait se battre avec elle si elle en avait envie. La reine rougit et fit un pas en arrière ; une de ses femmes sauta au visage de l'impudent, à qui je donnai un soufflet. En un moment tous les sabres furent tirés. Les officiers de la reine voulaient tirer vengeance de l'affront, et les miens criaient que le coupable devait être puni. Tous nos gens, dispersés dans le château par pelotons, entendant ce tumulte, se précipitèrent en armes dans la salle, qu'ils remplirent au point qu'on y pouvait à peine remuer les bras.

» La reine commanda le silence, et demanda au coupable qui il était ; il ne répondit pas. Les officiers de la reine prétendirent qu'il était un des nôtres ; mais les miens, qui ne l'avaient jamais vu, soutinrent avec moi le contraire. La dispute s'échauffa ; on se lança de part et d'autres des propos outrageans. Les sabres se choquèrent, les lampes furent jetées à bas, le sang commença de couler. L'obscurité et les cris continuels rendaient tout discours inutile ; chacun frappa autour de soi aussi long-temps qu'il put, et le combat dura jusqu'au matin.

» A la pointe du jour, nous vîmes la reine debout à la porte de la salle, et nous l'entendîmes rire. « Ouvrez les yeux, imbécilles, dit-elle, et voyez avec qui vous vous battez. » L'enchan-

tement qui nous avait fait illusion jusqu'alors
s'évanouit ; notre courage se changea en terreur ; car nous vîmes que nous avions com-
battu, non contre des ennemis, mais contre
nous-mêmes. J'avais deux blessures profondes,
et gisais sans force parmi les morts, dont le sol
était couvert. « Sus, mes amis, m'écriai-je aussi
fort que je pus, saisissez la magicienne, et ven-
gez la mort de vos frères. » Tous ceux qui
avaient encore la faculté d'agir coururent à elle,
le sabre à la main ; mais elle disparut en faisant
un grand éclat de rire, qui retentit long-temps
dans le vieux palais.

» Il ne me restait guère que le quart de mes
gens. Je fis porter les blessés dans le village.
Après l'ensevelissement des morts, je fis porter
les autres en avant, en promettant de les suivre
avec les blessés, quand je serais guéri. J'étais
inconsolable de mon malheur ; j'avais, par ma
témérité, perdu les plus braves guerriers dans
une aventure ignominieuse. Redoutant le courroux du sultan, je changeai de route, après ma
guérison, et me rendis par mer en Égypte, où
le magnanime sultan dont nous pleurons la
mort, m'admit à son service.

» J'ai appris par ce malheureux événement
combien est désastreuse la discorde qui se glisse
entre des amis. L'union fait la force, et des frères désunis sont la risée de leurs ennemis. Je

voudrais voir les fils de mon bienfaiteur forts, puissans et heureux. Et ils le seront, s'ils se conduisent en frères. J'espère donc que les sultans mes maîtres ne mépriseront pas le conseil d'un vieillard. S'ils m'en font la promesse, je me charge de la commission qui m'est offerte, et je ferai le partage des bijoux. »

Les trois princes tendirent leurs mains au vieux visir. Il fit trois parts des pierreries, et les tira au sort. Chacun fut content de la sienne; ils se séparèrent satisfaits, et leur union fraternelle les rendit si forts qu'ils furent respectés de tous leurs voisins.

Le Prisonnier.

Ali, fils d'Abbas, se trouvait un soir chez le calife Mamoum, quand on lui amena un homme enchaîné des pieds et des mains. Comme le calife avait la plus grande confiance dans la fidélité d'Ali, il lui commanda de garder le prisonnier pendant la nuit, et de le lui ramener le jour suivant, où sa sentence serait prononcée. Ali emmena le prisonnier, et l'enferma dans son harem, comme dans l'endroit le plus sûr de sa demeure; car il avait lu dans les yeux du calife qu'il était très-irrité contre cet homme. Il lui demanda qui il était. « Je suis de Damas, répondit-il; ma maison n'est pas loin de la grande mosquée. — Le Ciel bénisse cette ville, s'écria Ali, et en particulier le quartier que tu habites : car un homme m'y a sauvé la vie ! » L'étranger, dont la curiosité était piquée, lui demanda qui était cet homme. « Il n'y a que peu d'années, reprit Ali, que le calife déposa Hussein, le dernier gouverneur, et mit à sa place le gouverneur actuel. Je faisais partie de la suite de ce dernier. Hussein était un traître qui redoutait le courroux du calife. A notre arrivée dans son palais, nous fûmes entourés de tous côtés par ses partisans, et massacrés pour la plupart. Je sautai par une fenêtre, et me réfugiai dans le quartier de la grande mosquée. Je vis ouverte la porte d'une maison de belle apparence; je m'y précipitai et conjurai le maître, qui vint à ma rencontre, de me cacher. Il y consentit, et me mena dans son harem, où je pus défier mes ennemis, et me vis traité par l'inconnu comme un hôte chéri.

» Au bout d'un mois, il m'annonça qu'une occasion favorable se présentait pour retourner dans ma patrie, une caravane devant sous peu de jours partir de Bagdad. N'osant avouer ma détresse, j'étais résolu de suivre la caravane à pied. Mais quel fut mon étonnement quand, le

jour du départ, je trouvai à la porte un beau
cheval, un mulet chargé de vivres, et un esclave
pour me servir. Mon hôte me présenta une
bourse pleine de pièces d'or, me conduisit lui-
même à la caravane, et me recommanda à ses
amis. Je me donnai beaucoup de peine pour
découvrir le nom et la condition de cet homme
généreux ; mais je ne pus apprendre ni de ses
amis, ni de personne, qui il était. Je mourrais
content, si je pouvais le retrouver et lui témoigner ma reconnaissance.

— Tes vœux sont exaucés, dit le prisonnier.
C'est moi qui t'ai accueilli dans ma demeure ;
est-ce que tu ne me reconnais plus? » Ali tres-
saillit et s'approcha. L'âge et le malheur avaient
bien altéré le visage de l'étranger ; mais Ali, qui
portait imprimée dans son cœur l'image de son
bienfaiteur, ne pouvait long-temps méconnaître
la ressemblance que la nuit lui avait dérobée ;
et quand l'étranger lui eut encore rappelé
quelques circonstances particulières, il ne conserva plus aucun doute. Il embrassa son ami,
détacha ses chaînes, et lui demanda par quel
accident il avait excité le courroux du calife.
« Des envieux, répondit-il, m'ont accusé auprès
du calife, mais j'ignore encore de quel crime.
On m'a fait partir de Damas à la hâte, sans
même me laisser prendre congé de ma femme et
de mes enfans. Je ne sais quel sort m'attend ;

mais s'il me faut mourir, comme je le crains, rends-moi le service d'informer ma famille de ma mort.

— Non, tu ne mourras pas, s'écria Ali en pleurant, tu es libre, et tu vas revoir ta femme et tes enfans. » Il lui donna quelques pierreries pour son épouse, et une bourse de deux mille pièces d'or pour les frais du voyage. « Va, mon ami, lui dit-il, pars, retourne vers les tiens. Que le courroux du calife tombe sur moi! je ne le crains pas, pourvu que je te sauve. — Qu'exiges-tu de moi? répondit l'étranger. Quoi? pour échapper à une mort incertaine, je sacrifierais à ma sûreté des jours que je sauvai jadis? Non, mon ami, je ne suis pas assez lâche pour me refuser à mourir quand il le faut. Tâche de convaincre le calife de mon innocence, c'est la seule chose que je te demande. Si tu n'y peux parvenir, mieux vaut mourir deux fois que de compromettre mon ami en fuyant. » Ali renouvela ses instances; mais l'étranger demeura inébranlable.

Le lendemain, Ali se rendit chez le calife, conformément à ses ordres. Il le trouva enveloppé d'un manteau couleur de feu, son habillement ordinaire quand il jugeait des criminels. « Où est le prisonnier? lui dit-il aussitôt; qu'on l'amène ici. — Seigneur, répondit Ali en se jetant au pied du trône, il s'est passé cette nuit, relativement au prisonnier, quelque chose d'ex-

traordinaire. — J'en jure par les mânes de mes
pères, s'écria Mamoum irrité, si le prisonnier
est échappé, tu mourras à sa place. — Ma vie
et la sienne sont en ton pouvoir, dit Ali ; ton
esclave te conjure seulement de l'écouter un
moment. » Alors il raconta comment et en
quelle occasion cet homme lui avait sauvé la
vie ; comment, en reconnaissance de ses bienfaits, il lui avait offert la liberté ; comment cet
homme l'avait généreusement refusée. « Il est
innocent, continua Ali : un homme qui pense
et agit avec cette grandeur, ne peut être criminel. Les envieux l'ont calomnié ; mais le
grand Mamoum est trop juste pour condamner
un tel homme sans l'entendre. »

Mamoum, qui, sa vivacité à part, était un
roi d'un mérite fort distingué, admira les sentimens du prisonnier, et parut touché. « Je lui
pardonne, dit-il, puisque tu intercèdes pour
lui. Va, porte-lui-en la nouvelle, et amène-le-
moi. Ali obéit, et alla chercher le prisonnier.
Le calife l'accueillit gracieusement, et le revêtit
d'un cafetan d'honneur. Il lui fit présent de dix
chevaux et de dix mulets pour son écurie, et,
en outre, de dix mille sequins pour ses frais de
route, et écrivit au gouverneur de Damas pour
lui recommander cet homme en qualité d'un
de ses favoris.

Le Calomniateur.

Le sultan Mahmoud, s'étant emporté pour une bagatelle contre un officier de sa garde, ordonna qu'on le saisît et qu'on le menât, sans tarder, à la mort. Le malheureux, qu'indignait cette rigueur irréfléchie, traita le sultan de tyran et de monstre. Mahmoud, qui ne l'avait pas entendu, demanda à ceux qui l'entouraient ce qu'il avait dit. Un des visirs, qui plaignait le condamné, et qui voulait épargner un désagrément au roi, prit la parole et prétendit que l'officier avait dit que Dieu aime ceux qui domptent leur colère, et qui savent pardonner les fautes irréfléchies. Le sultan rentra en lui-même, et dit : « Eh bien! allez, et dites à la garde que je lui fais grâce. » Mais un courtisan, ennemi du visir, se tourna vers le sultan, et dit : « Un serviteur ne doit pas mentir à son maître, ni lui cacher la vérité. Le condamné a injurié le sultan mon maître, et proféré contre lui des propos punissables. » Le sultan regarda l'accusateur d'un air courroucé, et lui dit : « J'aime mieux le bienveillant mensonge du visir que ta maligne véracité. »

La Délicatesse.

Fadhel, fils de Jahia, favori du calife Haroun Alraschid, était si libéral qu'il l'emportait presque sur son maître lui-même, et que tous les poètes arabes chantaient ses vertus. C'est ce qui arriva notamment à la naissance de son premier né : il reçut alors, et on lui lut une foule de poésies où l'on célébrait, en même temps que son propre mérite, le mérite futur de sa nouvelle postérité. Mais n'en ayant trouvé aucune à son goût, il demanda au célèbre Démeschki s'il ne voulait pas tenter de faire quelque chose de mieux. Démeschki le fit : ses vers furent généralement applaudis, et Fadhel donna en présent à l'auteur dix mille pièces d'or.

Quelque temps après, Fadhel encourut la disgrâce du calife, et périt avec tous ses frères. Démeschki ne put oublier son bienfaiteur; son infortune lui revenait souvent à la mémoire malgré lui. Un jour, entre autres, qu'il se trouvait seul dans un bain public, il chantait de mémoire, à haute voix, quelques passages de son poème; mais quand il fut arrivé à une strophe dans laquelle il prédisait à Fadhel une prospérité constante, le jeune homme que le maître du bain lui avait donné pour le servir, tomba par terre sans connaissance.

Démeschki, étonné, lui demanda, quand il eut repris ses sens, s'il était malade. « Non, répondit-il; mais je voudrais bien savoir quel est l'auteur des vers que tu viens de chanter. — C'est moi qui les ai composés, dit Démeschki, pour féliciter le visir Fadhel de la naissance de son fils aîné. — Sais-tu, reprit le jeune homme, où se trouve à présent ce fils du malheureux Fadhel? — Non. — C'est moi. Depuis la mort de mon père, je sers dans cette maison comme esclave volontaire, n'ayant pas trouvé d'autre moyen de gagner ma vie. Quand je t'ai entendu vanter le mérite de mon père, je me suis senti si affecté de ma triste position, que je me suis trouvé mal. — Quoi! s'écria Démeschki, tu es le fils aîné de mon bienfaiteur, de celui à qui je suis redevable de mon bien-être? Béni soit le Ciel qui me fait te rencontrer! Je suis vieux, je n'ai pas d'héritier; suis-moi chez le cadi, je vais t'instituer mon héritier. » Le jeune homme se mit à pleurer, baisa la main du vieillard, et lui dit : « Dieu me garde de te reprendre ce que mon père t'a donné. Tu es un homme généreux; mais je ne puis accepter ton offre, sans diminuer le mérite des bonnes œuvres de mon père, qui en est récompensé dans le ciel. Si tu veux me rendre service, fais-moi passer pour ton parent, et procure-moi un emploi dans les troupes du calife; j'espère y faire hon-

neur à la mémoire de mon père par ma valeur
et mon mérite. C'est la seule manière dont tu
puisses sauver de sa ruine le fils de ton ami:
car j'aimerais mieux mourir que de reprendre
les dons de mon père, et de lui ôter le mérite
de ses bonnes œuvres. »

Démeschki se rendit au désir du jeune
homme, et le fit, par l'entremise de ses amis,
placer dans l'armée; mais il ne put parvenir à
lui faire accepter le moindre présent, à l'exception des objets d'équipement les plus indispensables. Quant au jeune homme, il se com-
porta si bravement, que, sous le règne suivant,
il parvint à un grade élevé, et, par la révélation
de son origine et de son vrai nom, ranima le
souvenir presque éteint de son père.

—————

L'Ane de Dadschial.

Les habitans de la Vallée-Longue ont une ancienne loi, en vertu de laquelle ils choisissent
toujours pour leur roi un étranger, à moins
qu'un des fils du roi décédé ne remplisse, dans
un temps donné, une condition imposée par le
grand-prêtre. Conformément à cette loi, je me
présentai, sept jours après la mort de mon

père, le roi Rem-Korim, dans le temple, pour y entendre, par la bouche du prêtre, le commandement du Prophète. « Prince Sélim, dit le grand-prêtre, quand je fus près de l'autel, le Prophète t'ordonne d'aller chercher l'âne de Dadschial sur la montagne de Kaf, et de me l'amener d'ici à quatre mois. La chose est difficile, mais non impossible; autrement le divin Prophète ne l'aurait pas ordonnée. Pars en assurance : tout est aisé pour un homme de cœur. »

Toute l'assistance fut surprise de cet ordre, et jeta sur moi des regards de pitié; mais que pouvais-je faire, sinon obéir, pour obtenir la couronne? Je me pourvus d'argent et de quelques bijoux, pris congé de mes amis, et, m'embarquant sur le premier vaisseau que je trouvai prêt à mettre à la voile, descendis sur le continent, où j'achetai un esclave, deux bons chevaux et un fort mulet. Nous nous armâmes, moi et mon esclave, nous chargeâmes le mulet d'abondantes provisions, et prîmes le chemin de la montagne de Kaf. Comme cette montagne fait le tour du monde, il n'était pas difficile de trouver sa position. Nous y parvînmes bientôt, et nous commençâmes à monter par petites journées, faisant partout bonne chère, et nous informant, dans tous les lieux habités, de Dadschial et de son âne; mais nulle part on ne put nous en donner de nouvelle.

Nous avions voyagé trois mois de cette manière, sans avoir appris un mot de ce que nous
voulions savoir, quand, un jour, nous arrivâmes à un épais buisson, d'où sortaient plusieurs
voix confuses : « Frère, dis-je à mon esclave,
mets le mulet de côté, nous allons voir ce qu'il
qu'il y a là. Si c'est un malheureux qui a besoin
de notre aide, nous risquerons notre vie pour
le sauver : car nous pouvons, aujourd'hui ou
demain, nous trouver dans sa position. » Nous
bandâmes nos arcs et marchâmes droit au buisson. Sept brigands étaient aux prises avec trois
voyageurs, qui, protégés par un grand arbre,
se défendaient vaillamment. Nos flèches abat-
tirent à l'instant deux des brigands, nos sabres
en firent autant de deux autres; et les trois
qui restaient s'étant tournés en fureur de notre
côté, furent aussitôt tués par les voyageurs.

J'embrassai les étrangers, les conduisis à notre mulet, et les traitai avec le meilleur de nos
provisions. Je leur fis part, pendant le repas,
du but de mon voyage, et les priai de me donner quelque information sur Dadschial et sur
son âne. « Une bonne action n'est jamais perdue, dit le plus jeune des voyageurs. Vous
trouvez en nous ceux qui peuvent, mieux que
personne, vous en donner des nouvelles. Nous
habitons le bas de la montagne où paît cet animal, et nous savons tout ce qu'il faut faire pour

s'en rendre maître. — Dieu soit loué! m'écriai-je, puisque vous savez cela, je suis au terme de mon voyage. — Pas si vite, seigneur, répliqua le voyageur; on n'arrive pas toujours au but, avec la connaissance la plus parfaite de l'objet en question. Continuons notre route; nous pourrons reparler de cela en temps et lieu. Quant à vos chevaux et à votre mulet, vous n'avez qu'à les laisser ici : car nous avons à passer sur des pointes de rochers presque inaccessibles, où ces animaux ne sauraient tenir. »

Je ne fis pas de longues réflexions sur ce qu'il y avait à faire. Je fis vider les deux paniers du mulet, et fis de toutes les provisions cinq parts égales. Les trois voyageurs et moi prîmes chacun la nôtre sur nos épaules; pour la cinquième, je la laissai à mon esclave, en lui disant : « Je te donne ta liberté, ces trois animaux et cette bourse. Retourne sur tes pas, et prie pour moi. » Il partit en pleurant, et je suivis mes nouveaux compagnons. Nous marchâmes six jours entre de hauts rochers et des abîmes, et le septième nous descendîmes dans une vallée verdoyante et bien arrosée, où nous vîmes paître une grande quantité de bétail. Vers le soir, nous arrivâmes enfin à un gros bourg, où demeuraient mes compagnons. Le plus jeune me mena dans sa maison, et me traita comme son ami.

« Frère, me dit-il quand nous fûmes seuls,
au sommet de la montagne au pied de laquelle
nous habitons, est une forêt d'arbres odori-
férans : c'est là que paît l'âne de Dadschial, car
il ne vit que d'odeurs suaves. Il est noir comme
de la poix, et a deux grandes ailes jaunes. Il est,
en outre, d'un naturel singulier : une odeur
désagréable, un poids excessif, la timidité de
son cavalier, le font s'emporter. Il est facile
d'obvier aux deux premiers inconvéniens ; mais
le troisième vaut la peine qu'on y réfléchisse
mûrement. Car si, dans le moment qu'il s'élève
comme l'aigle, au-dessus des nuages, il s'aper-
çoit que tu éprouves la moindre frayeur, c'en
est fait de ta vie ; il te précipite, en un instant,
du haut du ciel sur la terre. — Ce n'est pas le
courage qui me manque, répondis-je à mon
hôte. Qu'il s'envole aussi haut qu'il voudra ;
peu m'importe : je ne crains pas que la tête me
tourne. »

Cette réponse satisfit mon hôte. Nous prîmes deux jours de repos, et, au commence-
ment du troisième, nous nous mîmes en route.
Nous gravîmes une infinité de rochers, et arrivâmes, vers midi, à une belle source, où je me
baignai, et nettoyai soigneusement mon sabre
et le petit nombre de vêtemens que j'avais pris
avec moi. Quand j'eus fini, mon conducteur
me montra le chemin, me souhaita bonne

chance, et retourna sur ses pas; car il ne pouvait, me dit-il, m'accompagner plus loin, sans
s'exposer à la colère de Dadschial.

Je gravis avec courage jusqu'au sommet de la
montagne, où je trouvai la forêt odoriférante
et l'âne parfaitement conforme à la description
de mon hôte. Je m'approchai, sans qu'il s'effa-
rouchât; il se laissa même flatter. Je le caressai
quelque temps pour le rassurer d'autant plus;
enfin je pris mon temps, et m'élançai sur son
dos. Il étendit ses grandes ailes, et s'éleva dans
l'air. Ses ailes faisaient à mes oreilles le bruit
d'un tourbillon, et son vol était plus rapide
qu'une flèche. Les montagnes et les vallées disparaissaient sous moi, et, avant qu'une demi-
heure fût écoulée, je planais sur l'Océan. J'avais
le cœur joyeux et léger, et il me semblait que
j'étais inaccessible à la crainte, quand j'aperçus
dans les nuages, vis-à-vis de moi, un grand
géant noir, qui tenait un javelot enflammé, et
le dirigeait contre moi. Une longue barbe blanche et de longs cheveux rouges faisaient paraître encore plus foncée la noirceur de sa
peau. Il n'avait qu'un œil surmonté d'un seul
sourcil; mais cet œil étincelait comme un astre
enflammé, et son regard menaçait de la mort.
C'était Dadschial en personne. Son apparition
imprévue, sous cette forme redoutable, me fit
éprouver une frayeur aussi prompte que la

foudre. Peut-être me serais-je remis; mais l'âne n'eut pas la patience d'attendre jusque là. Il se cabra et se secoua si fort que je tombai dans la mer.

Je fus profondément englouti sous les vagues; mais par bonheur je revins à moi, et je retins ma respiration jusqu'à ce que je me vis surnager. Étant bon nageur et très-légèrement vêtu, je me soutins sur l'eau assez long-temps pour que des pêcheurs compatissans, qui étaient sur le rivage voisin et qui avaient été spectateurs de ma chute, pussent s'approcher avec leurs canots et me tirer à eux. Ils m'apprirent que j'étais près de l'île du généreux Féridoun, et que ce génie bienfaisant accueillait avec bonté les malheureux de toute espèce. Je les priai de m'y conduire. Je fus très-bien reçu par le bon Féridoun. Il m'invita à demeurer près de lui, et à oublier dans sa solitude, consacrée à la réflexion paisible, les orages de la vie publique. J'acceptai. Les nombreux héros, rois et fils de rois, qui s'étaient réfugiés avant moi à l'île de Féridoun, parce que leur course sur l'âne de Dadschial avait aussi mal tourné que la mienne, m'accueillirent avec plaisir dans leur société. Je me consolai avec eux; et, comme la paix qui règne dans l'île de la Consolation me laissait beaucoup de loisir, j'ai écrit mon histoire pour l'instruction de mes frères.

18

Oran Zeb.

Le sultan Oran Zeb qui, avec une suite très-peu nombreuse, précédait souvent son armée de plusieurs jours de marche, rencontra un jour, en pareille circonstance, un rajah qui avait été jusqu'alors du parti de ses ennemis. Il menait avec lui quatre ou cinq mille cavaliers, et avait fait un long détour pour surprendre le sultan. La fuite et la résistance étaient également impossibles; et il semblait que le seul parti à prendre fût de se rendre prisonnier. Mais Oran Zeb alla droit au rajah, lui fit signe de la main, et lui dit quand il fut près de lui : « Rajah, je me réjouis que tu préviennes mes désirs, et que tu viennes te joindre à moi. Les courriers, porteurs de mes dépêches, ne t'auront pas trouvé. Rends-toi avec tes soldats à Lahor, où est mon armée; j'y serai dans peu de jours. Je ferai mes efforts pour reconnaître les preuves de ton amitié. »

En finissant ces mots, il détacha de son cou le collier de perles dont il était paré, et le suspendit à celui du rajah. Cette noble assurance, et l'honneur qu'il fit au rajah, le lui concilièrent au point qu'il se détacha effectivement du parti contraire, et mena ses soldats au camp d'Oran Zeb.

Le Feu sacré.

Un vieux visir de la cour de Perse disait à un jeune homme, son parent : « Ecoute-moi, Daud ; si tu veux faire ton chemin à la cour, n'oublie pas ce précepte, qui ne m'a jamais trompé : Le roi est comme la mer ; il faut s'en éloigner, quand elle est orageuse ; mais quand elle est tranquille, on y pêche des perles. Tu as des talens, qui peuvent te concilier la faveur de notre sublime sultan : perfectionne ces talens, mon fils ; mais cherche en même temps à te rendre familiers les vices qui lui plaisent ; car un tel vice vaut une vertu à ses yeux. Principalement loue tout ce qu'il dit, tout ce qu'il fait. S'il dit en plein midi, Il fait nuit, hâte-toi de t'écrier : Voici la lune et les étoiles.

— Cela m'est impossible, répondit Daud. Je suis prêt, s'il le faut, à mourir pour le grand sultan ; mais le flatter, jamais. J'ai trop de constance et de sincérité pour m'avilir jusque là. J'aime mieux servir dans son armée. — Les périls de la guerre m'effraient moins que les mœurs de la cour et les accidens auxquels ton honneur y est exposé. Que faut-il pour te perdre ? la haine d'un eunuque, la moindre inadvertance de ta part, un moment de dépit ou un caprice de ce sultan, que tu adores comme un dieu, suffisent pour anéantir en un clin-d'œil les services de ta vie entière. J'ai connu un Guèbre, qui depuis quarante ans adorait le feu avec ferveur; un jour qu'il attisait le brasier consacré, quelqu'un le poussa; il tomba dans le foyer, et le feu dévora son adorateur.

Le Voyage.

Le dernier jour du mois de ramadan, dans la sixième année du règne de Schah Jehan, le père des croyans, un peu avant l'heure de la seconde prière, Oglouf-kan, commandant de la garde du roi, entra dans ma chambre, et me dit : « Abdallah, je désire que l'ordre dont je suis chargé te soit favorable. Donne-moi ton sabre, et suis-moi chez le sultan; c'est lui qui m'envoie. » Je me mis à genoux, et fis une courte prière. « Oglouf-kan, répondis-je, mets ta main sur ma tête : le sultan est maître de ma vie; je suis son esclave. » Je lui donnai mon sabre; il marcha devant, et je suivis. A ma porte se tenaient des gardes, qui m'entourèrent et me conduisirent, par les avant-cours du palais, devant Schah Jehan. Il n'avait près de lui

que le guerrier Emir-Jemla et le grand-prêtre
Fassel-kan. Oglouf-kan, qui me précédait, lui
présenta mon sabre en disant : « Lumière des
croyans, Abdallah s'est soumis à ton ordre sans
résistance. Plût au Ciel que tous tes ennemis
suivissent son exemple ! »

Bien que je fusse convaincu de mon innocence, j'avais cependant le cœur serré en entrant ; mais je ne laissai percer aucun symp-
tôme de frayeur. Le sultan ne paraissait pas irrité ; mais cela ne me rassurait pas. Car faut-il
de la colère pour tuer une mouche ? Quand il
me vit à ses pieds, il me dit : « Fils d'Hanif,
prions et humilions-nous devant celui qui ne
meurt jamais. » Ces mots augmentèrent ma
crainte. Le sultan, le guerrier, le prêtre, le
commandant, et les gardes qui se tenaient à la
porte, s'agenouillèrent, inclinèrent leur visage
vers la terre, et prièrent. Je priai le Prophète de
ne pas m'oublier près du Tout-Puissant et de
me protéger. « Envoyé de Dieu, lui dis-je au
fond de mon cœur, si j'ai conservé mes mains
pures de toute souillure ; si la résolution que
j'ai formée, de visiter ton tombeau et d'arroser
la sainte colline de mes larmes, était sincère ;
si ton livre sacré a été jusqu'ici la joie de mon
cœur et la lumière de mes yeux, assiste-moi.
Le compte de mes jours touche à sa fin : je vois
déjà s'abattre les anges lugubres de la mort.

N'oublie pas quelle est ma croyance : il n'y a qu'un Dieu ; et tu es son prophète. »

Quand la prière fut achevée, le sultan se leva, se tourna vers moi et me dit : « Fils d'Hanif, baisse la tête, tu vas entreprendre un long voyage. — Père des croyans, répondis-je sans me troubler, le voyage est long effectivement, et sans espoir de retour. Nous le faisons tous, chacun à son heure. Que le Dieu clément et miséricordieux prolonge tes années. »

Après ce peu de mots, je m'appuyai sur mes genoux, et tendis le col. Il tira mon sabre, qu'il n'avait pas quitté, même pendant la prière, leva le bras ; mais, au lieu de m'abattre la tête, il remit la lame dans le fourreau. Les assistans poussèrent un grand cri de joie. J'ouvris les yeux, que j'avais déjà fermés par anticipation. Quel fut mon joyeux étonnement ! Schah-Jehan me releva avec un doux sourire, m'embrassa, loua mon courage et mon obéissance. « Abdállah, dit-il, si le voyage de la mort ne t'effraie pas, tu ne craindras pas non plus de faire le voyage de l'île de Boriko, pour m'en rapporter l'eau de longüe vie qui y coule. « Seigneur, répliquai-je avec joie, je ne crains sur la terre personne que toi. J'irai avec confiance jusqu'au bout du monde : car on n'est pas non plus, dans sa maison, à l'abri de la mort.

L'eau de longue vie.

Le prophète Salomon se plaignait un jour de la brièveté de la vie humaine. « A quoi me sert ma grande sagesse, dit-il, puisqu'il ne m'est pas permis d'en recueillir les fruits? La plus grande partie de mes jours s'est écoulée avant que je l'eusse acquise; et, maintenant que je vais commencer à profiter de mon expérience, me voici au bord du tombeau. Qu'est-ce que la sagesse de l'homme, sinon une fleur passagère? Elle pousse bien des jours et des semaines, avant d'ouvrir son calice. Dès qu'elle est à sa maturité, son éclat disparaît; elle se flétrit sans jouir des fruits de son travail. » Comme il disait ces mots avec tristesse, il leva les yeux et vit descendre du ciel un ange avec un vase de saphir à la main. « Salomon, dit le serviteur de Dieu, je viens du trône de l'Eternel. Il a entendu ta plainte et m'a chargé de t'apporter l'eau de longue vie. Si tu bois dans ce vase, tu deviendras immortel et jouiras d'une éternelle jeunesse; mais si tu n'y bois pas, tu prendras, quand ton heure arrivera, le chemin que suivent toutes les créatures. L'Eternel te laisse le choix; fais ce qu'il te plaît. » L'ange déposa le vase aux pieds du prophète, et disparut.

Salomon était incertain de ce qu'il devait faire. Il rassembla ses ministres et leur demanda conseil. Ils furent unanimement d'avis qu'il devait choisir l'immortalité. Mais, comme Butimor, le plus sage d'entre eux, était absent, le prophète le fit appeler, et lui exposa l'objet de la question. « Grand roi, répondit Butimor, cette eau de longue vie est-elle réservée pour toi seul, ou bien peux-tu en faire boire à d'autres ? » « Le Tout-Puissant, répondit Salomon, n'a donné cette faveur qu'à moi seul. » Alors, reprit le visir, tu verras mourir successivement tes enfans, tes amis, tes femmes les plus chéries, comme un arbre, qu'on dépouille chaque année de ses plus beaux fruits, tous les ans, toutes les semaines, tous les jours, tu perdras et pleureras un des objets les plus chers à ton cœur. Quels charmes peut avoir une immortalité dont le lot est un deuil sans fin ? Si tout ce que tu aimes n'est pas immortel comme toi, ton immortalité n'est qu'une éternité de tourmens. — C'est ce que je pense aussi, dit le prophète. Cette terre n'est pas faite pour porter des êtres immortels ; autrement, il faudrait que le soleil demeurât immobile au centre du ciel. Ma plainte était mal fondée. Un sage condamné à séjourner éternellement dans cette vallée de sottise, à porter éternellement les chaînes des passions terrestres, et qui ne verrait devant soi aucun terme à sa marche rampante, serait l'homme le plus infortuné qu'on puisse trouver sous le soleil. »

Quand le prophète fut de retour, l'eau du vase s'était évaporée. Il s'agenouilla et dit : « Seigneur, pardonne à ton serviteur s'il t'a blâmé dans tes œuvres; c'est en toi seul que sont la sagesse et l'intelligence : tu as ordonné toutes choses par elles, et le fils de la poussière ne peut qu'admirer ton ouvrage. »

La Voix du mourant.

Le patriarche Noé, qui, avant et après le déluge, avait vécu un grand nombre d'années, était un vieillard ne marchant plus qu'avec un bâton, quand l'ange de la mort se présenta à la porte de sa cabane, et lui annonça sa fin prochaine. Noé se prosterna dans la poussière, fortifia par la prière son cœur oppressé, et attendit son dernier moment avec patience et tranquillité. Quand ses enfans et petits-enfans apprirent que leur père allait mourir, ils vinrent à lui, entourèrent son lit et pleurèrent. « Est-il vrai, mon père, lui dirent-ils, que tu vas quitter tes enfans? Qui t'empêche de rester plus long-temps avec nous? Nous révérons en toi le père du nouveau genre humain. Tu as été pour nous une source de vérité et de révélations divines, un flambeau de sagesse pour les tiens, qui ont partagé avec toi la terre comme leur héritage. Ta vie a été comme un fleuve qui porte en tous lieux la fécondité. Tu as survécu à la révolution de la terre, tu as eu beaucoup d'amis, tu as tout éprouvé. Dis-nous, as-tu, pendant ta longue vie, trouvé une joie parfaite qui mérite, en toute justice et vérité, le nom de bonheur? » Le patriarche les écouta avec bonté; quand ils eurent fini, il souleva sa tête et leur dit : « Mes enfans, le monde a deux portes; nous entrons par l'une à notre naissance, et la mort, de sa main puissante, nous entraîne et nous fait sortir par l'autre. Ma carrière va s'achever. La longue route que j'ai faite d'une porte à l'autre me semble le court intervalle qui est entre deux pas. Les nombreuses années dont la quantité vous étonne, ne me paraissent pas plus longues qu'un jour écoulé : car l'instant où je suis venu au monde et celui où je le quitte se confondent, à mes yeux, en un seul, comme le crépuscule du soir se perd insensiblement dans l'obscurité. J'ai joui de tous les plaisirs terrestres; mais je n'en ai pas trouvé un seul qui méritât le nom de vrai bonheur. Comme l'eau s'échappe de la main, ils ont passé sans laisser de trace. Les seuls plaisirs qui ne se soient pas évanouis, et dont je jouisse encore, ce sont les œuvres d'amour et de sagesse, que j'ai répandues sur mes enfans. Je les vois devant moi comme des arbres en fleurs, et leur ombre me protége encore contre les angoisses de la mort. »

La Récompense.

Le calife Haroun Alraschid rencontra un jour à la chasse un vieillard qui plantait un noyer. « Quel fou ! dit le calife à sa suite ; il fait comme s'il était encore jeune, et qu'il dût recueillir les fruits de cet arbre. » Ses courtisans rirent, comme lui, de ce vieillard ; le calife marcha à lui, et lui demanda son âge. « Quatre-vingts ans passés, seigneur, répondit-il ; mais, Dieu merci ! je me porte aussi bien que personne. — Combien de temps comptes-tu donc vivre encore, poursuivit le calife, pour planter encore à ton âge des arbres qui rapportent si tard ? Pourquoi te fatiguer si inutilement ?

—Seigneur, répondit le vieillard, je me contente de planter des arbres, sans m'embarrasser si les fruits seront pour moi ou pour un autre. Il est juste que nous fassions comme ont fait nos pères. Ils ont planté des arbres dont nous avons mangé les fruits; puisque nous avons profité de leur travail, pourquoi serions-nous plus avares à l'égard de notre postérité qu'ils ne l'ont été au nôtre? Ce qui ne sera pas récolté par le père, le sera par le fils. »

Le généreux Haroun, charmé de cette réponse, lui donna une poignée de pièces d'or. « Eh bien, dit le joyeux vieillard, qui peut dire que j'ai travaillé inutilement aujourd'hui, puisque l'arbre que je plante rapporte, dès le premier jour, de si beaux fruits? Il est donc vrai que celui qui fait du bien en est toujours richement récompensé. »

Le Palmier bleu.

Le soleil commençait à baisser, et les vents à agiter le feuillage, lorsque, pendant un de mes pélerinages, je me trouvai dans une contrée déserte. Fatigué de la course et de la chaleur, je m'assis sous un arbre touffu, et déplorai ma pénible condition. « Qu'ai-je fait, m'écriai-je, pour être obligé de mendier ma subsistance? Ne suis-je pas autant homme de bien que tant d'autres, qui vivent dans l'abondance, et méprisent ma pauvreté? Pourquoi n'ai-je pas du moins reçu une part des biens de la terre, suffisante pour mener une vie modeste et paisible ? Je n'aurais pas usé plus mal des richesses que de la pauvreté, qui, toute pénible qu'elle est, ne m'a encore entraîné à aucune mauvaise action. »

Je me plaignais ainsi du caprice du sort, qui avait fait de moi un derviche, et m'avait refusé les commodités de la vie. Ma tête était tristement penchée sur ma poitrine, quand j'entendis un léger bruit, et vis apparaître devant moi une jeune fille d'une beauté surhumaine. Sa robe bleue touchait la terre, et les boucles dorées de ses cheveux flottaient autour d'elle comme les rayons de l'aurore sur la voûte du ciel. Sa main droite portait une baguette d'or, autour de laquelle s'entrelaçait un serpent blanc; de la gauche elle tenait une branche de palmier bleu.

« Muaser, dit-elle, je suis la fée Gorek, la protectrice des sages. J'ai entendu tes plaintes, et je suis venue pour combler tes vœux, si toutefois ton cœur est aussi fort contre la tentation des richesses que tu viens de t'en vanter. Au bout de cette vallée, tu trouveras une source formant un petit ruisseau, qui, après maints détours, se jette dans un grand fleuve. Dans cette source est un caillou bleu; tu le prendras, puis tu suivras la gauche du ruisseau

jusqu'au fleuve, et le fleuve jusqu'à un endroit
où il se partage en deux bras et forme une
petite île, ou plutôt un jardin. Dans ce jardin
s'élève un palmier bleu qui porte des dattes
dont le noyau est d'or. On passe à la gauche
du fleuve sur un pont de marbre, gardé par
cent lions. Mets, avant qu'ils t'aperçoivent, le
caillou bleu dans ta bouche, et marche en assurance au milieu d'eux : ce caillou a la vertu de
rendre invisible quiconque le met dans sa bouche. Arrivé au palmier bleu, cueille trois dattes
et emporte-les sans toucher aux autres. Ces
trois-là suffisent et produiront, si tu les plantes
en un seul jour, trois grands arbres bleus avec
de pareils fruits. Fais attention à ce que je te
dis ; tu n'as pas le droit d'en prendre plus de
trois. »

En finissant ces mots, la jeune fille toucha
mon front de sa baguette bleue, et disparut.
Aussi joyeux qu'un prisonnier, qui voit inopi-
nément s'ouvrir sa prison, je m'élançai sur la
route indiquée. Je trouvai tout conforme à ce
qui m'avait été annoncé. J'arrivai à la source et
pris la pierre ; je suivis la rive gauche du ruisseau et du fleuve ; je vis les lions ; je me rendis
invisible et passai.

En m'approchant du jardin, je sentis s'exha-
ler des fleurs et des fruits un parfum si suave,
que je m'arrêtais à chaque pas, et respirais à

longs traits cet air embaumé. Mais quand j'y
fus entré, j'aurais voulu avoir autant d'yeux
que le ciel a d'étoiles, pour contempler à la
fois la beauté ravissante et les brillantes couleurs des fleurs, des arbres et des buissons.
Mais les plus belles fleurs et les plus beaux
fruits ne furent plus à mes yeux que des ba-
gatelles, quand j'aperçus le palmier bleu. Le
tissu délicat de ses veines d'or faisait étinceler
son tronc comme une pierre d'azur de Samar-
cande. Ses longues feuilles rayonnaient comme
le saphir le plus pur exposé au soleil; et ses
fruits! comment les décrire? Rien sur la terre
ne saurait être comparé à leur attrayante
beauté. Par Mahomet et son gendre Ali, fils
d'Aboutalib! mon imagination ne peut se représenter rien de plus charmant que ces fruits
enchanteurs. Il semblait qu'un feu secret s'en
échappât et vînt embraser mon cœur de désir.
Mes lèvres haletaient après eux; je ne sentais
rien que leur doux parfum; oui, je crois
que je serais mort victime de ma passion,
si j'y avais résisté plus long-temps. J'ôtai le
caillou bleu de ma bouche, étendis les deux
mains, cueillis et mangeai avec la plus ardente
avidité de ces fruits merveilleux.

Quelle jouissance! J'étais enchanté, j'étais
enivré de leur goût si suave, si délicieux;
mais, hélas! le plaisir de la jouissance ne dura

que peu d'instans ; car, n'ayant plus le caillou bleu dans la bouche, je fus aperçu par les lions. Ils accoururent de tous côtés en grondant, se précipitèrent sur moi, me renversèrent, et m'auraient dévoré, si la vierge bleue aux cheveux dorés n'eût, par sa présence, fait fuir ces animaux sanguinaires. Je me jetai à ses pieds et implorai le pardon de mon imprévoyance. « Muaser, dit-elle, ton cœur est plus faible que je ne croyais ; il peut supporter la pauvreté, mais non la richesse. Va, et cesse de murmurer, puisque le destin ne t'a point imposé un fardeau trop lourd pour tes épaules ; mais songe que les meilleurs biens sont ceux que tu dois à ton activité et à ton travail. »

A ces mots, elle me frappa la tête de sa baguette bleue avec un léger dépit, et disparut. Il me sembla que je sortais d'un profond sommeil. J'ouvris les yeux ; le fleuve et le jardin s'étaient évanouis, et j'étais encore assis à la place où je m'étais endormi, sous l'arbre solitaire. Déjà le soleil s'inclinait vers les collines lointaines ; je pris mon bâton, continuai ma route avec patience, et atteignis avec la fin du jour le terme de mon pélerinage.

La Consolation dans le malheur.

Un pauvre derviche faisait un pélerinage à
La Mecque, nu-pieds, n'ayant pas de quoi
s'acheter une chaussure. Le sable brûlant sur
lequel il marchait, le blessait douloureusement; il déplorait sa triste destinée, et accu-
sait l'injustice de la providence, qui ne lui avait
pas même donné ce qu'elle donne aux animaux
sauvages. Arrivé enfin à la ville de Koufa, il
vit assis à la porte de la grande mosquée un
pauvre homme à qui l'on avait coupé les
deux pieds. Ce spectacle le rendit sage. « Mes
plaintes sur la providence étaient témé-
raires, se dit-il à lui-même. Par où ai-je mérité d'être plus heureux que cet infortuné,
qui est forcé de ramper d'un lieu à un autre
comme un ver de terre ? » Il entra dans la
mosquée, s'agenouilla, témoigna du regret
de son impatience, et poursuivit, content, son
pélerinage. La route endurcit ses pieds en peu
de jours, et il arriva à La Mecque, sans penser
qu'il avait marché nu-pieds sur le sable brûlant.

Le Paysan de Bilbis.

Un paysan de Bilbis portait du blé au marché du Caire. Il n'avait d'autre compagnon de
voyage que son âne, qui, chargé de deux sacs,
marchait devant lui à pas lents. Arrivé près de
la ville, il fut abordé par un homme, qui lui
dit, après un salut amical : « Mon brave homme,
je vous ai attendu long-temps ; il faut que
vous me cédiez votre blé : voici votre argent ; »
et sans attendre sa réponse, il lui mit dans la
main un sequin. Le paysan se disposait à examiner la pièce d'or, quand la terre s'écroula
sous lui, et le fit tomber avec son âne dans une
vaste caverne. « Où suis-je, s'écria-t-il avec
effroi, quand il vit des deux côtés de la caverne de grands monceaux d'or monnayé, gar-
dés par de gros chiens à l'œil étincelant, qui,
de leurs dents allongées, menaçaient de mettre
en pièces le téméraire qui oserait toucher une
de ces pièces d'or. Il marchait en tremblant au
milieu de ces monceaux d'or, tirant son âne
derrière lui, et furetant partout des yeux pour
tâcher de découvrir quelque issue hors de cette
terrible caverne, quand il vit de nouveau
venir à sa rencontre l'étranger qui lui avait
donné le sequin. « Par Mahomet et tous les

saints! lui cria le paysan, je vous en conjure, dites-moi où je suis, et aidez-moi à sortir de cet abîme. « Soyez tranquille, ami, dit l'étranger; vous êtes dans le trésor du Sultan; il a entendu parler de vous, et il vous permet d'emplir vos deux sacs de ces pièces d'or. « Le paysan n'en voulait d'abord rien croire; mais quand il eut vu les chiens, à un signe du trésorier, prendre un air caressant et se coucher, il reprit courage. « Le gracieux Sultan! qui peut lui avoir parlé de moi ? » dit-il en remplissant ses sacs au point que son âne, déjà passablement vieux, pouvait à peine les porter. Quand il eut fini, il prit son âne par la bride et dit : « Seigneur trésorier, présentez mes hommages respectueux au Sultan, et ayez la bonté de m'indiquer la sortie de cette caverne. « Vous n'avez qu'à fermer un instant les yeux, répondit le trésorier, et aussitôt vous vous retrouverez sur votre chemin. » Le paysan obéit, ferma les yeux et, en les rouvrant, il se trouve assis sur la grande route du Caire, la bride de son âne dans la main, et vit, non sans terreur, que, pendant son doux sommeil, qui l'avait transporté dans le trésor du Sultan, un adroit voleur avait dérobé les sacs de blé que portait l'âne. Oh! l'imbécille que je suis, s'écria-t-il en s'arrachant la barbe de dépit : je rêve de trésor étranger, et, pendant ce

temps-là, je me laisse voler mon bien ! » Il voulait courir après le voleur, mais il se ravisa,
et dit à son compagnon : « Viens, l'ami, nous
allons retourner à la maison. Quand nous re-
viendrons au marché, nous dormirons plutôt
la veille.

La Métamorphose.

Un roi indien était vieux et sans enfans :
comme il aimait son peuple, et craignait que
l'orgueil de ses émirs n'allumât des guerres
sanglantes dans le royaume pour le choix de
son successeur, il déclara que son trône appar-
tiendrait à l'étranger qui, le lendemain de sa
mort, entrerait le premier dans la ville par la
porte orientale. Bientôt après il mourut : les
habitans coururent en foule à la porte pour
voir quel nouveau souverain leur enverrait la
destinée. Le premier qui se présenta fut un
pauvre derviche, qui allait d'une ville à l'autre
en mendiant son pain. Il fut accueilli avec un
grand cri de joie ; on le revêtit des habits
royaux, on le fit asseoir sur un éléphant, et
on le conduisit par les rues de la ville au palais,
où les émirs le reconnurent pour leur sultan.

Ce passage rapide de l'extrême pauvreté à

un trône brillant, environné de toutes les splendeurs de la terre, enivra quelque temps le derviche de joie; mais il devint peu à peu aussi indifférent aux charmes et aux agrémens de sa condition, qu'il l'avait été aux inconvéniens de son premier état. Les heureux commencemens de son règne se changèrent en contrariétés : des émirs mécontens conspirèrent contre lui, des ennemis puissans et voisins portèrent la guerre dans son royaume; enfin, voyant que les inquiétudes, les hostilités, les plaintes environnaient de toutes parts son trône d'or, il commença à s'apercevoir qu'en changeant de fortune, non-seulement il n'avait rien gagné en félicité, mais il avait bien plutôt perdu en plaisir et en contentement.

Tandis que le nouveau Sultan soupirait fréquemment sous le poids de son bonheur, un de ses anciens amis apprit son avénement. Il vint le féliciter. « Gloire, dit-il, honneur à l'Eternel qui fait à son gré croître les roses sur les épines, et métamorphose un pauvre derviche en un roi puissant. Ne vante pas mon bonheur, répondit le sultan; car je me trouve plus mal dans cet état que précédemment. Tu ne vois que mon habit; tu ne vois pas le fond de mon cœur. C'était l'âge d'or, quand nous courions tous deux par le monde. Nous dormions par terre, mais tranquilles et en sûreté. Nous faisions maigre chère; mais la marche et la joie pure de nos cœurs nous conservaient en santé. Tout cela est changé maintenant; je dors sous des couvertures de soie, mais d'un sommeil inquiet et troublé par la crainte; je suis splendidement vêtu, je fais bonne chère; mais mon cœur est languissant et malade. Je m'étais si bien accoutumé aux inconvéniens que j'avais à supporter, quand je partageais la bassesse de ta condition, que le poids m'en était devenu presque insensible; mais les inconvéniens de l'abondance et de la grandeur, que j'ai à supporter comme roi, sont si pénibles, que je les trouve de jour en jour plus accablans. Je ne puis changer, maintenant que je connais les charmes du luxe et de la richesse. Je souffrirais bien plus de leur perte, que le pauvre, qui ne les connaît pas, de leur privation. Mais, si je pouvais me dépouiller du souvenir du passé, je descendrais dès aujourd'hui du trône, pour me remettre à courir le monde avec mon âncien compagnon. La santé, la gaîté, voilà la vraie félicité de l'homme. Quiconque possède ces deux trésors, peut se passer de tous les autres; celui-là seul qui manque de l'un des deux, peut dire avec vérité qu'il est malheureux; et tous deux me manquent dans ma nouvelle condition. »

Vision d'Almet.

Almet, chargé de veiller sur la lampe sainte au tombeau du Prophète, était en prière à la porte orientale du temple, quand il vit s'avancer à pas lents un homme richement vêtu, avec une suite nombreuse. Il marcha à sa rencontre, le salua, et lui demanda s'il avait besoin de lui. « Almet, dit l'étranger, tu vois un homme que les faveurs de la fortune rendent malheureux. Tous mes vœux sont comblés; tous les plaisirs de la vie sont à ma disposition, et pourtant je ne suis pas heureux. Je regrette le temps passé, parce qu'il s'est écoulé sans que j'en jouisse; je n'espère rien de l'avenir, parce que je ne connais pas de vrai bonheur, et cependant l'idée de la mort me fait frissonner. Disparaître comme les sillons tracés sur l'onde, dormir sous un voile de ténèbres éternelles : ce sont des images qui portent l'effroi dans mon cœur. Si dans les trésors de ta sagesse tu as quelque précepte capable de donner du contentement et du courage, communique-le-moi; car tel est l'objet qui m'attire ici. »

Almet écouta la plainte de l'étranger avec un sentiment de pitié et de tristesse; il reprit cependant bientôt sa sérénité. Il leva les mains au

ciel et dit : « Etranger, le Prophète m'a instruit
sur cette matière ; ma bouche te communi-
quera sa sagesse.

» Un jour, comme le soleil penchait vers son
déclin, j'étais assis, seul et pensif, dans l'avant-
cour du temple, et regardais dans les rues de
la ville, où une foule innombrable de pèlerins
de tous états et de tous pays s'agitaient çà et
là comme les vagues de la mer. L'aspect de la
rapidité avec laquelle les riches couraient les
uns devant les autres, et de la patience labo-
rieuse avec laquelle les pauvres portaient de
lourds fardeaux, me serra le cœur. « Pauvres
mortels, me dis-je, pourquoi cette activité ?
Vous cherchez le bonheur ; mais, qui de vous
l'a trouvé ? Des habits de soie et de pourpre
peuvent-ils donner le contentement ? L'éclat
des pierreries peut-il donner la paix du cœur ?
Ou bien une puissance supérieure a-t-elle ébloui
vos yeux pour vous faire courir sans relâche
après une lueur trompeuse, qui recule à chaque pas que vous faites ? Lequel est le plus
heureux, du pauvre ou du riche ? Quelle jouissance, quel plaisir renferme le vrai contentement ? Tout n'est que songe, tout n'est qu'illusion ! Ni l'or ni la sagesse ne donnent la félicité.
Nous sommes le jouet de nos passions, qui
nous ballottent jusqu'à ce que la grande mer,

où tout va se perdre, nous engloutisse à notre tour.

» Je soupirais en faisant ces réflexions, quand je me sentis touché par une main étrangère. Les rues de la cité sainte disparurent; je me vis sur le sommet d'un haut rocher, ayant près de moi un jeune homme vêtu de blanc. L'éclat de sa beauté me fit tressaillir et baisser les yeux. « Almet, dit-il, je suis Assoran, le messager de l'instruction. Je sais que tu as consacré ta vie à la sagesse et à la contemplation pour préserver tes frères des voies de l'erreur; mais, en ce moment, tu es égaré; lève la tête, regarde, et deviens sage. »

» Je levai les yeux, et vis une belle campagne. Elle était aussi agréable que les jardins du paradis, mais n'avait qu'un circuit assez borné. Le milieu était traversé par un sentier verdoyant, qui se perdait au couchant dans un désert sauvage, dont l'extrémité était enveloppée d'un brouillard impénétrable. Ce sentier était ombragé d'arbres de toutes espèces, chargés de fleurs et de fruits; des oiseaux folâtraient en chantant dans leurs branches. Du gazon, s'élevaient des fleurs aux couleurs brillantes, qui remplissaient l'air de doux parfums. D'un côté un ruisseau limpide coulait avec un léger murmure sur un lit de sable d'or, qui brillait à travers l'onde; de l'autre on

voyait des sources, des grottes et des chutes
d'eau, qui se mélangeaient avec grâce sur une
légère élévation de la vallée, sans cacher toutefois la limite voisine de la petite campagne.

» Mes yeux se promenaient avec ravissement
sur cette plaine enchantée, quand je vis un
homme richement vêtu, descendre le sentier
à pas lents. Il paraissait réfléchir; ses regards
étaient tournés vers la terre, ses bras croisés
sur sa poitrine; son visage annonçait le mécontentement et la tristesse. Une suite nombreuse paraissait prête à exécuter ses ordres au
moindre signe. L'un lui présentait de beaux
fruits, un autre une coupe d'or; mais, à voir son
air de mécontentement, on eût dit qu'il mangeait et buvait par force. Il saisissait vivement
les plus beaux fruits, les touchait à peine des
lèvres, puis les rendait avec indifférence. Il se
coucha près des sources et des chutes d'eau,
comme pour écouter leur murmure et le chant
des oiseaux; mais il n'y trouva pas de repos.
Après s'être fréquemment retourné de côté et
d'autre, il se leva, et continua sa route avec le
même air de tristesse. Parfois il tressaillait,
comme d'effroi ou de douleur, et quand ses
yeux rencontraient par hasard le désert qui
était devant lui, il reculait, en tremblant, de
quelques pas, et voulait revenir en arrière; mais
un pouvoir invisible le poussait, malgré lui,

le long du sentier verdoyant, toujours plus
près du désert.

« Que signifie cette vision? m'écriai-je en me
tournant vers l'ange. — Le livre de la nature
est ouvert devant toi, dit-il; regarde, et deviens
sage. » Je me retournai, et vis une étroite vallée qu'enfermaient des rochers nus et escarpés.
Pas la moindre verdure n'apparaissait dans ce
désert de sable. Les rayons du soleil étaient réfléchis par les roches embrasées, et le seul petit
filet d'eau qui sortait du roc se perdait, à quelques pas de sa source, dans le sable brûlant.
Excepté quelques chamois sauvages, qui bon-
dissaient sur les hauteurs, on ne voyait rien
dans ce désert, rien de vivant; mais, du côté du
couchant, cette solitude se terminait en une
contrée agréable et fertile, remplie d'arbres,
de champs et de maisons. Mes regards erraient
encore çà et là dans la vallée desséchée, quand
je vis un homme à demi nu, portant sur ses
épaules un chevreuil qu'il avait pris, gravir
péniblement les rochers. Les aspérités bles-
saient ses mains et ses pieds; il n'en continua
pas moins sa route avec empressement et gaîté,
et parvint enfin à atteindre une roche creuse,
devant laquelle l'attendaient une femme et
quatre enfans. Quand ceux-ci l'aperçurent, ils
poussèrent des acclamations, étendirent les
bras vers lui, et coururent à sa rencontre jus-

qu'au penchant du rocher. Ils l'entourèrent en sautant, et le menèrent, au milieu de cris bruyans d'allégresse, à la grotte, où il déposa son butin, et s'assit avec eux à l'ombre. Son visage était maigre et brûlé par le soleil, mais plein de douceur et de sérénité. Il souriait aux enfans, qui, de leurs petites mains, essuyaient la sueur de son front; et leur joie paraissait lui faire oublier la fatigue qu'il avait éprouvée. De temps à autre, il regardait d'un air satisfait la contrée riante qu'il avait devant lui, et la montrait aux enfans comme le séjour du contentement et de la paix; cependant rien, dans ses gestes et dans ses regards n'indiquait que cette belle perspective lui fît paraître son rocher moins agréable.

» Je ne pouvais me lasser d'observer cet homme, heureux dans le plus effroyable désert. L'ange me dit alors : « Almet, fais attention à ce que tu as vu. Le contentement et l'espoir sont fils de l'amour. Celui qui ne travaille pas pour le bonheur des autres ne sera jamais heureux lui-même. Au sein de l'abondance, il sera en proie à la peine, comme tu l'as vu dans l'homme oisif de la belle campagne. Il ne faisait rien pour les autres, il ne vivait que pour lui, et regardait ses compagnons comme des esclaves, qui devaient travailler à sa place. Aussi n'éprouvait-il aucun plaisir. Il n'entendait pas le chant des oiseaux, ne voyait pas la beauté des fleurs, ne sentait pas le doux zéphir qui le caressait. Il regardait avec terreur le sombre désert qui était devant lui, parce qu'il avait la conscience de son néant et de son indignité. En effet, avec son froid égoïsme, concentré en lui-même, comment aurait-il pu se croire digne d'une récompense? Ne devait-il pas attendre un jugement sévère de la part de la justice, dont les lois sont écrites dans le cœur de l'homme, et qui ne récompense que les services rendus?

» Au contraire, cet homme pauvre travaille pour sa femme et ses enfans. L'amour, qui anime son cœur, lui donne de la force et du courage. Il porte son fardeau avec plaisir : car il est amplement récompensé par la joie des siens. L'amour, qui se sacrifie pour les autres, a la conscience de sa valeur; il espère de la justice le prix de ses bonnes œuvres; mais tout ce qu'il espère pour lui-même, il le souhaite également aux autres. C'est pour cela que ce pauvre jette des regards si assurés dans le lointain qui s'offre à lui, sans se tourmenter de sa condition présente, que partagent avec lui des êtres qu'il chérit. Voilà comme l'éternelle Sagesse a placé le vrai bonheur dans les mains de l'homme. Des oisifs, des égoïstes, qui ne voient dans la vie que leur plaisir et leur vanité, n'échapperont jamais au découragement et au désespoir, tandis que le bon père de famille et le monarque père de son peuple, ne manqueront jamais de contentement, et ne douteront jamais d'un meilleur avenir. »

» Pendant ce discours du messager céleste, la vision avait disparu. Je m'éveillai, et me trouvai seul dans l'avant-cour du temple. Le soleil était couché. Les habitans de la ville se reposaient de leurs travaux. Je rentrai dans le temple, et réfléchis long-temps en silence à la lueur de la lampe sacrée sur ce que j'avais vu.

» C'est ainsi, mon fils, continua Almet en parlant à l'étranger, que le Prophète m'a instruit de la vraie sagesse, non dans mon intérêt seulement, mais encore dans le tien. Tu n'as jusqu'ici vécu que pour toi; aussi n'as-tu trouvé aucun vrai plaisir. Tu n'espérais rien de l'avenir, parce que ton cœur, ce juge incorruptible, te disait que tes actions ne méritaient aucune récompense. Que cette leçon du Prophète ne soit pas perdue pour toi, comme la pluie qui tombe sur un rocher : mets-la en pratique. Sois le père des tiens et de ton peuple. Habille ceux qui sont nus, nourris du fruit de tes champs ceux qui ont faim, assiste l'opprimé contre l'injustice et la violence. Aime les hommes et travaille à leur bonheur, tu trouveras le contentement et l'espérance. Car le cœur sensible d'un bon père n'a jamais été accessible à la désolante pensée qu'il est, lui et les siens, comme les vagues de la mer. »

Almet, dont le visage commençait à s'échauffer, rentra dans le temple, et l'étranger poursuivit en paix sa route.

Vision de Bossaldab.

Bossaldab, sultan d'Egypte, avait un fils unique, nommé Aboram. Il l'aimait, comme un vieillard aime la vie, quand il espère jouir encore du fruit de ses anciens travaux. Il amassait de grands trésors, faisait de nombreuses conquêtes, et travaillait jour et nuit pour laisser à ce fils chéri de vastes domaines et un trône brillant. Sa puissance était presque montée à son plus haut point, quand celui qui devait en hériter, atteint au cœur d'une flèche imprudemment lancée à la chasse, mourut soudainement.

Bossaldab fut inconsolable. Il s'arracha la barbe, se déchira le visage, et baigna le cadavre de ses larmes; ses gémissemens retentirent jusque dans les montagnes lointaines, mais ils ne rappelèrent pas le jeune prince à la vie. Ses serviteurs tâchèrent d'apaiser sa douleur; mais il ne les écouta pas. Il maudit son palais, son royaume et lui-même, et se cacha dans un antre obscur de la forêt. Il s'y coucha dans la poussière, poussant des cris de désespoir, et accusant l'injustice de la Providence. « Pourquoi, s'écria-t-il, m'avoir fait le maître de tant de pays et de richesses, si mon fils unique devait m'être enlevé à la fleur de son âge? Non, il n'y a pas de Dieu qui aime les hommes! Il fait son plaisir de tourmenter les misérables, et de détruire leur félicité acquise à grand'peine. »

Il resta ainsi trois jours sans prendre de nourriture, plongé dans un sombre désespoir. Ses forces étaient épuisées; il était étendu par terre, appelant la mort qui devait mettre un terme à sa douleur, quand il se vit entouré d'une brillante lumière. Il leva les yeux et vit debout, devant lui, un jeune homme vêtu d'une robe bleu de ciel, avec une couronne de lis sur la tête; il tenait une baguette verte dont il toucha le front du sultan. Une nouvelle vie anima ses membres; son cœur reprit de la force, il se leva et regarda en silence le messager du ciel, qui lui dit: « Bossaldab, je suis Kalok, l'ange de la paix; je suis envoyé pour t'éclairer: Viens, suis-moi. »

Il le prit par la main, le mena sur une haute montagne, le plaça sur la pointe la plus avancée, et lui dit: « Regarde dans cette vallée. »

Bossaldab vit une île déserte et sauvage. Les vagues de la mer se brisaient à l'entour avec fracas, et jetèrent sur le rivage un naufragé tout nu. D'une main, le malheureux portait une boîte pleine de diamans; de l'autre, il s'attachait au roc escarpé qu'il voulait gravir. Il avait presque atteint le sommet; ses gestes animés indiquaient l'espérance qu'il avait de trouver une terre habitée; mais, quand, au dernier pas qu'il eut fait en montant, il aperçut devant lui un vaste désert de sable, il parut immobile de terreur. Il jeta ses bijoux par terre, se tordit les mains en poussant d'affreux hurlemens, puis se mit à courir çà et là, pour chercher quelque nourriture; mais il ne croissait là ni arbres ni buissons. Quatre fois le soleil se leva et se coucha, sans qu'il eût trouvé seulement une feuille à manger. Pâle, épuisé, il s'étendit enfin sur les écueils du rivage, gratta l'herbe sèche dans les fentes du rocher, et attendit la mort.

« Ah! s'écria Bossaldab, en se tournant vers l'ange, sois miséricordieux, et ne permets pas que ce malheureux périsse si misérablement. — Sois tranquille, répondit l'ange, et fais attention à ce que tu vois. Il regarda de nouveau, et vit un vaisseau qui s'approchait de l'île. Le naufragé l'aperçut; il reprit courage, se leva, étendit les mains, cherchant à se faire voir de l'équipage. Quand on l'eut aperçu, on alla à lui. Il tomba aux pieds du capitaine, lui fit part de son malheur, et promit la moitié de ses diamans pour prix de son salut. A la vue des bijoux, le capitaine fit un signe à ses compagnons. Ils lièrent les mains et les pieds du malheureux, lui prirent sa boîte, le laissèrent attaché sur le rivage, et repartirent joyeusement avec leur butin.

« O fils du Ciel, s'écria douloureusement Bossaldab, peux-tu voir un tel crime et le souffrir? Vois, les scélérats mettent à la voile, et laissent le malheureux qu'ils ont volé, mourir de faim. — Regarde encore, dit l'ange. Le vaisseau de ces bandits échoue contre un écueil. Entends-tu leurs cris? Nul n'en échappe; tous sont engloutis sous le poids de leurs péchés. Et tu voulais sauver le naufragé sur ce vaisseau qui allait au-devant de sa ruine? Ne prétends pas blâmer les voies de la Providence. L'homme que tu plains sera sauvé, quoique d'une manière différente de celle que tu prescrivais. La Providence a plus d'une voie pour sauver ceux qu'elle veut conserver. Cet homme était avare et dur pour les indigens; il avait au-delà de ses besoins, et pourtant son avidité le poussait à courir les mers pour gagner encore davantage. La Providence l'a conduit dans ce désert, pour amollir son cœur de fer, pour rendre sa main avare plus libérale. Heureux celui qui s'instruit à l'école de l'adversité! Mais retourne-toi pour être témoin d'un nouveau spectacle. »

Bossaldab se retourna. La mer avait disparu, et ses abîmes s'étaient changés en une plaine fertile. Il prenait plaisir à la considérer, quand il vit s'élever en face de lui un vaste palais de marbre. Les portes d'ivoire s'ouvrirent, et laissèrent voir un trône magnifique couvert d'or et de pierreries. Des richesses sans nombre étaient entassées de chaque côté, et il était environné des princes du pays et des ambassadeurs des nations étrangères, qui dans une attitude respectueuse, prêtaient au jeune roi serment de fidélité. Ce jeune roi était Aboram, fils de Bossaldab.

« Miséricordieux Allah, c'est mon fils, s'écria le sultan. Oh! permets que je l'embrasse.— Arrête, dit l'ange; c'est une image vaine, au moyen de laquelle je veux te faire voir combien ta conduite et ton désespoir sont insensés. Regarde bien. » La prestation de serment fut suivie d'un banquet. Puis, le jeune roi fit distribuer à ses hôtes les trésors entassés. En peu de temps les richesses amassées pendant de longues années par l'avarice la plus frugale furent dissipées. Les princes s'étaient parés à peine des diamans de leur roi, qu'ils se soulevèrent fièrement contre lui. Quatre trônes nouveaux sortirent des ruines de l'ancien, et les quatre nouveaux rois firent enchaîner le fils de Bossaldab, qui s'était enivré au banquet, et le firent jeter dans une prison, où, après de longues souffrances, il reçut la mort de la main d'un esclave.

Le sultan détourna les yeux. « Ah! dit-il, c'en est assez! — L'humilité et la patience, dit l'ange, t'auraient épargné ce spectacle. — J'ai péché, répondit Bossaldab, en me plaignant si amèrement de la destinée qui a enlevé mon fils innocent encore, et l'a préservé d'une foule de maux. — Oui, dit l'ange, heureux celui que la mort arrache de bonne heure à sa perte! va, Bossaldab, apprends à supporter patiemment la douleur. Les œuvres terrestres de l'homme sont périssables; peu d'années suffisent pour écraser ses édifices orgueilleux. Les noms de l'avare et du conquérant se perdent au sein du mépris, tandis que ceux des bienfaiteurs du monde sont bénis de la postérité. »

En finissant de parler, l'ange de la paix s'éleva dans l'air en déployant ses ailes, dont le bruit, semblable au fracas d'une chute d'eau, finit par se perdre insensiblement en un frémissement léger. Le sultan s'éveilla. Il était étendu dans l'antre de la forêt, le visage contre terre. Il se leva, retourna dans son palais, et s'efforça, pendant une longue paix, de guérir par la justice et la sagesse les blessures que son avarice et son ambition conquérante avaient faites à ses peuples.

Le meilleur Héritage.

Le roi d'Egypte et l'empereur de Constantinople se faisaient depuis quelque temps une guerre sanglante. Enfin, las de tuer et de dévaster, ils oublièrent leur querelle, et conclurent la paix. Pour assurer encore mieux leur réconciliation, ils arrêtèrent un double mariage entre leurs enfans, et chacun fiança son fils avec la fille de l'autre. Les deux pères furent dès-lors amis intimes; aucun des deux ne formait une entreprise importante, sans prendre conseil de l'autre; quand l'un croyait avoir à faire à l'autre quelque reproche, il lui faisait une confidence amicale de ses griefs. Un jour le sultan d'Égypte écrivit en ces termes à l'empereur de Constantinople :

« Un père ne saurait avoir rien de plus cher que le bonheur de ses enfans, dans lesquels il revit après sa mort. Tous les autres biens qui lui appartiennent lui sont ravis en peu d'années; mais une postérité florissante est un arbre toujours vert sur son tombeau. Convaincu de cette vérité, je m'efforce d'amasser pour mon fils des trésors, qui sont pour un roi des instrumens de gloire et de fortune. Je m'étonne que tu ne suives pas mon exemple, et que tu ne cherches pas à préparer à ton fils un règne fortuné. »

L'empereur répondit au sultan : « Le sage ne met pas sa confiance dans les biens de ce monde, biens que l'imprévoyance et mille accidens peuvent dissiper en peu de jours. Je m'efforce d'amasser pour mon fils des trésors que nulle puissance humaine ne pourra lui enlever, et qui seront pour lui la source de toute espèce de félicité ; j'ai formé son cœur à la vertu, et enrichi son esprit de connaissances. »

La reine Amberboah.

Moi, Sinneddin, roi de la Grande-Ile, je souhaite à mes frères, les mortels, paix et prospérité. J'avais vingt ans lorsque je perdis mon père Schor-Poulou, et montai sur le trône, étant l'aîné de ses fils. Mon cœur n'avait aucun penchant pour les voluptés qui m'entouraient et m'offraient toutes leurs séductions. Ma seule pensée, le but de tous mes vœux, c'était la gloire d'un grand et sage roi. Mais je cherchai long-temps en vain la source cachée de la vraie sagesse ; car personne ne pouvait me l'indiquer. Je fis de grandes actions ; je découvris, je soumis des pays nouveaux; mon nom vola sur les ailes du vent, et ma gloire retentit jusqu'au ciel : mais je fus long-temps sans trouver la source de la sagesse; enfin un accident singulier me la fit découvrir.

Je me promenais un soir, selon mon habitude, le long de la rivière qui environne les jardins de mon palais, et je réfléchissais sur les événemens de la journée. Tout-à-coup sortit du buisson voisin une jeune fille vêtue de blanc, qui me demanda l'aumône, en me priant de ne pas l'interroger. Sa beauté peu commune, la richesse artistement cachée de son habillement, et sa contenance paisible, semblaient contredire sa bizarre prière. Je ne savais que dire. Je tirai de ma main un anneau précieux, et la priai, si cela ne suffisait pas, d'envoyer un de ses esclaves à mon trésorier. Elle s'inclina en silence, et j'allais continuer mon chemin, quand elle me dit avec un aimable sourire: « Roi Sinneddin, la belle Amberboah, fille d'Arrouth, roi des Génies, ma maîtresse, ne te refuserait pas sa main, si tu pouvais te faire aimer d'elle. Viens, et cherche à lui plaire; son palais est dans l'île de Hao; on gagne sa faveur par la sagesse et la discrétion. » Elle dit et disparut.

Je demeurai immobile, comme sous la puissance d'un charme magique, les yeux fixés sur la place d'où je l'avais vue disparaître. Ses doux accens résonnaient encore à mon oreille, et ses formes gracieuses semblaient encore se mouvoir à mes yeux. « Oui, m'écriai-je enfin, j'irai à l'île de Hao; il faut que je brigue la faveur de la belle Amberboah. Peut-être me ferai-je aimer d'elle; peut-être me donnera-t-elle sa main, et me rendra-t-elle le plus fortuné de tous les rois. Et quand cet espoir flatteur serait déçu, n'est-ce pas assez d'avoir vu cette reine fameuse? » Je rentrai dans mon palais, je fis en grande hâte équiper un vaisseau, rassemblai mes visirs, et au lever de la onzième aurore, j'abordai à l'île de Hao.

Cette île a la forme d'une pyramide circulaire. Le palais de la fille d'Arrouth s'élève sur la cîme la plus élevée, et frappe d'abord les regards de l'étranger, de quelque côté qu'il débarque. On n'y peut arriver que par un escalier taillé dans le roc, et partagé par six portes d'ivoire en six grandes divisions. Je frappai à la première porte, elle s'ouvrit : six derviches vinrent à ma rencontre; le plus âgé, dont la chevelure argentée et la tête courbée annon-çaient la vieillesse, me demanda qui j'étais et ce que je voulais. « Je suis, lui dis-je, le roi Sin-neddin, fils de Schor-Poulou, et je viens briguer la faveur de la belle reine. —Si je pouvais comp-ter sur ta sagesse, répondit le vieillard, je te don-

nerais un bon conseil.—Oh! tu le peux, répliquai-je ; je mettrai ton conseil à profit de mon
mieux ; tu n'as qu'à parler. » Le vieillard secoua
la tête, et dit : « Va, mon fils, continue ta route ;
mon conseil ne te servirait de rien, car tu es
trop prévenu en ta faveur pour faire grand cas
des avis d'un étranger. Au revoir, mon fils. »
A ces mots, il me quitta, et se tourna avec ses
compagnons du côté de la porte.

Je continuai à monter lentement avec le
dessein d'être plus discret à l'avenir, et de me
défier davantage de ma sagesse. J'arrivai à la
seconde porte, et je frappai ; elle s'ouvrit :
cinq kalenders vinrent à ma rencontre, et le
plus âgé me demanda encore qui j'étais, et ce
que je voulais. « Je suis, lui dis-je, un étranger
sans expérience, qui vient offrir ses services à
la reine Amberboah. J'espère suppléer par mon
zèle et ma docilité à ce qui peut me manquer
d'habileté et de sagesse pour réussir dans mon
dessein. « Quelle prudence discrète! s'écrièrent
tout d'une voix les cinq kalenders : va, bon
étranger, va, suis ton chemin. »

A la troisième porte, je fus reçu par quatre
santons, dont le plus âgé me demanda quel
prix de mes services j'exigeais de la reine, et
combien de temps je voulais rester à son service. « Je ne demande d'autre récompense, répondis-je, que le plaisir de lui obéir ; quant à

mon obéissance et à mon amour, ils ne finiront qu'avec ma vie. — Bien répondu, dirent les quatre santons; et ils s'en retournèrent, moitié à droite, moitié à gauche. »

Satisfait d'avoir donné des preuves de ma sagesse, je continuai de monter, et j'atteignis la quatrième porte, où trois mollahs vinrent au-devant de moi, et me demandèrent si c'était de moi-même ou par suite d'une impulsion étrangère que je venais trouver la reine, et si j'étais disposé à lui obéir, dans le cas même où elle me commanderait des choses impossibles. Je répondis : « Le séjour de la reine est si peu connu chez les hommes que je ne l'aurais peut-être jamais trouvé, si je n'avais été appelé par une apparition céleste. Pour ce qui est de ma docilité, j'obéirai à la reine sans restriction : car je la crois trop juste pour m'ordonner des choses qui surpassent mes forces. — Va, marche, dirent les trois mollahs en même temps, nous sommes contens de ta réponse. »

J'arrivai à la cinquième porte, qui me fut ouverte par deux imans. « Lequel des deux, me dirent-ils, préférerais-tu, si l'on t'en laissait le choix : de rester ici dans le château près de la reine, ou de l'emmener avec toi dans ton pays ? — Si j'avais le choix : répondis-je, je ne choisirais pas moi-même ; je demanderais à la reine lequel des deux partis elle regarde comme

le meilleur. — Très-bien ! dirent les deux
imans ; achève ta route.

Une joie inquiète faisait battre mon cœur,
quand la sixième porte s'ouvrit ; la même jeune
fille vêtue de blanc, qui m'était apparue dans
le jardin, s'avança vers moi, et me dit : « Que
ferais-tu, si ma reine ne te jugeait pas digne
de son amour? — Aimable jeune fille, répondis-je, je la prierais de me rendre digne d'elle.—
Bien, reprit-elle ; mais si elle te paye de retour,
sois satisfait de ton bonheur, et ne demande
rien de plus.»

Après m'avoir donné cet avis, elle me conduisit dans une salle du palais, où la reine, entourée de ses jeunes suivantes, semblait m'attendre. Je m'agenouillai devant elle, et touchai
de mon front la dernière marche de son trône
d'or, en signe de soumission absolue à sa volonté. « Lève-toi, roi Sinneddin, dit-elle ; je me-
surerai ma reconnaissance sur ta docilité. »
Deux de ses femmes me menèrent dans une
chambre préparée pour moi, et m'instruisi-
rent de la conduite que j'avais à tenir. La reine
parut d'abord froide et indifférente; mais quand
elle vit que j'exécutais tous ses ordres avec la
plus ponctuelle exactitude, elle devint de jour
en jour plus aimable et plus engageante. Elle
me laissait lire de plus en plus clairement dans
ses yeux qu'elle était contente de mon obéis-

sance; il ne s'était même pas écoulé un mois
entier, quand elle m'engagea sa foi. « Ta docilité, me dit-elle, qui me prouve ton amour,
t'a gagné le mien. Je sais qu'intérieurement tu
préfères ta patrie, où tu es attendu avec impatience par un grand peuple, à ma demeure
solitaire. Il vaut mieux te suivre que de t'arrêter ici. Viens, mon bien-aimé, allons nous préparer à partir. »

Elle me tendit la main, et me mena dans une
salle de marbre, où étaient renfermés ses trésors. Je restai en admiration à la vue de ses
immenses richesses. Six tables d'or massif
étaient placées le long du mur, et sur chacune brillait un grand vase de jaspe. Le premier était rempli de topazes, le second d'émeraudes, le troisième de rubis, le quatrième de
saphirs, le cinquième de diamans et de perles
parfaitement rondes, aussi grosses que des noix
de galles. Le sixième était le plus grand
et contenait une quantité de petits bijoux
travaillés avec beaucoup d'art et de délicatesse. « Prends, me dit la reine, autant que
tu voudras de ces trésors, prends ce qu'il te
faut actuellement pour rehausser l'éclat de ton
trône. » Mes yeux étaient éblouis; cependant,
me rappelant le conseil de la jeune fille vêtue
de blanc, je répondis : « Tu me fais tort, ma
reine; j'ai tout ce que je désire, si je suis aimé

d'Amberboah. Que mon trône soit embelli par
ta présence, et il sera le plus magnifique de tous
les trônes de la terre.—Ne te fâche pas, mon
bien-aimé, me dit-elle avec un doux sourire, et
entrelaçant ses beaux bras autour de mon col;
je vois dans tout cela des preuves de la sincérité de ton amour, qui me comblent de joie.
Accepte seulement ce présent de ma main,
pour emporter avec toi quelque chose d'ici. »
A ces mots, elle prit dans le vase des bijoux, un
anneau, qu'elle me mit au doigt. Je le considé-
rai quelques instans, et vis qu'à la place d'un
diamant mon image y était enchassée. Cette
flatterie inattendue me charma; je tombai à ses
pieds, lui baisai la main, et lui dis que je con-
serverais ce beau présent avec un soin religieux, comme un gage de son amour et de
mon bonheur.

« Hypocrite sans foi! s'écria avec colère la
reine Amberboah, en me repoussant; va, tu es
indigne de mon amour. Ton cœur ignore ce
que c'est qu'amour et dévoûment. Va, fais-toi
un dieu de toi-même, car tu es ta propre idole;
c'est à toi seul que tu sacrifies, c'est toi seul
que tu adores. » Elle dit, et me quitta. Je restai
comme frappé de la foudre, ne sachant si je
devais la suivre ou demeurer; mais soudain ses
cinquante femmes se jetèrent sur moi comme
des lionnes furieuses, et m'entraînèrent jus-

qu'à la seconde porte de l'escalier. Elle était
ouverte comme toutes les autres, et partout les
gardiens étaient en disposition de hâter mon
départ. Les deux imans me prirent chacun par
un bras et me précipitèrent près des mollahs.
Ceux-ci me lancèrent avec la rapidité d'un tourbillon dans les mains des santons, qui me jetèrent aux kalenders, et ces derniers me passèrent aux derviches avec une telle vitesse, que
j'effleurais à peine la terre de mes pieds. Je
tombai hors d'haleine et à demi mort au milieu
des derviches, qui m'entourèrent en poussant
des éclats de rire à faire retentir l'île entière.

« Je prévoyais bien, dit le vieillard à cheveux
blancs, quand je me fus remis, que tu ne vien-
drais pas à bout de grand'chose. La présomp-
tion, mon fils, est la source d'une foule de
sottises. Où règne un vain amour-propre, la véritable sagesse ne peut résider. Lève-toi, et va
retrouver tes compagnons, qui t'attendent avec
impatience. Si, d'ailleurs, ce voyage pouvait
t'avoir rendu plus sage, je t'en fais mon com-
pliment; mais, quant au passé, console-toi avec
la multitude de tes prédécesseurs, qui sont revenus, avec une égale vitesse, du château de la
reine Amberboah. »

Je saluai le vieillard, me rembarquai et rentrai dans ma patrie, satisfait que la reine m'eût
laissé du moins, pour souvenir, l'anneau, que

je considère, depuis lors, comme un ami de
bon conseil, et que je ne cesse de porter jour et
nuit.

L'Hypocrisie.

Hatem-Taï, surnommé le Libéral, étant
mort, son frère Nouhman lui succéda au trône.
Il se proposait de rivaliser avec son prédécesseur de générosité envers ses peuples. Sa mère
Scherbecka, le voyant dans ces dispositions,
lui dit : « Il est beau, mon fils, de t'efforcer d'i-
miter ton frère ; mais agis sérieusement : autant
les hommes jugent follement d'eux-mêmes, autant ils ont de pénétration pour juger des autres. Ils distinguent les vices des vertus aussi
facilement que la lumière des ténèbres, surtout dans leurs rois et leurs supérieurs. Car, s'il
arrive parfois qu'on méconnaisse chez l'un ou
chez l'autre une bonne qualité, il n'arrive jamais que la voix du peuple laisse chez un seul
d'entre eux une vertu contrefaite. Je connais
ton cœur, mon fils ; je sais qu'il n'est pas très-
porté à la libéralité. Fais donc sérieusement ce
que tu te proposes de faire. » Ainsi parla Scherbecka ; mais Nouhman était trop fier et trop
présomptueux pour en croire sa mère. Il fit

dresser une grande tente, où, à l'exemple de
Hatem, il donnait audience à tous les solli-
teurs. Cette tente avait soixante-dix entrées, qui
restaient ouvertes jour et nuit. Scherbecka se
déguisa en pauvre femme, se couvrit le visage
d'un voile épais, et entra dans la tente. Son fils,
qui ne la reconnut pas, lui donna une aumône.
Elle remercia et sortit; mais, peu d'instans
après, elle rentra par une autre porte, et renouvela sa demande. « Ne t'ai-je pas donné à
l'instant même, dit Nouhman; comment peux-
tu avoir l'impudence de venir deux fois dans
un si court intervalle? » Alors Scherbecka ôta
son voile et dit : « Me suis-je trompée, mon fils,
quand je t'ai dit que ta libéralité était de l'hypocrisie, et que tu ne parviendrais jamais à la
gloire de ton frère? Je me déguisai de même
une fois pour le mettre à l'épreuve, et voir si
sa libéralité partait du cœur, ou n'était qu'orgueil et dissimulation. J'entrai, dans l'espace
d'une heure, par toutes les soixante-dix portes
de sa tente, et soixante dix fois je reçus, sous
le même costume, un bienfait de sa main. Dès
votre plus tendre enfance, j'ai vu la différence
de vos caractères. Ton frère ne voulait téter
qu'autant qu'un autre enfant était en même
temps, à côté de lui, allaité du sein de sa mère,
tandis que toi tu le couvrais de tes deux mains
pour le cacher à tous les autres, et pleurais à

chaudes larmes, quand je te le retirais. Peux-tu
donc espérer que tes ennemis et tes amis te jugent moins sévèrement que ta mère?

Mostanser.

Le calife Mostanser ayant aperçu, par les fenêtres de son palais, une quantité de vieilles
hardes que l'on avait étendues sur les terrasses
des maisons voisines, demanda ce que signi-
fiaient ces dégoûtantes parures? « Commandeur
des croyans, lui répondit un jeune courtisan,
ce sont les habits de fête des mendians de ce
quartier. Ils les ont bien lavés et les font sécher
au soleil, pour s'en parer à la prochaine fête
du Beiram. Ils mériteraient bien qu'on arrosât
d'huile ces guenilles, dont ils ont l'impudeur
de souiller tes augustes regards. — Laisse-moi
faire, dit le calife, je vais leur jouer un tour
bien plus drôle. » Il fit à l'instant fondre quelques centaines de balles d'or, prit une arbalète,
et tira sur les terrasses. « Maintenant je suis
content, dit-il quand tout eut été lancé. Ces
pauvres gens s'achèteront des vêtemens neufs;
et s'ils disent que le calife est un drôle de corps,
du moins ils ne se plaindront pas de son mauvais cœur. »

Les Glaces de Mahmoud.

Le sultan Mahmoud, qui avait beaucoup
d'intelligence et de bravoure, mais une figure
peu régulière, s'entendait si souvent appeler
par ses courtisans *lumière du monde, source de
consolation, joie des peuples, image du soleil,*
qu'il finit par se croire beau. Se promenant un
jour dans une grande galerie, il vint à jeter par
hasard les yeux sur une glace, et fut bien étonné
de se trouver ce qu'il était. « Ou mes courtisans sont des imposteurs, dit-il, ou bien cette
glace est trompeuse. Mais il est bien difficile
que tant d'yeux, qui me trouvent beau, se
trompent si grossièrement. C'est impossible autrement; la faute est à la glace. » Il alla à une
seconde, qui lui montra la même figure; à une
troisième, encore la même. « Il pourrait cependant bien se faire, dit-il alors, que ces glaces
eussent raison. On peut se fier à elles pour savoir la vérité; car elles ne sont pas, comme mes
courtisans, payées pour mentir. » Il était encore à ces réflexions, quand son grand visir
Kasajas, qui le flattait rarement, entra. « Visir,
lui dit-il, comment se fait-il que tant de gens
se disent réjouis à mon aspect? car, si ces glaces ne me trompent pas, je ne suis pas beau-

—Seigneur, répondit le visir, les peuples seraient heureux, si leurs rois ne trouvaient pas de flatteurs. Toi aussi tu en es accompagné, comme la lumière de l'ombre. Ils t'en ont imposé pour te plaire; et je te dirai la vérité pour t'être utile. Il est indifférent pour un roi d'être beau ou laid; car un petit nombre seulement de ses sujets peuvent être admis à le voir, et ce petit nombre s'habitue aisément à sa figure. Tous, au contraire, se réjouissent de sa justice et de sa sagesse : aussi sont-ce là les deux plus grandes beautés qu'un peuple puisse souhaiter à son roi. »

L'Estimation.

Tamerlan, roi des Tartares, prenait grand plaisir aux bouffonneries d'Ahmedi, qui savait l'art de dire la vérité en riant. Le Sultan se trouvant un jour au bain avec une grande partie de ses courtisans, leur dit : « Ahmedi, figure-toi que tu es à un marché d'esclaves, et que nous sommes tous à vendre; voyons ce que tu nous prises. » Ahmedi avait le talent d'agir avec beaucoup de prudence en pareil cas. Il prisa très-haut les orgueilleux et les sots; quant aux sages, qui entendaient la plaisanterie, il les rabaissa et les railla gaîment. Enfin il sut si bien faire que tous les courtisans furent très-contens de lui, ou du moins feignirent de l'être. « Mais combien me prises-tu moi, dit Tamerlan? parle avec sincérité.—Le Sultan? répondit Ahmedi, il peut bien valoir douze bonnes piastres. — Quelle sottise! répliqua le roi, ce mauvais peignoir que j'ai sur moi en vaut dix. — Je le sais bien, dit Ahmedi, aussi l'ai-je porté en compte; car pour les sultans, on n'en saurait proprement rien faire, ni des jardiniers, ni des artistes. » Au lieu de se fâcher, Tamerlan se mit à rire, et fit un riche présent à Ahmedi; car ce roi avait la rare qualité de ne s'offenser ni d'un mot franc ni d'une vérité qu'on lui disait.

———

Soliman.

L'empereur turc Soliman étant rentré dans sa capitale, après la conquête de Belgrade, donna un jour de fête à son armée victorieuse. Les soldats commirent toutes sortes d'excès; entr'autres ils pillèrent de nuit la maison d'une veuve. Quand elle s'aperçut du vol, le lendemain matin, elle se précipita au-devant de l'empereur, qui parcourait la ville à cheval, et lui dit : « Seigneur, tes soldats ont pillé ma maison cette nuit ; je suis veuve et mère de quatre enfans, je t'en conjure, fais-moi justice. »

L'empereur, un peu embarrassé de cette allocution, lui demanda si elle connaissait les coupables. La veuve s'en étant excusée sur ce qu'elle ne s'était aperçue du vol qu'au jour : « S'il en est ainsi, dit l'empereur, tu portes la peine de ta faute ; il ne fallait pas être si négligente, ni dormir si fort. — Je dormais tranquille, répondit la veuve sans se troubler, parce que je croyais que la justice du brave Soliman veillait à la garde de ma maison. Je ne pensais pas que son armée, à l'aide de laquelle il a protégé les frontières du pays, pût dépouiller ses propres sujets. »

Le Sultan fut frappé de la sagesse de cette réponse, et fit donner à la veuve le double de ce qu'elle avait perdu.

La Reine de la Lune.

Katifah, reine de Gor, avait toutes les qualités et tous les défauts de son sexe, ou, pour mieux dire, elle était aussi changeante que peut

l'être une femme. Cependant elle avait de bonnes intentions; en conséquence, elle dit un
jour au sage Zulbar : « Je fais tous mes efforts
pour parvenir à me connaître; je t'en conjure,
prête à mes efforts le secours de ta sagesse. Etu-
die mon caractère, et fais-le-moi voir dans un
tableau, où je puisse me reconnaître au premier
coup d'œil. — Ton caractère, répondit Zulbar,
lequel donc, grande reine ? Ta modestie te fait-
elle croire que tu n'en as qu'un ? Les fleurs du
printemps ne sont pas aussi nombreuses, aussi
variées que les qualités qui font à chaque instant l'ornement de ton âme. Quand je vois la
rapidité avec laquelle elles germent, croissent
et disparaissent, pour reparaître ensuite, je
puis bien les admirer, comme un autre; mais
qui pourrait les décrire ou seulement les compter ? J'ai-lu quelque part que la reine de la lune
avait ordonné un jour qu'on lui fît une robe
qui lui prît exactement la taille, et dont la couleur fût d'accord avec l'éclat de son visage;
mais que l'ouvrière lui avait répondu : « Reine
des astres, tu nous plais sous toutes les formes
et dans tous les temps, mais comme tu es tantôt grande, tantôt petite, tantôt blanche, tantôt pâle, tantôt rouge, dis-moi quelle mesure
je dois prendre pour ne pas manquer ta taille
qui varie sans cesse, et quelle couleur s'accor-
dera bien avec l'éclat de ton visage, que chaque
nuit voit changer ?

Le sage Visir.

Le visir Kasajas étant un jour à la chasse avec le sultan Mahmoud, lui dit qu'il entendait le langage des oiseaux. « Quoi! visir, répondit Mahmoud étonné, tu aurais ce talent; est-il possible? « Oui, seigneur, répliqua le visir, je l'ai appris d'un docte derviche, et je comprends tout ce que se disent les rossignols, les moineaux, les pies, et les autres oiseaux. » Le roi ne parut pas le croire, mais le soir, en revenant de la chasse, ayant vu deux chouettes perchées côte à côte sur un arbre, il lui dit : « Visir, quel peut être l'entretien de ces chouettes; va les écouter, et fais-m'en le rapport. » Le visir s'approcha de l'arbre, eut l'air d'écouter attentivement les deux oiseaux, puis revint et dit : « Seigneur, j'ai bien entendu une partie de leur entretien, mais je n'ose répéter ce que j'ai entendu. — Et pourquoi donc, dit le sultan? — Les deux oiseaux, répondit Kasajas, parlaient du roi mon maître. — De moi? répliqua Mahmoud, qu'est-ce que ce peut être? Visir, je t'ordonne de me répéter mot pour mot ce que tu as entendu. — Eh bien! j'obéis donc, reprit Kasajas. L'une de ces chouettes a un fils, et l'autre une fille, qu'ils veulent unir l'un à l'autre. » Ma sœur, disait la première, je

conclus avec plaisir, si tu donnes en dot à ta
fille cinquante villages déserts. O ma sœur, répondit l'autre, au lieu de cinquante, je lui en
donne cinq cents. Puisse seulement le Ciel accorder une longue vie au sultan Mahmoud!
Tant qu'il règnera sur la Perse, nous ne man-
querons pas de villages déserts. « Le sultan
Mahmoud, qui en ce moment même roulait
dans sa tête le dessein de faire encore la guerre
à ses voisins pour une bagatelle, fut frappé de
l'ingénieux mensonge de son visir, et termina
le différend à l'amiable.

Aladin.

Isseddin, riche marchand du Caire, eut le
malheur de perdre toute sa fortune en moins
de deux ans; il mourut de chagrin peu de semaines après avoir éprouvé sa dernière perte,
et laissa dans la dernière indigence sa nombreuse famille. Son fils aîné, Aladin, qui n'a-
vait pas encore dix-huit ans, était plus affligé
du triste sort de sa mère et de ses frères que de
son propre malheur. « Je ne puis rien faire ici
pour toi, dit-il à sa mère, à moins de travailler
comme journalier, et de gagner l'absolu nécessaire par un travail servile. Je veux aller en

pays étranger; peut-être un meilleur sort m'y est-il réservé. Si je réussis, sois bien sûre que je n'oublierai ni ma mère ni mes frères. » Il prit congé de sa famille, se réunit à une caravane qui partait pour Suez, et arriva deux jours après dans cette ville. Les voyageurs se dispersèrent et allèrent à leurs affaires; pour lui qui n'en avait pas, il se promena tristement sur le rivage de la mer. Un grand nombre de marchands de Médine, de La Mecque, de l'Inde et de la Chine y embarquaient leurs marchandises. Tout le port était rempli de vaisseaux prêts à mettre à la voile; le rivage était couvert de matelots, de porteurs et de riches ballots. Tout était en mouvement et en travail; Aladin seul allait de côté et d'autre, oisif, inconnu, l'estomac vide, et ne sachant à qui recourir.

« Il y a peu d'années, se disait-il, les vaisseaux de mon père abordaient ici, chargés de riches marchandises de l'Inde. » En faisant cette réflexion, il regardait tristement le spectacle qui s'offrait à lui, quand il fut abordé par un marchand étranger. Il portait une longue robe blanche qui, jointe à une barbe de la même couleur descendant jusqu'à la ceinture, donnait à toute sa personne une apparence respectable. « Mon fils, dit l'étranger, oserais-je te demander ton nom et quelles sont tes occupations? — Seigneur, répondit le jeune homme,

je m'appelle Aladin. Je n'ai rien à faire ici;
je n'y suis amené que par l'infortune et l'indigence, et tout ce que je puis y attendre, c'est
que Dieu touche le cœur de quelque homme
bienfaisant, qui daigne me prendre sous sa
protection et m'emmener sur une terre étrangère, où l'une des mille portes que la Providence ouvre aux fidèles, s'ouvrira peut-être aussi
pour un malheureux délaissé. — Je pars pour
Dschidda, reprit l'étranger, et comme, à cause
de mon âge, j'ai besoin d'un domestique, qui
m'y accompagne, il ne tient qu'à toi d'accepter
cette place. Je te donne une piastre par jour,
et tous tes gages te seront payés dès notre dé-
barquement. » Aladin lui baisa les mains, et
accepta son offre avec joie. Les marchandises
de l'étranger étaient déjà embarquées. Ils se
rendirent tous deux à bord. On leva l'ancre,
le vaisseau gagna la pleine mer, et après une
traversée de vingt-quatre jours ils arrivèrent à
leur destination.

Aladin s'était fort bien comporté pendant le
voyage. Son maître lui paya, suivant la con-
vention, dès qu'ils eurent abordé, vingt-quatre
piastres. « Mon fils, lui dit-il, voici ce que je te
dois pour tes services. Mais je ne m'en tiendrai
pas là; voici encore dix piastres. Ton exactitude à remplir tes devoirs, ton zèle à prévenir
tous mes désirs, n'exigent pas moins de ma re-

connaissance. » Il lui donna encore un habillement neuf; et quand Aladin vint prendre ses
ordres, il lui tendit la main avec bonté en disant : « Vas en paix, mon fils. — Seigneur, dit
Aladin, que vos prières m'accompagnent. »
Ses yeux étaient pleins de larmes, et son cœur
était si oppressé, qu'il ne put en dire davantage. Il se dirigea vers la ville, sans savoir ce
qu'il allait faire.

Il se mit à parcourir les rues, jusqu'à ce
que l'approche de la nuit le forçât d'entrer
dans une hôtellerie. Tout était fort cher dans
cette ville située au milieu d'une contrée déserte. Il fut obligé de payer deux piastres pour
un médiocre repas et un mauvais coucher. Son
argent s'en alla insensiblement, et cinq jours
étaient à peine écoulés, qu'il vit avec douleur
que le tiers au plus lui restait encore. Il allait
tous les jours deux ou trois fois au port, sans
trouver personne qui réclamât ses services. Il
passait devant tous les étrangers dont l'aspect
lui paraissait encourageant; mais nul ne lui
demandait s'il avait besoin de quelque chose.

Le sixième jour, il revenait tristement après
deux courses inutiles, quand, à peu de distance de la ville, il trouva une bourse par
terre. Il la ramassa, et voyant qu'elle était
pleine de sequins, il la cacha dans son sein. Le
lieu était solitaire; il n'avait été vu de personne.

« Me voilà tout d'un coup tiré de peine, » dit-il en se pressant pour examiner de plus près sa trouvaille, quand il rencontra un crieur, qui dit à haute voix : « Hommes probes et religieux, celui de vous qui a trouvé une bourse de mille sequins, et qui la rendra à son propriétaire, recevra cent sequins de récompense. — Cent sequins possédés légitimement, se dit Aladin, valent mieux que mille volés. L'injustice ne profite jamais, et le repentir la suit. Que gagnerais-je à bâtir ma fortune sur la ruine d'autrui ? Qui peut soutenir la malédiction d'un pauvre ? Non, je ne veux pas m'attirer de malédiction. » Il alla au crieur, et demanda qui avait perdu cette bourse. « Pourquoi cette demande ? » répondit le crieur. « La bourse est trouvée, continua Aladin, et l'on est prêt à la rendre à celui qui justifiera de son droit. — En vérité, dirent les assistans, en voyant Aladin suivre le crieur, voilà un homme comme il y en a peu ; une pareille probité se voit bien rarement aujourd'hui. »

Le crieur le mena dans une grande maison. Ils entrèrent dans une petite antichambre, où était un grand homme maigre, assis au milieu d'une infinité de livres de compte, qu'il feuilletait. « Seigneur, dit le crieur, voici celui qui a trouvé la bourse. » A ces mots le vieillard se retourna lentement, regarda Aladin avec dé-

grands yeux, et lui demanda si c'était bien lui
qui l'avait trouvée. « Oui, seigneur, dit Aladin,
c'est moi. — Tu exiges peut-être, continua le
vieillard, que je te donne le signalement de la
bourse. —Non, seigneur, reprit vivement Aladin, je ne l'exige pas. Un homme aussi respectable ne peut en imposer. Voici la bourse.
— Dieu te récompensera, mon fils, dit le
vieillard. « Il posa la bourse près de lui, et se
remit à feuilleter ses livres. Aladin se tenait
immobile et muet, quand le vieillard ayant par
hasard levé la tête, lui demanda ce qu'il attendait. « Seigneur, dit Aladin, le crieur a promis
cent sequins à celui qui te rapporterait la
bourse; j'espère que tu rempliras ta promesse.
— C'est juste, mon fils, répondit le vieillard.
La bourse aux mille sequins appartient à une
famille ruinée, qui a vendu son patrimoine. Ne
te contenterais-tu pas bien de la moitié de la
récompense promise ? — J'y consens encore, »
dit Aladin. Au lieu de le payer, le vieillard se
remit à ses livres. « Je vois, reprit-il après
quelques instans, que cet argent appartient à
des mineurs, et que, déduction faite des dettes
de leur père, ils en toucheront à peine la moitié. Ne te contenterais-tu pas de dix sequins,
mon fils? — Eh bien! soit, dit Aladin, je m'en
contente. » Le vieillard continuait toujours de
parcourir ses livres. « Je viens de calculer, re-

prit-il enfin, que, si chacun des cinq mineurs
reçoit cent sequins, et pour un orphelin c'est
bien peu, il ne reste plus qu'un sequin pour
toi. T'en contenterais-tu, mon fils? — Soit,
dit Aladin, je m'en contente. » Le vieillard se
pinça la barbe, regarda le plafond, et s'écria :
« Ah! que j'ai peu de mémoire! voilà seulement que je me rappelle qu'il revient aussi un
sequin au crieur. Si tu voulais lui céder le tien,
mon fils, et te contenter de la conscience
d'une bonne action? — Je le veux bien, dit
Aladin; comment ferais-je si je n'avais pas
trouvé la bourse? — Vas en paix, dit le vieillard en se levant, et mettant sa main droite
sur la tête d'Aladin; conserve ces sentimens
généreux, et tu seras heureux partout. »

Aladin partit aussi content que s'il eût gagné mille sequins. Il revint à son hôtellerie, et
prit quelque peu de nourriture pour une de ses
cinq dernières piastres, sans réfléchir à ce qu'il
venait de dépenser tout d'un coup. « Je me
porte bien, se dit-il, je suis étranger ici; pourquoi me défendrais-je de travailler à la journée,
si je n'ai pas de meilleure ressource? » Mais un
sort plus favorable lui était destiné. L'étranger
qui l'avait amené de Suez, et qui s'appelait
Kraen Olnas, était un riche marchand indien.
Il s'était pris, soudainement, d'affection pour
Aladin, mais il voulait d'abord éprouver s'il

était digne de ses bienfaits. Il avait dans cette
ville un riche magasin, dont était chargé Halil,
le plus fidèle de ses serviteurs, mais qui passait
pour en être le propriétaire. Kraen Olnas fit
observer Aladin, et, informé qu'il se rendait
tous les jours au port, il chargea un de ses
esclaves de déposer une bourse sur le chemin.
Son fidèle Halil était le grand homme maigre,
qui avait mis à une épreuve si délicate la patience et la générosité d'Aladin. Kraen Olnas
était lui-même présent sans être vu, et se résolut, dès-lors, à prendre ce bon jeune homme
sous sa protection.

Aladin était encore plongé dans ses réflexions quand Halil se présenta à lui. « Mon
fils, lui dit-il, j'ai pris de l'affection pour toi.
Oserais-je te demander qui tu es, et ce que tu
cherches ici? — Je suis Égyptien, répondit
Aladin, et je cherche du service dans une maison de commerce ou quelque autre. — As-tu
l'expérience des affaires commerciales? lui demanda encore Halil. — Autant, répondit Aladin, qu'en peut avoir un jeune homme qui y
est habitué dès son enfance; ce que je ne sais
pas encore, je compte le savoir bientôt à force
de travail. — Si tu veux entrer à mon service,
poursuivit Halil, tu n'as qu'à me suivre. Je ne
te ferai pas de condition; tu seras mon ami, je
t'instruirai de mes affaires, et je me charge de

tes intérêts. » Aladin regarda cet homme
comme un ange envoyé par la Providence pour
le tirer de peine, et le suivit sans tarder dans
sa maison. Halil fut pour son ami ce qu'un père
est pour son fils. Le jour, ils travaillaient ensemble dans le magasin, et le soir, Halil faisait
le récit de ses voyages. La facilité d'Aladin,
qui semblait né pour ce genre d'occupation,
à tout comprendre, mais surtout son dévouement affectueux, le firent de plus en plus aimer
du vieillard.

Près de deux années s'étaient ainsi écoulées
quand Halil dit un jour : « Mon cher Aladin, il
faut que je te quitte. Une affaire que mon attachement pour toi m'a déjà fait différer quelque
temps, m'oblige de faire un voyage aux Indes.
Je ne sais ce qui m'attend dans une aussi longue
absence, ni si je te reverrai : l'homme est faible
et sujet à bien des accidens. Je n'ai d'autre
ami que toi ; pour prix de la fidélité que tu
m'as témoignée jusqu'ici, je veux t'instituer
mon héritier. Je partirai plus tranquille, quand
je verrai ton avenir assuré. » Aladin tomba à
ses pieds, et le conjura, en pleurant, de renoncer à son dessein. « Laisse-moi faire ce voyage,
lui dit-il ; je suis jeune, je supporterai plus aisément les dangers de la mer ; j'exécuterai tes
ordres tout aussi bien que si tu étais toi-même
sur les lieux. » Mais Halil demeura ferme dans

sa résolution. Ils allèrent ensemble chez le
cadi, où Halil déposa un testament, par lequel
il instituait Aladin héritier de tous ses magasins, dans le cas où il mourrait en voyage. Le
lendemain il se rendit à bord. Aladin l'accompagna jusqu'au vaisseau. Ils s'embrassèrent
pour la dernière fois. « J'ai encore oublié quelque chose, dit Halil d'un air mystérieux. Dans
les quatre angles de notre grand magasin, tu
trouveras quatre urnes enfouies. Il y a dans
chacune quatre cent mille sequins. Ce trésor
appartient à un marchand indien nommé
Kraen Olnas, qui l'a déposé chez moi, il y a
quelques années. S'il redemandait son argent
en mon absence, rends-le-lui sans la moindre difficulté, et traite-le comme mon meilleur
ami. » Le vaisseau partit; Aladin répéta, de
loin, adieu sur adieu à son bienfaiteur, et le
suivit des yeux, tant qu'il put apercevoir le
navire.

Il attendit pendant quatre mois inutilement des
nouvelles de son maître. Il interrogea tous les
marins qui venaient des Indes; mais personne
ne l'avait vu, personne n'en avait entendu parler.
Enfin, le vaisseau sur lequel Halil était parti
revint avec la nouvelle qu'il était mort peu
après son arrivée à Surate. Aladin ne le crut
pas avant que le capitaine lui eût remis toutes
les valeurs emportées par son maître. Il pleura

sa mort comme celle d'un père. Il faisait fermer soigneusement, chaque jour, le magasin où devaient se trouver les urnes, sans jamais s'assurer si elles y étaient réellement. Il se conduisait, en général, comme s'il eût toujours été l'administrateur des biens de son ami; car il mettait à les conserver et à les accroître, le même zèle que s'il eût eu à rendre compte le jour même ou le lendemain. Halil, au surplus, n'était pas mort. Son voyage avait été convenu avec Kraen Olnas, pour éprouver si Aladin conserverait, dans la prospérité, la probité et la gratitude qui le distinguaient quand il était pauvre.

Aladin envoya au Caire une bourse de cinq cent sequins pour ses parens; mais l'argent lui fut renvoyé avec la nouvelle que la famille d'Isseddin avait, depuis un an, quitté cette ville, sans qu'on pût dire où elle était allée. Il pensa que la misère l'avait contrainte à cette démarche, et se proposait de se rendre lui-même dans sa patrie, pour l'y chercher, quand un jour, se trouvant dans son grand magasin, il vit entrer un vieillard vénérable. Il paraissait étranger, portait une longue robe blanche et une longue barbe argentée. Il regarda curieusement autour de lui et sortit, s'éloigna de quelques pas, puis revint, et fit comme la première fois.

« Respectable vieillard, lui dit Aladin, quand il revint pour la troisième fois, avec quelle attention tu observes mon magasin! on dirait que tu y cherches quelque chose. » L'étranger, sans répondre directement, se contenta de lui dire qu'il comptait souper avec lui, s'il voulait bien y consentir. « Tu es le bienvenu, répondit Aladin : ma maison est ouverte à tous les étrangers, à plus forte raison à ceux dont la visite me fait honneur. » L'étranger le salua amicalement et sortit. « Il me semble pourtant, se dit Aladin, que je connais cet homme-là. Me trompé-je, ou non ? sa démarche, sa taille, ses gestes, c'est cela même, c'est l'Indien avec qui je suis venu ici. Comment ai-je pu le méconnaître ? Il voulait courir après lui; mais l'étranger avait disparu.

Il trouva le temps si long, qu'il ferma son magasin avant le coucher du soleil, pour faire lui-même les préparatifs nécessaires à la réception de son hôte. Quand il le vit arriver, il courut à sa rencontre, lui baisa respectueusemt la main, l'appela son bienfaiteur, l'auteur de sa fortune, et arrosa sa main de larmes. Le vieillard fut attendri; il embrassa Aladin, l'appela son cher fils, et lui demanda comment il l'avait reconnu sitôt, vieilli comme il l'était depuis trois ans. « Comment aurais-je pu oublier mon bienfaiteur ? s'écria Aladin ; lui qui a posé le premier

fondement de la prospérité dont je jouis? » Puis
il lui raconta ses aventures depuis leur sépa-
ration, et pleura amèrement au souvenir de la
bonté et de la mort de son vieil ami. « Si, du
moins, il était mort dans mes bras, dit-il, j'aurais pu lui rendre les derniers devoirs d'un
fils ; mais il est mort en pays étranger, abandonné peut-être, et sans un ami pour le consoler. » Le bon vieillard ne pouvait retenir ses
larmes, en entendant parler Aladin ; il lui serra
la main et le conjura ne de pas s'affliger si vivement. « Je l'ai fort bien connu, ton vertueux
ami, lui dit-il ; c'était aussi le mien, et c'est précisément à cause de cette liaison que je te re-
vois. Je venais ici, tous les ans, pour vendre
mes marchandises de l'Inde à des marchands
Égyptiens. Je suis très-connu ici, je m'appelle
Kraen Olnas. — Quoi! s'écria Aladin, tu es
Kraen Olnas, le meilleur ami de mon maître?
c'est le nom qu'il te donnait. En son nom, sois
aussi chez moi le bienvenu. Il m'a confié ton
secret ; tu trouveras tout comme il l'a laissé.
J'ai toujours fermé le magasin avec soin ; mais
je n'ai pas voulu profaner le trésor caché, par
ma curiosité. — Aladin ne peut pas se démen-
tir, dit le vénérable vieillard en baissant ses
yeux, d'où s'écoulaient, en secret, des larmes.
Tu as conservé les nobles sentimens que j'ai
reconnus en toi dès le premier moment. »

« Mon cher fils, voudrais-tu m'accorder une
demande? continua-t-il après un court silence ;
puis il se tut de nouveau. — Que mon maître
commande à son serviteur, dit Aladin ; toutes
mes facultés sont à sa disposition. — Je commence, reprit le vieillard, à sentir le poids de
l'âge ; j'aspire au repos, et je voudrais couler
en paix le peu de jours qui me restent encore.
Je n'ai pas de fils qui puisse prendre ma place ;
et si je ne trouve quelqu'un qui embrasse l'ensemble de mes opérations, je ne vois pas le
moyen de me débarrasser de ce fardeau. Ac-
compagne-moi à Surate, ma patrie, mon cher
Aladin. Si la considération et la richesse peuvent te payer de tes soins, je te donne ma
parole que tu seras content du vieux Kraen
Olnas. — Que ne ferais-je pas, dit Aladin, pour
te prouver mon amour et ma reconnaissance ? Le simple accomplissement de ton vœu
est une ample récompense pour moi. »

Aladin embarqua ses meilleures marchandises. Il envoya aussi de riches présens au cadi
du Caire, en le priant de s'informer de la veuve
et des enfans d'Isseddin, et de leur remettre la
bourse de mille sequins qu'il joignait à son en-
voi. Kraen Olnas avait trouvé ses quatre urnes
intactes ; ils se rendirent à bord, et arrivèrent,
après une courte navigation, à Surate. Aladin
crut entrer dans le palais d'un roi, quand l'In-

dien l'introduisit dans sa maison. Partout régnaient la richesse et le luxe. La dignité de shcahbender, ou grand juge des marchands, dont il était revêtu, lui donnait le premier rang parmi les marchands de la ville. L'estime générale qu'on lui témoigna à son arrivée, et le commerce étendu qu'il faisait dans toutes les contrées de l'Inde, convainquirent Aladin qu'il ne s'était pas trop avancé en lui promettant richesse et considération.

Deux mois environ s'étaient écoulés, quand l'Indien lui dit un jour : « Viens, mon fils, il est temps que je te montre mon plus précieux trésor, celui qui m'est plus cher que tous les autres. » Il le conduisit dans un salon bien décoré, l'y laissa seul, et entra dans une chambre voisine. Quelque temps après la porte se rouvrit, et Kraen Olnas rentra avec une jeune personne. « C'est ma fille unique Hossun, dit-il ; elle désirait connaître le noble ami de son père, et je n'ai pas voulu lui refuser ce plaisir. » La belle Hossun l'accueillit gracieusenent, l'appela l'homme le plus généreux dont elle eût entendu parler, et le pria de ne pas mal interpréter sa curiosité. Aladin voulait lui répondre ; mais sa langue était si embarrassée, qu'il ne put prononcer que quelques mots. Ils s'assirent sur un sopha, et la belle Hossun leur présenta des fruits. Elle portait un cafetan bleu, décemment

attaché avec une ceinture d'argent; ses cheveux
tombaient en longues boucles et flottaient autour d'elle, à chaque mouvement qu'elle faisait, comme de légers nuages. A la fin du repas, une esclave lui apporta sa harpe. Elle
chanta, en s'accompagnant, des vers sur deux
amis qui, après avoir fait connaissance, ne
veulent plus se séparer; ensuite elle se leva, fit
la révérence et rentra dans le harem.

« Cette fille, mon cher Aladin, dit alors
Kraen Olnas, est l'unique joie de ma vieillesse :
que me resterait-il à désirer si je pouvais lui
trouver un jeune homme aussi distingué que
toi ? » Aladin tomba à genoux, pressa contre sa
bouche la main du vieillard, et dit en balbu-
tiant qu'il ne méritait pas tant de bonté. Le
vieillard l'embrassa tendrement. « Me voilà satisfait, dit-il; car j'ai atteint le but de mes
désirs. »

Le jour suivant, les marchands de Surate
s'étant, suivant l'usage, rassemblés dans la
chambre de justice de Kraen Olnas, Aladin y
parut avec eux. Revêtu de ses plus beaux habil-
lemens, il entra d'un air modeste, et baisa la
main de chaque assistant. Kraen Olnas lui demanda à quelle occasion il venait à leur assemblée; Aladin, comme ils en étaient convenus,
répondit : « Respectable schahbender, je viens
humblement prier les membres de cette noble

assemblée d'avoir la bonté d'appuyer la demande que j'ose faire publiquement, de la fille
de mon maître, le respectable schahbender.
Que mon maître daigne sceller les nombreux
bienfaits qu'il a jusqu'ici répandus sur moi par
cette marque insigne de bienveillance, et faire
de son reconnaissant ami Aladin, son gendre
fortuné ! »

Kraen Olnas gardant le silence et paraissant
réfléchir, toute l'assemblée se mit unanimement
à intercéder pour Aladin. « Pourquoi, dirent-
ils, le respectable schahbender balance-t-il à
se rendre à la prière d'Aladin ? Nous te conju-
rons en son nom, de rendre justice à ses vertus, et de l'accepter pour ton gendre. » Kraen
Olnas n'attendait que cette intercession ; il
répondit aussitôt : « Je me réjouis de voir mon
choix approuvé par cette noble assemblée :
car, je ne cacherai pas que j'aime depuis long-
temps Aladin comme mon fils, pour sa discrétion, sa douceur et ses nobles sentimens. L'intercession d'un si grand nombre d'amis me
prouve que j'ai bien jugé. Je l'accepte donc avec
plaisir pour mon gendre, et je remercie cor-
dialement cette noble assemblée de sa bienveillante intercession. » L'assemblée offrit ses
félicitations au père et au fils. Le cadi fut
mandé, et le mariage fut confirmé par des témoins authentiques.

Kraen Olnas donna un grand festin. Quand il fut terminé, un vieillard entra dans la salle, accompagné de cinq jeunes gens, qui portaient des présens de noces. Aladin reconnut dans le vieillard son ami Alil, et dans les jeunes gens ses cinq frères. Kraen Olnas avait, quelque temps après l'histoire de la bourse, envoyé un vaisseau en Egypte, et fait venir dans l'Inde la famille d'Isseddin, pour laquelle il avait eu tous les soins d'un père. La mère demeurait dans le harem de sa fille, et les frères étaient instruits des affaires commerciales. Aladin se jeta dans les bras du vieil Alil, et pleura contre son sein. Il embrassa ses frères, et leur demanda si sa mère vivait encore. Quand il vit enfin clairement à qui il était redevable de tout son bonheur, il regarda quelques instans Kraen Olnas avec étonnement; puis il embrassa ses genoux en pleurant, sans pouvoir proférer un seul mot, tant son cœur était plein. Tous les assistans semblaient être sous l'influence d'un pouvoir céleste, et chacun sentait qu'il n'y a pas de félicité supérieure à celle que procurent la bienfaisance et la gratitude.

———————

La Fidélité à l'épreuve.

Le calife Mutevekul avait un médecin étranger, nommé Honain, qu'il honorait beaucoup pour sa science profonde. Quelques courtisans le lui rendirent suspect, en disant qu'on ne pouvait guère compter sur la fidélité d'un étranger. Le calife s'inquiéta et voulut éprouver si ce soupçon était fondé. Il le fit venir et lui dit : « Honain, j'ai dans le nombre de mes émirs un ennemi dangereux, avec lequel je ne puis user de violence, parce qu'il a un fort parti. Je t'ordonne donc de préparer un poison subtil, qui ne laisse pas de trace après avoir opéré. Je l'inviterai à dîner demain, et me débarrasserai de lui de cette manière. »

— Seigneur, répondit Honain avec assurance, ma science ne comprend que les remèdes qui conservent la vie; je n'en saurais préparer d'autres, et je ne me suis jamais mis en peine de l'apprendre, pensant que le souverain des vrais croyans ne réclamerait pas de moi de telles connaissances. Si j'ai eu tort, permets que je quitte ta cour pour m'instruire dans un autre pays de cette science qui me manque. » Mutevekul répondit qu'il ne donnait là qu'une vaine excuse; que celui qui savait les moyens de sauver savait aussi les moyens de perdre. Il pria, menaça, promit des présens. Tout fut inutile : Honaïn demeura inébranlable. Enfin le calife joua l'emportement, appela des gardes, et leur ordonna de mener en prison cet homme obstiné. L'ordre fut exécuté ; on plaça en outre près de lui un espion qui, sous l'apparence d'un compagnon de captivité, devait le sonder et rendre compte au calife de tout ce qu'il dirait. Quelque sensible que fût Honaïn à un pareil traitement, il ne laissa pas échapper un mot qui pût faire soupçonner à son compagnon le motif qui avait irrité le calife contre lui. Il se contenta de répéter qu'on le traitait avec injustice.

Quelque temps après le calife le fit rappeler. Sur une table étaient placés un monceau d'or, des diamans et des étoffes précieuses ; à côté se tenait le bourreau, un fouet à la main et un glaive sous le bras. « Tu as eu le temps de réfléchir, dit alors Mutevekul', et de comprendre la folie de ton obstination. Choisis donc ; prends ces richesses et exécute ma volonté, ou prépare-toi à subir une mort ignominieuse. — Seigneur, répondit Honaïn, la honte n'est pas dans le châtiment, elle est dans le crime. Je puis mourir sans déshonorer ma science et ma profession. Ma vie est en ton pouvoir ; fais ce que tu voudras.

« Sortez, » dit le calife à tous les assistans. Quand il fut seul, il tendit la main au vertueux Honain, et lui dit : « Honain, je suis content de toi ; tu es mon ami, et je suis le tien. On m'avait fait soupçonner ta foi ; il me fallait éprouver ton honnêteté, pour m'assurer si je pouvais m'abandonner à toi entièrement. J'enverrai chez toi, à titre, non de récompense, mais de témoignages d'amitié, ces présens, qui n'ont pu corrompre ta vertu. »

La Reine Zulikah.

Abdallah, fils d'Hanif, reçut de son maître Schah-Jehan, sultan des Indes, l'ordre de se rendre dans l'île de Boriko, pour en rapporter l'eau de longue vie qu'une ancienne tradition y faisait couler. Il n'était pas facile d'exécuter cette commission, attendu que personne ne savait dans quelle partie du monde cette île était située ; mais comme il ne pouvait se soustraire à l'ordre du sultan, et ne manquait pas de courage, il partit le lendemain matin d'Agra. Quelque résolu qu'il fût, la hardiesse de son entreprise ne laissait pas que de lui inspirer de tristes pensées. Il trottait à quelques centaines

de pas en avant de la caravane avec laquelle il
était parti, plongé dans ses réflexions, quand
il remarqua un jeune homme qui se tenait
également éloigné des autres voyageurs. Il paraissait homme de condition et opulent. Son
attitude méditative excita la curiosité d'Abdallah. Il s'approcha de lui jusqu'à la distance
de quelques pas, et l'entendit se plaindre assez
haut : « Oui, disait-il, si je ne l'obtiens cette
fois, je suis perdu sans ressource. » A ces mots,
il se retourna comme s'il eût eu peur du bruit
qu'il entendait derrière lui. Abdallah le salua
amicalement, lui parla de divers sujets, gagna
peu à peu sa confiance, et finit par s'informer
du motif de sa tristesse.

« Je m'appelle Almoraddin, dit le jeune
homme ; je suis le fils unique d'un marchand
qui, il y a trois ans encore, était un des plus
riches de Camboje. Sa tendresse pour moi lui
a ravi la plus grande partie de sa fortune, et
finira, je le crois bien, par causer sa ruine
totale. Hélas ! c'est moi qui l'entraîne à sa perte,
et qui vais le précipiter avec moi dans l'abîme,
où me pousse une passion folle et désespérée.
Plusieurs de mes amis, ayant entrepris un
voyage de commerce à Siam, m'invitèrent à
me joindre à eux, et me représentèrent qu'il
est plus glorieux de se lancer dans le monde et
d'y amasser du bien, que de traîner ses jours

dans une lâche oisiveté. Je me laissai aisément persuader, et j'obtins le consentement de mon père, qui ne me refusait jamais rien. Il équipa un beau bâtiment, le chargea de marchandises précieuses, me donna pour conseil foi et vigilance, et me laissa partir avec mes amis. Nous longeâmes les côtes de l'Inde, doublâmes Ceylan, et atteignîmes Sumatra, dont nous fîmes le tour, n'osant pas, à cause des vents contraires, nous hasarder dans le détroit de Malacca. Comme j'étais un jour sur l'avant, je vis sur la côte lointaine une grande ville avec un beau port. Je demandai au pilote le nom de cette ville, et lui témoignai le désir d'y aborder. « C'est, me répondit-il, la capitale du royaume de Baros, dont la jeune reine Zulikah passe pour la beauté la plus distinguée de tout l'Orient. En vertu d'une certaine loi établie par elle, une foule d'imprudens qui prétendaient à sa main ont déjà trouvé leur ruine dans cette ville. Si mon conseil a quelque valeur, regardons ce port comme un écueil dangereux, et tenons-nous-en constamment loin. »

« Quelle est cette loi ? lui dis-je ; tu excites ma curiosité. — Aucun vaisseau ne peut aborder dans ce port, répondit le pilote, à moins que son propriétaire n'aspire à la main de la reine. Elle s'unit à lui, et lui met un anneau d'or au doigt du milieu de la main gauche. S'il peut le représenter le lendemain matin, la reine est son épouse; mais, s'il l'a perdu dans la nuit, ce qui est arrivé, sans exception, à tous ceux qui ont, jusqu'ici, tenté l'aventure, son vaisseau lui est confisqué avec la cargaison et l'équipage, et lui-même se voit, au point du jour, ingnominieusement chassé du pays.

— Dussé-je y mourir, m'écriai-je, il faut que je sache à quoi m'en tenir sur cet anneau. Peut-être serai-je plus heureux que mes prédécesseurs; peut-être obtiendrai-je le prix. » Quand le pilote vit ma résolution, il finit par céder, et nous entrâmes à pleines voiles dans le port. En débarquant, je fus reçu par la garde et conduit au château de la reine. Que devins-je en la voyant? J'étais comme sous le pouvoir d'un charme magique, et la prenais pour une fée qui voulait éblouir les mortels de l'éclat de sa beauté. Ses yeux étincelaient comme deux astres; ses lèvres respiraient la grâce et la tendresse; toute sa personne était pleine de grandeur et de dignité. Mon âme était emportée sur les ailes de l'espérance, comme la flamme s'élève au ciel sur l'aile des vents : car rien ne me paraissait plus aisé que de garder l'anneau, une fois que je l'aurais reçu.

La reine me prit par la main, me fit asseoir près d'elle, et me demanda si je connaissais la loi du pays. « Belle reine, lui dis-je, je la connais; ah! si je connaissais le moyen de l'exécuter! — Elle est, reprit-elle, facile pour celui à qui l'exécution en est réservée; pour les autres, elle est sévère, mais non pas dure : car elle laisse à chacun la liberté d'agir comme il l'entend. » Elle s'informa de mon nom et du but de mon voyage. Tout ce que je lui dis parut lui plaire, et mon espoir s'accrut avec mon amour, qui augmentait à chaque minute.

Après le souper, les visirs formèrent un demi-cercle autour de moi. La reine, debout à l'ouverture du cercle, me demanda si je l'aimais et si je la voulais pour épouse. Sur ma réponse affirmative, elle tira un anneau d'or de sa main droite, et le mit au doigt du milieu de ma main gauche, en disant : « Si tu peux garder jusqu'à demain ce gage de mon amour, je t'ai voué, en te le confiant, une fidélité éternelle. » A ces mots, elle se retire; deux de ses esclaves me conduisirent dans une chambre à coucher, fermèrent la porte et me laissèrent seul. J'examinai tous les coins de cette chambre, sans rien trouver de suspect, et après avoir long-temps réfléchi, je ne savais pas mieux qu'auparavant ce qu'il fallait faire pour conserver l'anneau. Comme je pouvais le tourner, sans cependant pouvoir le retirer de ma main, je pensai que le plus sûr était de veiller. Je m'assis sur un sopha, fermai mes mains en les entrelaçant, et me disposai à attendre ainsi le jour; mais je m'endormis sans m'en apercevoir. Deux hommes armés me secouèrent le matin par le bras, et me dirent : « Pense à la loi. » J'ouvris les yeux, regardai ma main et maudis le sommeil : car l'anneau avait disparu. Les deux gardes me menèrent hors du palais jusqu'au port, et me défendirent, sous peine de la vie, de revenir sans vaisseau.

« Parvenu, après bien des difficultés et des périls, à rentrer dans ma patrie, j'allai voir un de mes amis. Je lui fis croire que mon vaisseau avait échoué sur un écueil, et le priai d'informer mon père de ce malheur. Mon père, dans sa tendresse, oublia qu'il avait perdu le tiers de sa fortune, quand il apprit que je vivais encore et que j'étais si près de lui. Il vint me trouver, m'embrassa avec transport et me dit : « Mon fils, il faut nous consoler. La mer, en conservant tes jours, nous a laissé plus qu'elle ne nous a pris. Nous sommes encore assez riches, si nous sommes contens. » Il m'emmena chez lui, et me traita avec autant de bonté que si je lui eusse rapporté de grands trésors.

« Je pouvais être heureux avec de la sagesse; mais le souvenir du passé ne me laissait aucun repos. Je ne pensais qu'à la reine Zulikah, et loin d'elle, le monde ne m'offrait aucun plaisir. Comme je ne pouvais espérer que mon père

25

consentît à un second voyage, je ne voulais pas l'attrister, et je cherchais à lui dérober ma peine. Mais plus le printemps, époque à laquelle devaient repartir mes amis, approchait, plus je sentais s'augmenter ma tristesse. Mon père remarqua ma mélancolie, et s'informa de ce qui causait mon chagrin. « J'ai honte devant mes amis, lui dis-je, de ne pouvoir réparer ma perte ; voilà la cause de ma peine secrète. — Mon fils, répondit-il, si tu voulais suivre mon conseil, tu te contenterais de ce que nous avons, sans courir de nouveaux dangers. Mais, si tu tiens à tenter une seconde fois la fortune, je n'y mettrai point obstacle. » Je sentis que je n'étais pas digne de ce tendre attachement, et me mis à pleurer. Cette marque de reconnaissance acheva de le subjuguer. Il équipa un nouveau bâtiment, encore plus riche que le premier, me répéta son exhortation : « Foi et vigilance ! » et je mets une seconde fois à la voile avec mes amis, aussi joyeux que si j'eusse tenu la victoire dans mes mains.

» Arrivé près de l'île de la reine, je ralentis ma course, laissai prendre l'avance aux autres vaisseaux, et pris à la nuit une autre route : mon équipage chercha tout d'une voix à me dissuader, le pilote abandonna le gouvernail ; mais ils avaient affaire à un sourd. Je saisis moi-même le gouvernail, et suivis la direction que me donnait une passion aveugle. J'étais le premier prétendant qui se représentât pour la seconde fois. La reine parut surprise de ma fidélité; je crus même apercevoir de l'amour dans sa manière d'agir. Je m'étais procuré une chaîne de fer, qu'on ne pouvait ouvrir sans de grands efforts. Je la mis à ma main gauche, la fermai avec soin, et cachai la clef dans mon sein : tout fut inutile. Je fus, vers le matin, éveillé par les gardes; l'anneau était perdu, et je fus contraint à revenir dans ma patrie, n'ayant plus aucune ressource. »

Des soupirs et des larmes interrompirent, en cet endroit, le récit du jeune marchand. « Un malheur aussi extraordinaire justifie ces larmes, dit le sage Abdallah; mais tu es encore heureux, puisque tu as appris, par cette double perte, comment il faut se dérober au danger et triompher de ses désirs. On ne paie jamais trop cher une pareille science. — Hélas! s'écria Almoraddin, ces leçons si chèrement payées ne m'ont pas rendu plus sage; ma folie surpasse toute croyance. Je pars encore, le vaisseau est prêt. Mon père, malgré la douleur d'un second naufrage, a consenti à un troisième voyage, qui, sans doute, va nous plonger dans la misère la plus profonde. Nous avons vendu tous nos biens, et mon père a en outre engagé sa liberté. Car, s'il ne peut, dans le délai d'un an, rendre au riche Mahmoud les dix mille pièces d'or qu'il lui a empruntées pour l'équipement du vaisseau, il sera son esclave. »

La tendresse excessive du père et l'aveuglement du fils, qui, malgré son fol entêtement, aimait ce père complaisant, excitèrent la pitié d'Abdallah. « Le but de mon voyage, lui dit-il, ne le cède guère au tien en folie. Je cherche une île dans laquelle doit couler une eau précieuse, qui rajeunit. Comme j'ignore où cette île est située, tous les chemins me conviennent également. Je m'offre donc à t'accompagner, si tu as confiance en moi. Peut-être te servirai-je par mes conseils : car parfois une entreprise insensée, quand on la poursuit avec sagesse et prudence, arrive à une heureuse fin ; et deux voient toujours mieux qu'un. » Almoraddin avoua qu'il avait manqué jusque là d'un ami sage, et accepta avec empressement l'offre d'Abdallah. Ils s'embarquèrent ensemble à Camboge et firent voile pour l'île de la Reine.

Quand ils en furent proche, ils convinrent tous deux de ce qu'ils feraient, et entrèrent dans le port bien résolus. Ils jetèrent l'ancre non loin de la ville, débarquèrent et furent conduits par les gardes au château royal, aux sons joyeux des trompettes et des cors. Le peuple accourut de toutes parts, étonné de l'assurance de ces étrangers, et plusieurs per-

sonnes, qui reconnurent Almoraddin, l'exhor-
tèrent à se tenir cette fois mieux sur ses gardes.
Quand Abdallah aperçut la belle Zulikah, la
folie de son jeune ami lui parut moins con-
damnable; car il lui sembla voir l'astre du jour
se lever dans une matinée de printemps.
« L'homme sage, se dit-il intérieurement, suit
le conseil du pilote, et se tient loin de ce port :
car nul mortel ne saurait résister à cette aimable
enchanteresse. » Elle était entourée de cinquante
de ses plus belles femmes, comme la lune dans
son plein brille au milieu des étoiles ; mais à ses
côtés se tenaient armés les émirs et les visirs
dans leurs habits de guerre, comme pour défendre son approche. Les étrangers s'inclinèrent devant elle; alors elle marcha gracieusement à leur rencontre. « Quand Almoraddin
vient nous voir, dit-elle, on le prendrait pendant le jour pour un prodige d'amour et de
fidélité; mais la nuit, pourquoi faut-il qu'il
trompe les espérances de ses amis? » Comme
Almoraddin tremblait de joie et d'anxiété, et
ne pouvait guère répondre à ce reproche, elle
interrogea son compagnon. Abdallah se donna
pour un marchand qui avait suivi Almoraddin
comme ami. Il lui présenta pour marque de son
respect un précieux collier de perles, et la pria
d'accepter gracieusement ce léger sacrifice, que
lui faisait sa pauvreté. « Ce beau présent, dit-

elle, prouve la puissance d'Almoraddin. Après ses prodigalités pour moi, il serait nécessairement pauvre, sans des amis comme Abdallah. »

Pendant qu'Almoraddin entretenait la reine de son voyage, Abdallah se mêla parmi les courtisans, fit une foule de plaisanteries, et sut en peu de temps se faire aimer de tout le monde : car il ne contredisait jamais, et disait à chacun ce qu'il avait le plus de plaisir à entendre. Malgré son insouciance apparente, il sut adroitement tourner la conversation à son gré, et pénétrer ce qu'on pensait d'Almoraddin, et il trouva que toutes les opinions étaient en sa faveur. Les uns louaient sa beauté, ses manières douces et polies, les autres le plaignaient de ses mauvais succès, et disaient que la reine même en avait été affligée, ce qui ne lui était encore arrivé pour aucun de ses prétendans. Il crut aussi remarquer que la reine n'avait pas d'éloignement pour son ami. Souvent elle fixait ses yeux sur lui; mais quand elle venait à rencontrer les siens, elle baissait la tête, et rougissait si elle pensait qu'il se fût aperçu de son embarras. Il vit par-là que la reine n'avait du moins contribué volontairement en rien aux précédentes défaites d'Almoraddin; mais il lui fut impossible d'en découvrir la véritable cause. Les courtisans firent comme s'ils n'en savaient rien, et éludèrent avec soin ses questions.

Enfin il trouva un jeune visir qui avait un aspect singulier. Il clignotait, grimaçait d'un air moqueur, marchait sur la pointe des pieds, et les regardait à chaque pas, comme pour en admirer la beauté et la parure. Abdallah pensa que c'était précisément là l'homme auquel il devait s'adresser. Il le salua humblement, lui fit nombre de révérences profondes, et lui parla de l'agilité merveilleuse des femmes esclaves qui dansaient devant la reine. Le jeune visir eut aussitôt de l'éloquence ; il s'étendit fort au long sur ce bel art, sur l'avantage qu'il y avait d'y exceller, et conçut en peu de temps pour l'aimable étranger qui savait flatter si agréablement l'amitié la plus tendre.

« Quelque difficile qu'il soit de pousser l'art de la danse aussi loin que monsieur le visir, dit Abdallah, il me semble pourtant que l'art de conserver l'anneau d'or de la reine doit être encore plus difficile. » Le jeune visir fit un geste moqueur, leva le menton, et ferma ses petits yeux. « Oh ! non, dit-il, ce n'est pas si difficile. Tout l'art consiste dans un seul petit procédé ; quand on l'a trouvé, on ne peut pas perdre l'anneau. — J'en ai entendu parler, dit Abdallah ; mais j'avoue qu'il m'est impossible de le croire. Serait-il possible que nul des nombreux prétendans n'eût encore trouvé ce procédé ? Il faut qu'il y ait encore quelqu'autre chose. — Non, non,

continua le visir ; je sais positivement qu'il en
est ainsi ; mais il ne faut pas en parler, car
la reine a interdit tout entretien de ce genre.
— En cela elle a raison, répondit Abdallah :
car un malin étranger pourrait de cette manière,
et sans mérite de sa part, découvrir le secret de
tromper cette bonne reine. — Sans doute, dit
en souriant le visir, et alors toute la prévoyance
de la vieille tante deviendrait inutile. — Un aimable jeune homme vient de me raconter l'histoire de cette tante, dit Abdallah, mais si confusément que je n'ai pu la bien saisir. — Qui
donc ? demande le visir, d'un air quelque peu
envieux. — Ce jeune seigneur, là-bas, répliqua
Abdallah, en désignant un courtisan qui avait
l'air fort simple. — Ah ! reprit le visir, c'est un
sot, qui ne sait rien ; et sa bouche grimaça en
souriant d'une manière dédaigneuse. Voici ce
que c'est :

« La reine précédente, Aischah, tante de la
belle Zulikah, avait à sa cour un grand magicien. Jeune et maîtresse d'un vaste royaume,
elle eut beaucoup d'aspirans à sa main. Pour ne
pas se tromper dans son choix, elle se fit faire
par le magicien un anneau pour éprouver la
foi de ses amans. Il se présenta beaucoup de
rois et de fils de rois ; mais aucun ne fut reconnu fidèle par l'anneau. A force d'épreuves,
la reine Aischah vieillit, et mourut il y a quel-

ques années , sans avoir trouvé un époux fidèle
comme elle le voulait. Irritée de sa mésaventure,
elle fit jurer aux émirs du royaume de ne jamais
permettre que sa nièce prît un époux qui n'eût
pas soutenu l'épreuve de l'anneau. Mais comme
il a la vertu de faire dormir, il ne s'est encore
trouvé personne qui fût resté éveillé. Ils se sont
tous endormis profondément, et la reine a toujours retrouvé l'anneau à son doigt le lendemain.
Pour résister à ce sommeil magique, il n'y a ,
suivant le bruit général, qu'un seul moyen,
qui consiste dans un certain usage de l'anneau,
ignoré de la reine elle-même. Ainsi elle ne peut
trahir le secret, quand elle le voudrait ; et tout
son espoir de trouver un époux, se fonde sur le
hasard qui viendrait à découvrir ce procédé à
un de ses prétendans.

— C'est clair, dit Abdallah, ce jeune seigneur
n'avait été informé qu'à moitié. » Il sortit en
ce moment, parce que plusieurs des gens d'Almoraddin le demandaient. Ils venaient lui
apprendre qu'une émeute avait éclaté dans le
vaisseau ; qu'on se battait les uns contre les autres ; que le parti le plus faible, ne pouvant
plus se défendre, menaçait d'incendier le vaisseau ; que tout était perdu, si Almoraddin ne
se faisait voir à l'instant et n'apaisait le désordre. Abdallah les introduisit près de la reine ,
et leur fit répéter leur message. La reine vou-

lait envoyer sa garde; mais elle finit par céder aux instances d'Almoraddin, et lui permit d'aller lui-même rétablir l'ordre parmi son équipage. Il courut au port avec Abdallah. Ils entendaient de loin les cris et le cliquetis des sabres; mais dès qu'ils furent sur le vaissau, les combattans mirent bas les armes et firent la paix: car tout ce combat n'était qu'une rues convenue entre les deux amis pour avoir l'occasion de se consulter une dernière fois.

« Eh bien! dit d'abord Abdallah, qu'as-tu découvert ? — Ah! mon ami, s'écria Almoraddin en pleurant et en baissant la tête sur le sein d'Abdallah, si tes conseils ne me sauvent pas, je suis encore perdu. Insensé que je suis! dans l'espoir de triompher d'une perfide magicienne, je vends mon père, mon plus fidèle ami, et j'en fais un misérable esclave! O Abdallah, viens à mon secours, sauve-moi de cet abîme. Je me suis trompé; elle ne m'aime pas : elle ne m'attire par ses manières gracieuses que pour me perdre plus sûrement. — Eh bien! levons l'ancre et fuyons, dit Abdallah; car il y aurait de la folie à s'exposer pour quelqu'un qui ne nous aime pas. » Almoraddin pâlit et parut consterné. « Console-toi, poursuivit Abdallah en souriant; la fortune te favorise plus que tu ne penses; tu es dupe de tes craintes; la reine est innocente. » Alors il lui raconta ce qu'il avait vu et entendu. « Puisque tu peux remuer l'anneau sans pouvoir le retirer de ta main, je crois avoir découvert l'enchantement. On veut que l'anneau serve à éprouver si l'amour des prétendans est sincère. L'amour n'est pas oisif ; il est toujours en mouvement, toujours occupé ; il revient incessamment sur lui-même comme une roue, sans s'éloigner du pôle autour duquel il se meut. Mon avis est donc que tu tournes l'anneau aussi long-temps et dans le sens qu'on peut le faire tourner. Si ce mouvement continu ne lui fait pas perdre sa vertu assoupissante, tu as fait encore un voyage inutile ; car je ne vois pas de meilleur expédient. »

Almoraddin, ravi de la découverte, embrassa Abdallah avec transport. « Tu as trouvé le vrai moyen, lui dit-il ; je ne me suis jamais endormi qu'en laissant l'anneau tranquille. J'étais fidèle, mais non pas sage ; voilà pourquoi j'ai toujours perdu le gage d'union : car il faut que l'époux de la reine Zulikah réunisse ces deux vertus. » Ils revinrent au palais, de bonne humeur et pleins d'espoir. Almoraddin fit de la révolte une description imaginaire, que la reine parut tenir pour véritable. La nuit vint, et, le repas fini, les visirs se formèrent en cercle. Almoraddin se fit d'abord garantir la sûreté de son ami, puis répondit affirmativement à la demande de la reine, qui lui mit l'anneau d'or à la main gauche, en prononçant les paroles ordinaires. Elle se retira, et Almoraddin fut conduit dans la chambre où il avait déjà deux fois passé la nuit. Mais cette fois, au lieu de se croiser les mains tranquillement, il ne cessa de faire tourner l'anneau. Le sommeil ne vint pas fermer ses paupières; il lui semblait bien plutôt qu'il était de plus en plus éveillé; enfin, aux premières lueurs de l'aurore, il devint impossible de faire tourner l'anneau, qui demeura aussi solide que s'il eût fait partie de la main d'Almoraddin. Un sommeil involontaire s'empara de ses sens; il ne put y résister et s'endormit paisiblement.

Il fut éveillé par le bruit éclatant des trompettes, des cors et des cymbales, qui retentissait dans le château; il leva les yeux, et vit les quatre plus anciens visirs, qui lui rendirent, à genoux, hommage comme à leur sultan, et le menèrent à la reine couvert de sa nouvelle parure. Elle était sur son trône, entourée de tous ses émirs, de ses visirs et de ses femmes. La joie étincelait dans ses beaux yeux; son visage avait l'éclat d'une rose nouvelle, et chacun de ses gestes semblait obéir à l'influence d'un sentiment nouveau de bonheur. Almoraddin, dont la joie rendait la démarche chancelante, se mit à genoux au bas du trône; mais elle

marcha à sa rencontre, lui présenta sa main,
et le fit monter près d'elle. Almoraddin, dit-elle,
a accompli la loi dans toutes ses acceptions.
Son amour constant ne s'est pas lassé avant
d'avoir trouvé le droit chemin, qui l'a mené à
la victoire. Je me suis fiancée à lui; il a conservé le gage de mon amour; je le proclame
donc votre roi et mon époux. » Les émirs batti-
rent des mains et s'écrièrent : « Gloire à notre
belle Zulikah, notre reine! Gloire au roi Almoraddin, son époux! Que le Ciel leur donne
des fils qui aient un cœur pour nous aimer,
un bras pour nous défendre, et une langue
pour rendre grâces à Dieu de sa bonté. »

« Rusé Abdallah, vous nous avez trompés,
dit la reine, quand les solennités furent ter-
minées. — Non, belle reine, répondit Abdallah, nous avons seulement pris nos précautions
pour n'être pas trompés une troisième fois : la
foi, sans une sagesse vigilante, ne vient à bout
d'aucune périlleuse entreprise. » Almoraddin
ne se lassait pas d'embrasser son prudent ami.
« Sans toi, disait-il, j'étais perdu ainsi que mon
père : car je n'aurais jamais trouvé à moi seul
la solution de l'énigme. Renonce à ton dessein
et reste près de moi ; nous partagerons en frères. Pourquoi courir à l'aventure, puisque tu
ne sais pas s'il y a au monde une île de Boriko?
— Quoi, dit Abdallah, à force de résolution et

de prudence tu es parvenu à ton but, et je désespérerais d'atteindre le mien ? Non, Almoraddin; j'ai juré fidélité au sultan mon maître, et je tiendrai mon serment, dussé-je faire inutilement le tour du monde. »

Un an après il revint de son périlleux voyage. Il avait trouvé l'île douteuse, et puisé dans la mystérieuse source. Il se présenta chez le roi Almoraddin, et le trouva avec son épouse et son père au berceau de son fils. Ils l'accueillirent tous trois comme l'on accueille un bienfaiteur à qui l'on doit le bonheur de sa vie. Abdallah leur fit présent d'un vase de son eau de longue vie. Almoraddin et Zulikah, après en avoir goûté, la donnèrent à leur bon père, qui avait engagé sa liberté pour leur bonheur. Il fut ranimé par cette eau, comme une fleur qui se fane se ranime à une douce pluie, et vécut presqu'aussi long-temps que ses enfans. Mais le schah Jehan, à qui Abdallah en porta une quantité de tonneaux, ne s'en trouva pas si bien. Il en but à contre-temps et outre mesure, ce qui le fit mourir plus tôt qu'il ne serait mort sans cela.

L'Omrah délicat.

Le sultan Oran Zeb était si frugal qu'il ne

mangeait que du pain d'orge, des herbes et
des fruits; et si actif, qu'il ne dormait la nuit
que deux heures, et consacrait sans relâche le
reste de son temps à la prospérité de son
royaume et de ses sujets. Ce genre de vie le rendit si maigre que ses courtisans craignirent qu'il
ne mourût prématurément, s'il le continuait.
Un jour donc que, suivant son habitude, il
entrait au conseil, un vieil omrah lui fit des
représentations à ce sujet, et le conjura de se
ménager, puisqu'il avait à sa disposition tant
de gens qui pouvaient travailler à sa place.
Oran Zeb l'écouta tranquillement; puis, se
tournant vers le reste de l'assemblée : « Cet
omrah délicat, dit-il, veut que je néglige les
affaires du royaume pour prolonger ma vie de
quelques jours. Il devrait pourtant savoir, en
sa qualité d'omrah, que, placé à la tête de tant
de peuples, je ne dois pas vivre pour moi seul,
mais travailler à assurer leur repos et leur bonheur. Ou bien, se croit-il plus éclairé que le
sage Sâdi, qui dit aux rois : « Cessez de régner,
ou gouvernez vous-mêmes vos royaumes? »

Oran Zeb demeura fidèle à ses habitudes et
n'en vécut pas moins plus de quatre-vingt-dix
ans.

Les Voyageurs.

Un jeune sultan s'entretenait avec son vieux visir de la diversité des destinées humaines. « Visir, dit-il, quoique jeune encore, je crois pourtant avoir remarqué que la destinée de l'homme est une conséquence nécessaire de sa conduite. Agit-il sagement? il est heureux; follement? il est malheureux : tel arbre, tel fruit. — Ce que vient de dire le sultan mon maître, répondit le visir, est très-vrai ; seulement je crois que la sagesse de l'homme ne suffit pas toujours. Notre sagesse ressemble à un pilote expérimenté, qui, tant que la mer est tranquille, guide le navire à son gré ; mais si la tempête s'élève, son art ne peut plus le servir. Les vents entraînent le navire, et le jettent souvent contre un écueil où il échoue. Si mon maître veut écouter son serviteur, je peux lui raconter une histoire, qui expliquera fort bien ma pensée. » Le sultan y consentit, et le visir continua :

« Asfendiar était le second fils d'un roi de Grèce. Il montra dès sa plus tendre jeunesse beaucoup de prudence et de réflexion, et l'âge ne fit qu'augmenter ces qualités. Le roi son père, qui, malgré ses heureuses dispositions, l'aimait moins que son fils aîné, alla jusqu'à

craindre que le sage Asfendiar ne chassât un
jour son frère du trône. Il résolut donc de
prévenir à temps ce malheur. Mais, comme il
n'était pas assez cruel pour mettre à mort ce
fils innocent, il le bannit du royaume. Sa haine
alla si loin, qu'il le chassa du palais comme un
mendiant, et défendit, sous peine de mort, à
ses sujets de donner au prince la moindre
chose.

» Asfendiar avait un cœur généreux. Quelque
facile qu'il lui eût été de se faire un parti dans
le peuple, qui lui était très-attaché, il aimait
mieux être banni que de se révolter contre son
père. « Peut-être, se dit-il, mon père, avec le
temps, cessera-t-il de m'en vouloir, et m'ac-
cueillera-t-il de nouveau comme son fils. Il est
plus noble de souffrir des injustices que d'en
commettre. » Il poursuivit son chemin en faisant
ces réflexions; au bout de quelques jours il rencontra un jeune homme d'une rare beauté, qui
portait sous son bras une guitare. Le prince
conçut de l'affection pour lui, quand il vit que
sa politesse et son enjoûment répondaient aux
agrémens de sa figure. L'étranger, également
charmé de l'amabilité et de la bonne mine du
prince, s'offrit à l'accompagner. Ils continuè-
rent leur route ensemble, et le jour suivant un
troisième voyageur vint se joindre à eux. Celui-ci était le fils d'un marchand, et paraissait

26

fort entendu dans la profession de son père. Sa société leur plut, et comme il n'était pas moins content d'eux, il les pria de lui permettre de faire route de compagnie. Le troisième jour, un robuste paysan vint augmenter la société. Il allait au marché de Laodicée, la ville voisine, et apprenant que tous trois suivaient la même route, il resta avec eux.

» En cheminant ils s'entretinrent de divers sujets, entr'autres, de la fortune. « Quel est, demanda le marchand, le chemin le plus facile et le plus sûr qui y mène? — A mon avis, dit Asfendiar, il y a des circonstances heureuses, qui favorisent nos desseins : car le plus habile nageur est forcé de céder à un courant trop rapide. Je pense donc qu'un homme peut, sans qu'il y ait de sa faute, tomber dans la misère la plus profonde, de même qu'il peut, sans le mériter, parvenir au comble du bonheur. » Le paysan, qui n'entendait pas trop les paroles du prince, dit : « Moi, je crois que lorsqu'on a deux bons bras et qu'on veut travailler, on ne meurt jamais de faim. L'activité et le travail conviennent à toutes les circonstances ; les négligens et les paresseux sont toujours les plus pauvres. » Le beau joueur de guitare se mit à rire, et dit : « Mon cher ami, quand on veut gagner du bien et de la considération en travaillant, on ne va pas loin. Le plus sûr moyen

de faire sa fortune, c'est, à ce qu'il me semble,
une belle figure. — Je ne suis pas de cet avis,
dit le marchand. La beauté est une fleur passagère, qui ne fleurit qu'une fois, et qui ne
réussit pas partout. Le plus sûr moyen qui se
trouve bon en tous lieux, c'est, je crois, le talent de se plier à tous les événemens, et de
tirer parti de toutes les circonstances. C'est là
la véritable source des richesses et des honneurs; c'est le seul moyen de se maintenir en
possession de son bien, le seul talent qui ait le
privilége de ne pas vieillir. Mais pour voir qui
de nous a raison, faisons un essai. Quand nous
serons à la ville, que chacun de nous successivement traite le soir la société avec ce qu'il
aura gagné le jour. Celui qui, son tour venu,
donnera le plus beau repas, aura la raison pour
lui. » La proposition du marchand fut approu-
vée. Ils arrivèrent à Laodicée au coucher du
soleil, et, quand ils furent entrés dans une
auberge, ils tirèrent au sort. Le paysan fut
désigné le premier. Dès qu'il fit jour, il se rendit au port, et s'y employa à porter des fardeaux; sa charge était triple de celle des autres,
et comme il se faisait payer chaque ballot à
part, il avait, quand il revint le soir, gagné
quatre piastres. Il les fit voir d'un air joyeux à
ses compagnons, et commanda le repas. « Mon
cher ami, dit le beau joueur de guitare, cela

ne fera pas un grand festin. Une piastre par
tête, c'est bien peu; il fallait montrer plus
d'activité pour rester le vainqueur. — Ah! ne
dites pas cela, répondit le paysan, j'ai porté
à moi seul plus que dix autres. — Alors, dit le
marchand, la faute en est au métier; on n'y
saurait gagner beaucoup. Nous verrons demain
les profits du joueur de guitare. »

» Le jour suivant, le beau joueur de guitare
revêtit ses plus beaux habits, prit son instrument, et entra dans la première grande maison
qu'il trouva sur son chemin. C'était la demeure
d'un visir, dont la femme aimait fort la musique. Arrivé dans l'antichambre, il chanta en
s'accompagnant; sa voix était douce et pure,
son jeu agréable. On le fit venir devant la porte
intérieure du harem pour l'entendre, on fut très-
content de son chant et de sa figure, et l'épouse
du visir, qui était très-généreuse, lui fit un présent considérable. Il alla ainsi d'une maison à une
autre jusqu'au soir, et revint avec une bourse de
cent sequins, qui lui servit à traiter magnifiquement la compagnie. « Il faudra être bien
éveillé demain, dit le paysan au marchand, pour
l'emporter sur le musicien. Il a plus gagné en
un jour que je ne pourrais faire en un an. »

» Le marchand se rendit le lendemain de très-
bonne heure au port; un vaisseau étranger jetait l'ancre. Il s'était, les deux jours précédens,

exactement informé du commerce de cette
ville, et avait appris que l'huile principalement
enchérissait beaucoup, parce que l'hiver passé
avait gelé presque tous les oliviers. Il demanda
en quoi consistait la cargaison du vaisseau ; on
lui dit que la plus grande partie était en huile ;
il alla trouver le propriétaire. « Je suis, lui dit-il,
l'associé du riche Ibrahim ; il te fait prier de
lui céder tout le chargement d'huile que porte
ton vaisseau. Nous te donnons par mesure deux
drachmes d'or de plus que l'an passé. Voici
des arrhes ; écris mes noms, Ibrahim et Achmet. »
Le marché conclu, il courut chez le riche Ibrahim. « Seigneur, lui dit-il, un étranger que tu
ne connais pas, t'offre un beau bénéfice ; sachant que tes magasins manquaient d'huile,
j'ai, dans l'espoir de te rendre service, traité,
en ton nom et à très-bas prix, de tout le chargement d'un vaisseau qui vient d'arriver. »
Ibrahim signa le marché ; ils se rendirent tous
deux à bord, où ils trouvèrent une foule de
marchands, venus, mais trop tard, dans la
même intention. Ibrahim paya le propriétaire,
et fit présent au jeune marchand, qui lui avait
procuré cette belle affaire, d'une bourse de
cinq cents sequins.

« Quand Achmet eut rejoint ses compagnons,
le fils du roi dit : « J'ai peu d'espoir de l'emporter sur aucun de vous, car je ne puis comp-

ter ni sur ma force, ni sur ma figure, ni sur
mon habileté. Ma fortune dépend de circonstances que je ne puis appeler à mon aide par
aucun des avantages qui vous sont propres.
Mais pour n'en négliger aucune par ma faute,
j'irai demain tenter la fortune. »

» La première nouvelle qu'il apprit en sortan t
le lendemain matin, ce fut celle de la mort du
sultan. « Notre bon sultan est mort, disait-on ;
il ne nous a pas laissé de fils; où trouverons-
nous un roi d'une égale sagesse? » La douleur
était générale; tous ceux qui avaient connu le
défunt pleuraient et déchiraient leurs vêtemens
en signe de deuil.

» Asfendiar, qui, en sa qualité d'étranger, n'a-
vait aucun motif de s'affliger de cette perte,
se promenait indifféremment parmi le peuple,
et regardait, sans émotion, les cérémonies fu-
nèbres. Sa curiosité et son air étranger le rendirent suspect ; on le prit pour l'espion d'un roi
voisin, on le saisit, on le chargea de chaînes,
et il fut conduit, lui qui était sorti pour faire
sa fortune, dans une obscure prison, où il languit pendant deux jours sans nourriture.
« Quelles vues le destin a-t-il sur moi? se dit-il;
veut-il éprouver ma patience et ma croyance
en Dieu? ou bien dois-je périr dans ce triste lieu?
Je suis prêt à tout supporter, quoi qu'il arrive.
Après tout, le terme de l'humanité, c'est la

mort; il n'y a qu'un lâche qui puisse la craindre. » Comme il faisait ces réflexions, il entendit
du bruit à la porte de sa prison. On ouvrit, la
garde entra, et on lui intima l'ordre de comparaître au divan.

» Les visirs du royaume étaient assemblés
pour élire un nouveau roi; mais ils ne pouvaient
s'accorder. Un des plus sages était d'avis de se
hâter, pour prévenir une guerre civile. « Il y
a, dit-il, dans la ville, des espions de l'ennemi ;
on en a déjà saisi un ; il est possible que beaucoup d'autres aient échappé à notre surveillance. Si le roi d'Antioche est informé de
notre désaccord, nous sommes perdus. Les visirs tremblèrent à ce discours, et envoyèrent
chercher le prisonnier pour l'interroger. »

» Asfendiar ne cacha ni son nom ni sa condition, et raconta, avec sincérité, ce qui lui
était arrivé jusqu'alors. Il parla avec tant de
sagesse et de dignité, que son discours émut
toute l'assemblée. Les visirs avaient appris son
bannissement; quelques-uns d'entre eux, qui
avaient été à la cour de son père, se rappelèrent ses traits; et comme ils aimaient mieux
avoir pour roi un prince étranger qu'un com-
patriote leur égal, leur choix tomba, à l'una-
nimité, sur Asfendiar. « Les dieux, dit-il, nous
ont envoyé cet étranger pour mettre un terme
à nos différends. Lui seul est digne de régner sur

nous; il est issu de race royale, et possède toutes les vertus qui font l'ornement d'un roi. Sa sagesse et la noble fermeté avec laquelle il a supporté son malheur, nous garantissent qu'il sera un roi vertueux, qui prend à cœur le bonheur de ses peuples. »

» Ils lui rendirent hommage comme à leur sultan; on le revêtit des ornemens royaux, et on le promena sur un éléphant blanc dans les rues de la ville, où il reçut les respects du peuple. Il y avait trois jours que ses compagnons ne l'avaient vu. Ils craignaient qu'il ne lui fût arrivé quelque malheur, et comme ils l'aimaient beaucoup, ils avaient passé tout ce temps à le chercher dans la ville. Le troisième jour encore, ils étaient sortis dans cette intention, quand ils furent informés du couronnement du nouveau sultan, et se mêlèrent au peuple qui se pressait sur le chemin que devait suivre le cortége. Asfendiar les aperçut dans la foule et leur fit signe de s'approcher. « Je vous traiterai ce soir chez moi, leur dit-il, si vous voulez bien me faire cet honneur. » Il leur fit préparer un festin splendide, leur donna de riches présens, et leur dit : « La fortune, à ce qu'il paraît, a voulu récompenser ma croyance. Elle m'a plongé innocent dans un cachot, et m'en retire tout aussi vîte pour me mettre sur le trône. Allez en paix, et souvenez-vous de votre compagnon, qui, au moment où il s'y attendait le moins, est sorti vainqueur de la dispute. — Seigneur sultan, dit le paysan, vous avez choisi le métier le plus lucratif. — Sois content, répondit le sultan, car tu es le plus heureux de nous tous. »

Tel fut le récit du vieux visir ; le jeune sultan fut assez sage pour lui donner raison, et assez modeste pour avouer qu'il était, lui-même, redevable de son rang, non à son mérite, mais à sa naissance et au sang dont il était sorti.

Hardoun et Nouhr.

Les habitans d'une petite île de la mer du Sud vivaient depuis long-temps sans maîtres et sans autorités, dans la paix et l'innocence. Ils ignoraient ce que c'est que l'ambition, et se comportaient les uns à l'égard des autres comme les enfans d'un même père. Les diverses familles avaient élevé des habitations dans le centre de l'île, au sein d'une belle vallée, et leur réunion formait une espèce de ville, ouverte de toute parts et sans murs, attendu qu'ils n'avaient à craindre de brigandage, ni du dehors, ni de l'intérieur. La fertilité du sol payait

27

avec usure le peu de travail qu'on lui consacrait; aussi, chacun s'occupait-il de ce qui lui
faisait plaisir. Les uns cultivaient du riz et du
millet; le coco, très-abondant en ce lieu, et
dont on peut tirer parti de tant de manières, servait à d'autres à préparer le reste des
objets nécessaires à la vie; les jeunes gens allaient dans les bois voisins à la chasse de la
gazelle, la seule bête sauvage qui se trouvât
dans l'île, et comme elle est très-timide, les
jeunes filles prenaient part à cet exercice des
garçons.

Nouhr, la plus belle de toute l'île, aimait
principalement la partie orientale du haut pays,
à cause de la beauté des collines, des vallées et
des plaines, dans lesquelles les hauteurs allaient se perdre insensiblement du côté de la
mer. Elle s'y rendait tous les matins, le carquois
sur l'épaule, l'arc à la main; et, comme elle aimait la solitude, elle s'y rendait toujours seule.
Un jour, dans un de ces vallons reculés, elle
se reposait à l'ombre de quelques arbres dont
un frais zéphir agitait le feuillage, quand tout-
à-coup elle entendit du bruit derrière elle. Elle
se retourna, et vit un homme d'une taille déme-
surée : trois hommes de la plus grande taille
élevés l'un sur l'autre auraient à peine atteint à
son menton. Il n'y avait d'ailleurs rien de re-
butant dans sa personne : tous ses membres

étaient bien proportionnés. Il était jeune, et
avait le regard doux. Ses longs cheveux brun-
clair flottaient en boucles épaisses sur ses épaules, et il portait sous son bras gauche un jeune
cèdre dépouillé de ses branches, qui lui servait
de bâton et d'arme.

La belle Nouhr faillit mourir de frayeur en
apercevant cet homme prodigieux, et bien plus
encore quand elle le vit s'avancer, la considérer en silence pendant quelques instans, et enfin s'asseoir près d'elle. « Quel astre funeste,
s'écria-t-elle quand elle eut repris ses sens, m'a
conduite ici pour trouver mon tombeau dans
tes entrailles? » Ne t'irite pas contre la destinée
qui guide tes pas, répondit le géant. Si nous
voulions l'accuser tous deux, c'est moi qui aurais le plus de droit à le faire : car depuis que
je t'ai vue ici pour la première fois, je languis en
secret d'amour et de désir. Je n'ai pas jusqu'ici
osé me montrer à tes yeux, dans la crainte que
mon aspect ne t'effrayât. Je me tenais caché
dans le voisinage, et me contentais de te voir
tous les jours. Hier encore je t'ai vue ici. Que
j'ai envié le bonheur de ce ruisseau, qui tombe
le long du rocher ! » A ces mots la belle Nouhr
devint rouge comme l'écarlate : car, se croyant
bien seule, la veille, elle s'était baignée avec
trop peu de précaution. « Pardonne-moi, belle
chasseresse, poursuivit le géant, pardonne-moi

ce crime, dont l'aveu te fait rougir. Pourquoi baisses-tu si timidement les yeux ? Ne crains rien : je mourrais plutôt que de te faire le moindre mal. Regarde-moi ; je ne suis pas si laid que tu le crois. A la première vue, tu as été surprise, effrayée. Regarde-moi ; malgré ma taille, j'ai le corps bien proportionné et non dépourvu d'agrémens. Ma mère, dans mon enfance, louait ma beauté, et disait que j'étais la ressemblance parfaite de mon père. Elle voulait dire beaucoup par cette comparaison, comme tu le verras toi-même, quand tu sauras qui sont mes parens.

» Je m'appelle Hardoun, et suis le fils du grand Féridoun, un des plus puissans génies, et de la princesse Scheroudah, la fille unique du sultan Ras-Andas, roi des Cent-Iles. Ce roi est le chef de tous les enchanteurs de l'Orient. Les Cent-Iles n'étaient jadis que des rochers nus et déserts ; son art les rendit fertiles, et en fit autant de petits royaumes. Chacune contint une grande ville peuplée, chaque ville un superbe palais, chaque palais un trône d'or, et chacun de ces trônes porta une statue parlante de Ras-Andas en habits royaux, qui rendait justice exacte à tous ceux qui lui exposaient leurs griefs. Mais, par un caprice bizarre qui convenait peu au sage Ras-Andas, il avait attaché la force et la durée de ses enchantemens à la

conservation de la virginité de sa fille Scheroudah. Aussi veillait-il sur elle avec le plus
grand soin, et l'enferma-t-il avec lui dans un
château-fort inaccessible.

» Mais Féridoun, qui, dans sa course aé-
rienne, s'était approché de ce château, et avait
conçu de l'amour pour Scheroudah, trompa
la vigilance de l'enchanteur : au moment où il
s'y attendait le moins, Scheroudah consentit à
se laisser enlever par Féridoun, et à devenir
son épouse. Le roi Ras-Andas, dont Féridoun
avait remplacé les enchantemens quand ils vinrent à cesser, par d'autres plus grands encore,
reconnut sa faute, et pardonna à ses enfans le
tour qu'ils lui avaient joué. Ils habitèrent près
de lui dans son château, et je suis l'unique fruit
de leur amour. J'avais environ dix ans, quand
un jour le roi remarqua la profonde tristesse
de mon père. « Quel est le motif qui t'afflige,
mon fils? lui dit-il; qui te rend si triste? —C'est
toi-même, répondit Féridoun, qui, sans le
savoir et sans le vouloir, causes mon chagrin. Tu m'as bien pardonné fort gracieusement ma téméraire entreprise; mais tes protec-
teurs sont plus sévères. Thourasch, le roi des
génies, a condamné cet enfant à une épreuve
rigoureuse : nous allons perdre notre fils unique pour long-temps, pour toujours peut-être.»
En disant ces mots, il me prit dans ses bras, et

m'emporta dans l'île de Soubou. « Mon fils, me dit-il, en m'embrassant pour la dernière fois, et en arrosant mon visage de ses larmes, ne crains pas la peine : n'évite aucun combat, ne recule devant aucun danger, mais suis toujours la voie de la vertu. Cherche à te signaler par toi-même et par tes propres forces, sans re-gretter les avantages de l'art magique de ton aïeul. Avec mon secours, tu peux aller d'un pays à l'autre sur l'eau et dans l'air ; mais je ne puis rien faire de plus en ta faveur, tant que le courroux de Tourasch ne sera pas apaisé. » Il dit, et disparut. Je me trouvai dans un désert, parmi des tigres et des éléphans sauvages, dont je ne tardai pas à me faire craindre. A l'aide de mon père, je parcourus un grand nombre de contrées et de mers ; j'ai purgé beaucoup de pays des bêtes féroces qui les désolaient ; partout j'ai cherché des dangers à combattre. Je suis arrivé ici depuis peu pour prêter aux malheureux l'as-sistance de mon bras. Je venais délivrer les au-tres, et c'est moi qui perds ma liberté. Au lieu de fortifier mon courage et ma valeur par de grandes actions, je me suis tenu constamment caché, dans la crainte que ta vue ne me fût ravie. »

Tel fut le récit d'Hardoun. Il regarda la belle Nouhr d'un air tendre, comme pour lui dire : Eh bien, m'aimes-tu ? Mais comme elle tenait ses yeux baissés, et rougissait en silence, il chanta une longue chanson, destinée à l'éloge de sa beauté et à la peinture de sa violente passion. Sa voix tonnante, qui ressemblait tantôt au mugissement de la mer, tantôt au fracas des vents, effraya tous les oiseaux du voisinage. Son haleine fit bruire le feuillage des arbres qui étaient près de lui, et l'écho renvoya ses accens comme un tonnerre lointain. La belle Nouhr interrompit ce chant bruyant par des paroles d'amitié. Elle lui dit son nom, lui raconta comment elle avait perdu ses parens dans son bas âge, et vivait actuellement chez un tuteur, qui la traitait avec beaucoup de sévérité. Elle représenta qu'elle n'osait s'arrêter long-temps ce jour-là, parce qu'elle était sortie sans permission. Elle promit de revenir bientôt, et lui donna pour gage d'amitié une de ses flèches, que le géant attacha d'un air joyeux à l'une des longues boucles qui tombaient sur ses épaules. Dans la crainte de l'irriter, elle parut fort contente de son amour; mais elle ne cherchait qu'à s'éloigner, et n'avait pas la moindre envie de s'exposer une seconde fois au même danger. Elle n'alla plus à la chasse. Hardoun la chercha inutilement. Elle ne revint pas.

Cependant il ressentait tous les tourmens de l'amour et de l'espérance trompée. Tantôt il s'imaginait que la belle Noulır était retenue malgré elle par son tuteur; tantôt il craignait qu'une maladie mortelle ou quelque autre malheur ne l'eût empêchée de remplir sa promesse. Quelquefois il se mettait en route pour aller trouver sa bien-aimée dans sa demeure, puis la crainte de l'irriter le faisait revenir sur ses pas. Il languit plus d'un mois dans cette incertitude. Il faisait entendre des chants plaintifs : il se tenait depuis le matin jusqu'au soir sur le sommet de la plus haute montagne, pour découvrir de loin l'objet de son amour ; il regardait de toute la force de ses yeux, mais il ne la voyait jamais venir. Comme elle était orpheline, elle avait caché son secret aux parens chez lesquels elle vivait; mais elle était fermement résolue à ne plus aller à la chasse, et à consacrer son temps à de paisibles travaux dans son intérieur domestique. Parfois seulement, en pensant au bon caractère du géant, elle souhaitait, dans l'intérêt de son repos, qu'elle ne lui eût pas donné de gage de son amitié et de son retour.

Le bon Hardoun, qui espérait toujours en vain, sentait son inquiétude s'accroître de jour en jour. Nulle part il ne trouvait de repos. Quand il se couchait, il lui semblait que le sol brûlait sous lui. Au moindre mouvement dont la sensation lui parvenait, il se levait aussitôt : car la feuille qui frémissait, le son qu'il

entendait au loin semblait lui dire qu'elle venait; mais quand il voyait son pressentiment
déçu, il appuyait sa tête contre un arbre,
comme s'il eût eu honte de sa faiblesse. Puis,
quand il se rappelait les dernières exhortations
de son père, ses grands yeux se remplissaient
de larmes, et son cœur battait, comme s'il eût
eu à lutter contre la mort. Enfin, hors d'état de
supporter plus long-temps cette incertitude,
il se décida à aller chercher la belle Noulir à la
ville, quel que pût être le résultat de sa démarche. La poitrine couverte d'une peau de lion,
et son arbre à la main, il abandonna les montagnes. Tous ceux qui l'apercevaient de loin
dans la campagne prenaient la fuite, et avant
qu'il fût arrivé à la ville, on avait déjà fermé
toutes les portes et les fenêtres. Quand il vit
que chacun fuyait devant lui, il sauta, en faisant quelques grandes enjambées, sur un des
fugitifs, le saisit par le dos, le leva en l'air, et
le menaça d'une voix terrible de le lancer de
l'autre côté de la montagne, s'il ne lui indiquait à l'instant la demeure de la belle Nouhr.
Le prisonnier se crut près d'étouffer, tant il se
sentait les épaules et la poitrine pressées par la
main d'Hardoun: il joignit les mains et promit
de faire tout ce qu'il exigerait de lui. Hardoun
le remit à terre, et le suivit à petits pas. La belle
Nouhr était occupée à broder un vêtement pour

en faire un présent de noces à un de ses parens,
quand le géant ouvrit brusquement la porte, et
entra en se courbant. Dès qu'elle l'aperçut, elle
se couvrit les yeux de ses mains, et attendit la
mort en silence. Mais quand elle l'entendit se
plaindre avec douceur de ce qu'elle avait tant
tardé à le venir voir sur la montagne, elle reprit courage, et le regarda avec bonté. Elle lui
dit qu'elle aurait depuis long-temps rempli sa
promesse, si elle avait su qu'il l'attendît si im-
patiemment; mais qu'elle viendrait certaine-
ment le lendemain. Le bon Hardoun oublia en
la voyant tout ce qu'il avait souffert, et lui demanda un gage de sa promesse. La belle Nouhr,
moitié par crainte, moitié par inclination,
lui donna le vêtement brodé auquel elle travaillait. Hardoun le mit sur son épaule, et revint
dans ses montagnes, fier de sa parure, et joyeux
de l'heureux succès de son voyage.

Dès que les habitans eurent perdu de vue le
géant, ils se rassemblèrent tous devant la maison de la belle Nouhr, et lui demandèrent qui
c'était. Elle leur fit un récit sincère de tout ce
qui lui était arrivé avec cet homme extraordinaire, et les pria de la conseiller sur ce qu'elle
devait faire. Les uns, prenant son sort en pitié,
furent d'avis qu'on ne pouvait, sans commettre une cruauté, livrer cette pauvre fille au
terrible homme sauvage; d'autres, au contraire,

dirent que son absence prolongée irriterait le
géant, et qu'il finirait par les égorger tous ; que
la violence ne pouvant mener à rien, il fallait
recourir à la ruse. Il fut donc résolu que le
lendemain Nouhr remplirait sa promesse, et
donnerait au géant l'espoir de l'épouser dans
quelques semaines ; qu'en attendant on s'occu-
perait des moyens de se défaire de ce monstre
épouvantable.

Au lever de l'aurore, la belle Nouhr, armée
de son arc et de son carquois, se rendit dans les
montagnes. Hardoun l'attendait déjà, debout
sur la pointe la plus élevée. Quand il l'aperçut
de loin, il sauta à bas des rochers, courut à sa
rencontre, et lui fit un accueil empressé. Elle
parut aussi gracieuse, aussi contente que le permettait son saisissement. Il la pria de l'accompagner dans sa grotte, où il lui ferait voir ses
trésors. Elle vit bien qu'elle ne pouvait rien
refuser à un homme si robuste, et qu'il fallait
tenter de le subjuguer par la douceur et l'amour.
Elle le suivit. Ils descendirent dans un vallon
reculé, entouré d'agréables collines, et arrosé
par un ruisseau dont l'eau, aussi claire que le
cristal, se jouait en mille détours. Au pied d'une
de ces collines, où le ruisseau prenait sa source,
Hardoun la fit entrer dans une grotte spacieuse,
bordée de siéges de mousse préparés par ses
mains. Il alla chercher tous les objets précieux

qu'il possédait, et les mit à ses pieds, en disant :
« Depuis que l'amour me retient prisonnier dans
ces montagnes, j'y ai découvert de riches veines
d'or, et j'en ai tiré ces grands monceaux que tu
vois. Je te destine tout cela, ma chère Nouhr. Ce
grand vase est fait d'une seule topaze artistement
creusée. Le roi de Quéronde me l'a donné, il y a
deux ans, quand j'eus tué un grand dragon qui
désolait son pays. La poudre noire qu'il renferme
est un remède précieux; mêlée avec de l'encens,
elle guérit en peu de jours la blessure la plus
dangereuse. Voici une quantité de pierreries que
j'ai rassemblées en diverses contrées. Celle-ci
éclaire la nuit ; celle-là combat la force du vin
de palmier; cette autre vient dans la tête de
la torpille, elle reluit quand la mer est tranquille, dans les temps orageux elle s'obscur-
cit. En voici une qui a la forme d'une langue
humaine ; en la portant sur soi, on acquiert la
vertu de gagner les cœurs; mais je n'en ai pas
fait usage, ma chère Nouhr, parce que je n'ai pas
voulu te dérober ton cœur malgré toi. Ce diadème est garni des diamans les plus précieux :
Sobaschid, sultan des montagnes de Bornéo,
me l'a donné, parce qu'il avait beaucoup d'affection et de respect pour mon grand-père.
Tout cela est à toi, dès que tu le voudras ; mais
reçois dès à présent, pour me faire plaisir, ce
collier de grosses perles. Je l'ai pris à l'idole

Mahadou, quand j'ai détruit son temple et sa statue dans l'île d'Arou. » En disant ces mots, il suspendit à son cou le précieux collier, et lui sourit avec tant de grâce, de tendresse et de timidité, que la belle Nouhr, pénétrée de l'excès de son amour et de la générosité de son cœur, sentit ses yeux se remplir de larmes. Elle le regarda d'un air attendri, et joua avec sa blonde chevelure. Hardoun ne se possédait pas de joie. Il lui apporta des fruits, lui choisit les plus beaux, et se mit à sauter autour d'elle comme un chevreau.

Nouhr tomba insensiblement dans une profonde rêverie. « Quelle cruauté, se dit-elle, quelle ingratitude il y aurait de ma part à trahir le bon Hardoun pour prix de son amour, et à devenir la cause de sa perte ! Mais comment puis-je m'en délivrer sans l'irriter ? ne me fera-t-il pas périr, si je me dérobe à lui ? » Pendant ces réflexions, Hardoun jouait doucement avec une de ses boucles brunes, et lui dit : « Pourquoi cette tristesse, ma chère Nouhr ? Je vois bien que tu ne te plais pas près de moi. Si tu restais ici, je ferais tout ce que tu voudrais. Je te bâtirais une maison de cèdre ; je t'apporterais en peu d'heures d'exellens fruits, qui ne croissent que dans une île ; je te procurerais tout ce que tu pourrais désirer, quel qu'en fût le prix et la rareté. Et toi tu me ferais de beaux habits, tu

me chanterais de temps en temps une de tes jo-
lies chansons, et tu aurais toujours la grâce et
la douceur que je te vois à présent. » La belle
Nouhr rougit et baissa les yeux en silence. Son
cœur était partagé entre la crainte et l'espérance. « Le pis que je risque en restant près de
lui, pensa-t-elle, c'est de mourir. Eh bien ! j'aime
mieux mourir que de m'exposer aux railleries
de mes compagnes, ou de trahir cet homme généreux. Peut-être se laissera-t-il conduire par
la douceur et la prudence. Je reste avec lui. »

Alors elle leva la tête pour regarder le géant
d'un air qui semblait vouloir lui faire connaître
la résolution qu'elle venait de prendre; mais
elle recula aussitôt en poussant un cri de frayeur
et de joie. Car ce n'était plus le monstrueux
Hardoun, qui était assis près d'elle; c'était un
beau jeune homme, tout au plus d'un pied plus
grand qu'elle; sa figure était la même, et paraissait pourtant cent fois embellie. Car à la
naïveté presque enfantine qui en faisait le caractère s'était jointe la virilité de la raison. La
belle Nouhr ne pouvait se rendre compte de ce
qu'elle éprouvait. Elle se jeta dans ses bras, et
posa ses joues enflammées sur ses épaules. Ils
semblaient oublier leur existence, quand ils en-
tendirent un léger bruit, qui leur fit lever la tête.
Un jeune homme, tout semblable à Hardoun,
rayonnant d'une beauté surhumaine, et une

jeune fille parée d'ornemens royaux, descendirent devant eux sur un nuage. « Mon père! ma
mère! » s'écria Hardoun en courant à eux, et il
tomba à genoux. « Mon fils! » s'écrièrent-ils tous
deux, et ils le pressèrent tour-à-tour sur leur
cœur en le couvrant de baisers. « Ton épreuve est
finie, dit Féridoun. Le courroux de Thourasch
est apaisé. Sa malédiction, qui devait durer jusqu'à ce que la plus belle et la plus sage des filles
des hommes exposât pour toi sa vie par reconnaissance et par vertu, est complètement levée
par cette aimable jeune fille. »

La belle Nouhr, surprise de cette apparition,
gardait l'attitude timide d'un accusé devant ses
juges. Ses yeux restaient baissés; de temps à
autre seulement elle jetait un regard furtif sur
les génies resplendissans qui étaient devant elle,
quand Scheroudah, que Féridoun avait douée
de l'immortalité et d'une éternelle jeunesse,
vint, après les premiers embrassemens de son
fils, serrer dans ses bras avec une égale tendresse
la compagne de son fils. Elle la tenait encore
embrassée, et ne se lassait pas de lui prodiguer
ses caresses, quand Féridoun dit enfin : « Venez,
mes enfans, le roi Ras-Andas vous attend avec
impatience. » Ils montèrent dans le nuage; la
grotte se ferma; et les habitans de l'île se ra-
content encore l'histoire de la belle chasseresse
Nouhr, qu'un géant a enlevée.

FIN.

TABLE.

FIN DE LA TABLE.